KB036189

청춘 돼지는 마이 스튜던트의 꿈을 꾸지 않는다

카모시다 하지메 지음
미조구치 케이지 ●일러스트
이승원 옮김

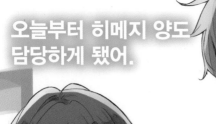

오늘부터 히메지 양도
담당하게 됐어.

잘 부탁해,
야마다 군. 요시와 양.

히메지 사라
미네가하라 고등학교 1학년이자, 성적이 뛰어난 우등생.
다니던 학원에서, 사쿠타를 새 담당으로 지명했다.

아즈사가와
사쿠타

야마다 켄토

미네가하라 고등학교 1학년이자,
사쿠타가 일하는 학원의 학생.
동급생인 사라에게 호감이 있다.

요시와 쥬리

미네가하라 고등학교 1학년이자, 사쿠타가 일하는 학원의 학생.
비치발리볼 클럽팀에 속해 있다.

사쿠타 선생님은 이런 걸 좋아할까?
으음~, 모르겠어. 어쩌지······.

어디로 갈지도 정해야겠네.
마지막은 선생님이 다니는 대학교에
갈 거니까······.

역시, 중간에 있는 카마쿠라가 좋겠어. 그럼—.

사쿠라지마
마이

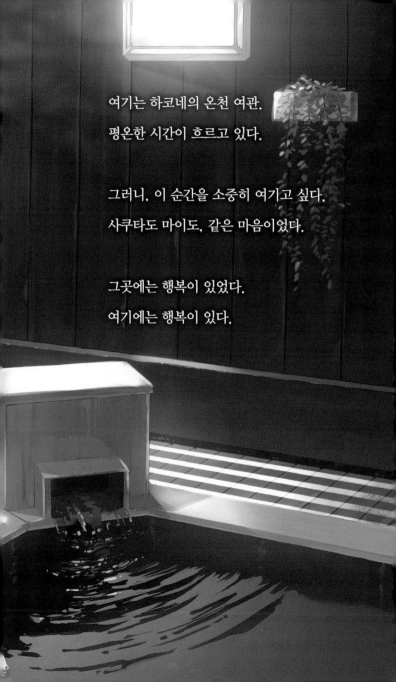

여기는 하코네의 온천 여관.
평온한 시간이 흐르고 있다.

그러니, 이 순간을 소중히 여기고 싶다.
사쿠타도 마이도, 같은 마음이었다.

그곳에는 행복이 있었다.
여기에는 행복이 있다.

디자인 ● 키무라 디자인 랩

꿈을 꾸지 않는다

마이 스튜던트의

청춘 돼지는

카모시다 하지메 지음
미조구치 케이지 ● 일러스트
이승원 옮김

너는 지금 어디에 있니. 누구와 있니. 무슨 생각을 하니.
나는 지금 집에 혼자. 고양이와 단둘. 너를 생각해.

하지만 쓸쓸하지 않아. 아프지 않아. 눈물도 안 나.
가슴이 아프지 않아. 괴롭지 않아. 옥죄지도 않아.
그러니까…….

들려줘. 듣고 싶지 않아. 네가 좋아하는 사람.
알고 싶어. 알고 싶지 않아. 내가 좋아하는 사람.

키리시마 토코 『I need you』 발췌

제1장

12월의 선물

1

그날, 아즈사가와 사쿠타는 아르바이트를 하는 학원에서 담당하는 학생이 한 명 늘어나게 됐다.

대학 수업을 4교시까지 들은 후, 전철을 갈아타고 후지사와 역까지 돌아온 사쿠타가 학원에 도착한 시간은 해가 완전히 저문 여섯 시 이후였다. 본격적으로 겨울이 되면서 낮은 짧아졌고, 밤이 빨리 찾아오게 됐다.

직원용 캐비닛에 짐을 넣어놓고, 학원 강사임을 나타내는 재킷 같은 흰색 외투를 걸쳤다. 오늘 수업에 쓸 교재만 챙겨 들고 라커룸을 나섯을 때, 학원장이 사쿠타에게 말을 걸었다.

"아즈사가와 군, 마침 잘 왔네."

"좋은 아침입니다."

밤인데도 아침 인사를 하는 건 패밀리 레스토랑에서 아르바이트를 할 때와 같다.

"응, 좋은 아침. 오늘부터 담당해줬으면 하는 학생이 있는데…… 어떤가?"

"오늘부터 말인가요? 갑작스럽네요."

"본인의 희망이라서 말이야. 히메지 사라 양, 알지?"

일전에 사쿠타의 수업을 들으러 온 적이 있어서 누구인지 알기는 했다.

"아즈사가와 군, 어떤가?"

거절할 이유는 딱히 없다. 아르바이트비 상승을 위해 담당 학생을 늘리고 싶다고 생각하던 사쿠타로서는 바라마지 않던 일이다.

사라는 아직 1학년이니 대학 수험 준비를 서두를 필요는 없다. 사쿠타에게는 이상적인 학생이라 할 수 있다.

"알겠습니다."

"그래? 잘됐군."

학원장과 대화가 어느 정도 마무리되었을 때였다.

"아, 사쿠타 선생님."

마침 자습실에서 나온 여학생이 사쿠타에게 말을 걸었다. 사쿠타에게 친숙한 미네가하라 고등학교의 교복을 입은 여학생이었다. 익숙한 교복을 우등생 느낌으로 단정히 입은 이 소녀가 바로 방금 사쿠타에게 배정된 히메지 사라였다.

자습실에서 공부하며 사쿠타가 오기를 기다리고 있었던 것 같았다.

사라는 사람을 잘 따르는 고양이 같은 발걸음으로 사쿠타의 곁으로 오더니…….

"오늘부터 잘 부탁드려요. 사쿠타 선생님."

양손을 가지런히 모으며 정중히 인사를 했다.

학원장 앞이라서 그런지, 말투도 정중했다.

"잘 부탁해, 히메지 양."

새로운 학생을 맞이하지만 「처음 뵙겠습니다」부터 시작하지 않아도 되는 게 정말 좋았다. 게다가 사라가 다니는 미네가하라 고등학교는 사쿠타의 모교이기에 수업 레벨도 어느 정도 파악하고 있다. 중간 및 기말고사의 출제 경향까지도 안다. 작년까지는 사쿠타도 그 학교의 학생이었으니 말이다.

"그럼 평소와 마찬가지로 잘 부탁하지, 사쿠타가와 군."

"네."

사쿠타의 대답을 들은 학원장이 교무실의 자기 책상으로 향했다. 「이제 경리에게 서류를 제출하고, 채용 자료를 정리해야…… 하아, 바쁘다」 하고, 혼잣말을 중얼거리면서…….

그런 학원장의 뒷모습에서 눈을 떼고 사라를 바라보니, 그녀 또한 사쿠타를 바라보고 있었다.

"제 담당을 맡아주셔서 감사해요."

시선이 마주치자, 다시 인사를 했다.

"나야말로 지명해줘서 고마워. 덕분에 아르바이트비가 늘겠어."

"제 성적이나 올려달라고요."

사라는 일부러 삐친 듯한 표정을 지었다. 사쿠타의 농담을 받아주는 똑똑한 아이다. 그런 사라 앞에서, 사쿠타는 며칠 전에 꾼 꿈을 떠올리지 않을 수 없었다.

너무나도 선명하고, 현실미가 넘쳐서, 꿈이라고 여길 수 없던 꿈이다.

12월 1일에, 사라가 제자가 되는 꿈.

그리고, 오늘은 꿈과 같은 날인 12월 1일.

학원장이 말을 걸어오는 것도, 새로운 담당 학생을 언급하는 것도, 사라가 자습실에서 나오는 타이밍도, 나눈 대화의 내용도…… 전부 꿈과 똑같았다.

마치 녹화해둔 영화를 반복 재생한 듯한 체험이다. 코가 토모에와 함께 같은 날을 반복했던 고등학교 2학년 때의 그 느낌과도 약간 비슷했다. 다른 점은 압도적일 만큼 시간이 짧다는 점이다.

그래서 그 정체가 확실치 않았기에, 놀라움보다는 의문을 느꼈다. 뭔가를 두고 온 듯한 석연치 않은 기분만이 몸 안을 헤매고 있었다.

그래서 그런지, 발밑이 불안정한 느낌이 들었다. 마음이 진정되지 않았다.

그렇게 현실적인 느낌이었던 것이 꿈이라면, 지금 이 순간 또한 꿈인 게 아닐까 하는 의구심이 들었다. 그렇더라도 이상할 게 없다. 꿈과 현실 사이에, 감각의 차이가 거의 존재하지 않으니까……

"사쿠타 선생님?"

사라는 고개를 갸웃거리면서 의아한 표정을 지었다.

"응?"

"할 말 없다면, 그렇게 뚫어지게 쳐다보지 마세요."

사라는 당황한 표정을 지으며 양손으로 얼굴을 가렸다.

"아, 미안해."

딱히 사라를 쳐다본 것은 아니지만, 시선이 그쪽을 향한 것 같았다.

사쿠타가 입구 쪽으로 시선을 돌리자…….

"안녕하심까."

야마다 켄토가 나른한 목소리로 인사를 하며 학원 안으로 들어오는 모습이 눈에 들어왔다.

그리고 그 뒤편에서…….

"안녕하세요."

요시와 쥬리가 이어서 들어왔다.

켄토와 쥬리 또한 사쿠타가 수학을 가르치고 있는 학생이다. 두 사람 다 미네가하라 고등학교에 다니며, 사라와 같은 학년이다. 켄토와는 반도 같다는 말을 들었다.

"두 사람, 같이 왔구나. 마침 잘 됐어. 실은……."

사라에 대해 이야기를 하려던 바로 그때였다.

"우연히 엘리베이터를 같이 탔을 뿐이에요."

쥬리가 대뜸 그런 말을 했다. 「알았어」라고 대답하는 것도 이상할 것 같았기에, 「아, 응」이라 말하며 애매하게 고개를 끄덕일 수밖에 없었다.

"오늘부터 히메지 양도 내가 담당하게 됐어. 그걸 알려주려는 거야."

"잘 부탁해, 야마다 군. 요시와 양."

"어? 정말이야?!"

켄토가 노골적으로 동요했다. 물론 싫어할 리가 없다. 사라에게 마음이 있는 켄토는 기쁘기 그지없을 것이다. 하지만 마음의 준비가 아직 되지 않았다. 그런 감정이 드러나고 있었다.

"야마다 군, 그건 어떤 의미야?"

사라가 미심쩍다는 듯이 대놓고 그렇게 물어보았다.

"응? 어느 쪽이라니? 뭐가 말이야?"

"기쁜 건지, 싫은 건지를 묻는 거야."

켄토가 시치미를 떼자, 사라가 바로 따졌다.

"딱히 어느 쪽도 아니거든?"

켄토는 고개를 돌리면서 멋쩍어하기만 했다. 그 반응을 본 사라는 양손을 입가로 가져가더니, 웃음을 터뜨렸다.

쥬리는 관심 없다는 듯이 그런 두 사람의 옆을 지나쳤다. 그녀가 향한 곳은 수업을 하는 학습 스페이스다.

"사쿠타 선생님, 빨리 수업하자. 시간 다 됐어."

얼굴을 새빨갛게 붉힌 켄토가 그렇게 말했다.

"이렇게 의욕이 넘치는 야마다를 보는 건 처음인 것 같네."

켄토는 사쿠타를 무시하더니, 도망치듯 쥬리를 뒤쫓아갔다.

참 알기 쉬운 반응이다. 켄토의 저런 반응 또한, 사쿠타가 며칠 전에 꾼 꿈과 똑같았다. 쥬리의 무덤덤한 태도도 마찬가지다.

의문이 점점 부풀어 올랐다.

이 일이 사쿠타에게만 일어난 단 한 번뿐인 불가사의한 우연이라면, 그냥 웃어넘기면 된다.

하지만 그렇지 않다는 사실을, 사쿠타는 알고 있다.

『#꿈꾸다』를 붙여서 SNS에 투고한 꿈 이야기.

꿈이 현실이 된다며, 항간에서 화제가 되고 있다.

아카기 이쿠미가 『#꿈꾸다』를 이용해 정의의 사도가 되지 않았다면, 단순한 오컬트 이야기로 무시하며 넘어갔을 것이다. 하지만, 사쿠타는 보고 말았다. 『#꿈꾸다』가 적힌 일이 현실에서 일어나는 순간을…… 눈으로 보고 말았다.

자신의 눈으로 본 것은, 믿을 수밖에 없다.

지금도 매일 같이 『#꿈꾸다』가 붙은 글이 수백 건이나 올라오고 있다.

어젯밤에 꾼 꿈 이야기.

그 꿈이 현실에서 일어났다며 흥분한 어조로 올린 수많은 글.

그것들은 하루가 다르게 늘어나고 있다.

말도 안 된다, 어처구니가 없다……라며 부정하는 의견도 당연히 있으며, 논쟁으로 발전하는 경우 또한 드문드문 보였다.

이것이 무언가의 전조인 것일까. 아니면, 이미 무언가가 일어나고 있는 것일까.

당사자가 된 이상, 무관심한 척하기도 어렵다.

게다가 곤란하게도 사쿠타는 이 사태를 일으킨 인물이 누구인지 짐작이 됐다.

키리시마 토코.

일반적으로는 동영상 사이트에 곡을 올리는 인기 인터넷 싱어.

사쿠타에게 있어서는, 자신에게만 보이는 수수께끼의 미니스커트 산타.

토코를 한 번 더 만나서, 이야기를 나눠볼 필요가 있다.

어찌 됐든 간에, 사쿠타는 토코를 만나야만 한다. 반드시 말이다.

—키리시마 토코를 찾아.

—마이 씨가 위험해.

다른 가능성의 세계에 존재하는 우수한 사쿠타에게서 받은 메시지.

그것을 보고 말았으니…….

잠자코 있을 수는 없다.

그 의미를 알아야만 한다. 무슨 수를 써서라도…….

하지만 지금 고민한다고 해서 토코를 만날 수 있는 것도 아니다.

아르바이트를 하는 학원에서 사쿠타가 할 수 있는 건, 켄토와 쥬리, 사라에게 수학을 가르치는 것뿐이다.

"진짜로 시간이 다 됐으니까, 수업하러 가자."

교무실 앞에 남아있던 사라에게 그렇게 말했다.

"네. 그럼 오늘부터 잘 부탁드려요. 사쿠타 선생님."

내일부터 미네가하라 고등학교에서는 기말고사가 시작된다. 시험 기간 첫날에 수학 시험이 있어서 정말 다행이다. 지금부터 학생들에게 삼각함수 대책을 가르쳐줄 생각이다.

2

80분간의 수업이 끝나자, 사쿠타는 「기말고사 잘 쳐」라고 말하면서 학원을 나서는 제자들을 배웅했다.

"사쿠타 선생님, 기운 빠지는 소리 말라고."

켄토는 질색하는 표정으로 그렇게 말하며 돌아갔다.

쥬리는 「YES」로도 「NO」로도 받아들일 수 있는 무언의 인사를 건넨 후, 문 너머로 사라졌다.

제자로부터 신뢰와 존경을 얻는 데는 아직 시간이 걸릴 것 같았다.

"안심하세요. 저는 힘낼게요."

사쿠타에게 상냥한 말을 건네준 이는 유일하게 남아있던 사라였다.

앞으로의 수업 계획 일정과 방침을 상의하고 싶었다.

"일단 기말고사가 끝난 후에는 너희가 못 푼 문제를 복습할 건데…… 히메지 양, 그 후의 수업은 어떻게 하면 좋겠어?"

사쿠타가 하고 싶은 말의 의미를, 똑똑한 사라라면 이해했을 것이다.

지금의 수업 내용은 사라의 수준을 생각하면 너무 낮다.

켄토와 쥬리에게는 기초 학력 향상을 위한 수업을 하고 있다. 하지만 사라는 이미 그 수업 내용을 이해하고 있다.

앞으로도 두 사람과 똑같은 수업을 할 수는 없다.

"기말고사가 끝난 후에 정해도 될까요?"

사라는 잠시 생각에 잠긴 듯한 반응을 보인 후, 사쿠타를 올려다보며 말했다.

"물론이야."

"지금 잘난 척했다가 기말고사에서 30점을 받으면 부끄러울 것 같거든요."

사라는 웃음을 참는 듯한 표정으로 그렇게 말했다.

"그런 농담은 야마다 군 앞에선 하지 마."

켄토는 지난 중간고사에서 30점을 받았다. 사라도 그 답안지를 봤으니까, 일부러 「30점」이라고 말한 것이다.

"제가 이런 말을 했다는 건 야마다에게 비밀로 해주세요. 사쿠타 선생님과 저…… 둘만의 비밀이에요."

사쿠타가 농담을 이해해준 게 기쁜 건지, 사라는 즐거운 듯이 웃었다.

"그럼 다음번 수업도 야마다 군과 요시와 양과 같은 날에 수업해도 될까?"

"네, 시험 문제를 복습하는 거죠?"

"아직 답안지는 안 나왔을지도 모르지만, 시험 문제는 가지고 와."

"네. 앞으로의 수업 일정은 그날 상의할게요."

"그래. 그럼 조심해서 돌아가."

사라가 가방을 어깨에 걸쳤다. 하지만 돌아가려고 하지 않았다. 뭔가 듣고 싶은 말이 있는 듯한 표정으로 사쿠타를 올려다보고 있었다.

"저한테는 『기말고사 잘 쳐』하고 말해주지 않는 거예요?"

"히메지 양에게는 높은 점수를 기대할게."

"그런 말은 부담되거든요?"

말로는 질색하면서도, 사라는 환하게 웃으며 학원을 나섰다.

사라를 배웅한 후, 사쿠타는 교무실에서 오늘 수업 내용에 대한 일지를 썼다. 학생란이 한 칸 더 늘자, 필연적으로 써야 할 내용도 늘어났다.

필요한 사무 작업을 마친 사쿠타는 같은 학원에서 강사 아르바이트를 하는 후타바 리오를 찾았다. 수업이 끝났다면, 같이 돌아가면서 꿈에서의 일이 현실에서 일어난 이야기를 할까 해서다.

사쿠타는 곧 리오의 뒷모습을 발견했다. 교무실과 이어진 자유 공간에서 키가 큰 학생의 질문에 답하고 있었다. 리오가 물리를 가르치고 있는 카사이 토라노스케다.

리오가 펼친 교과서를 손가락으로 가리키자, 그는 공책에 필기구로 필기를 했다. 리오가 「여기까지는 이해했어?」하고 물을 때마다, 그는 큰 덩치에 어울리지 않게 작은 목소리로 「네」하고 대답했다. 문제를 하나 풀자, 리오는 다음 문제를 해설했다.

꽤 시간이 걸린 듯한 분위기다.

꿈이 현실이 된 이야기는 급하게 해결해야만 하는 일이 아니다. 다음에 이야기해도 될 것이다.

사쿠타에게 긴급했던 「마이 씨가 위험해」란 메시지에 관해서는, 당일에 리오와 상의했다.

마이의 스마트폰으로 리오에게 연락을 해서, 대학에서 돌아가는 길에 후지사와 역에서 만나기로 했다. 그리고 사쿠타가 아르바이트를 하는 패밀리 레스토랑에서 이야기를 나눴다.

"지금 단계에서 가능성이 있는 건 크게 두 가지 아닐까?"

리오는 드링크바에서 커피를 뽑아서 돌아오자마자 차분한 어조로 사쿠타에게 말했다.

"뭔데?"

"키리시마 토코가 사쿠라지마 선배에게 직접적으로 해를

가할 것인가."

"다른 하나는?"

"키리시마 토코에 의해 사춘기 증후군이 발병한 누군가가 사쿠라지마 선배를 위험에 빠뜨릴 것인가."

"뭐, 그 둘 중 하나겠지."

짤막한 메시지에서 도출되는 건, 막연한 방향성뿐이다.

무슨 일이 일어날지, 무엇 때문에 위험한지, 어떤 식으로 위험한지 전혀 적혀 있지 않았으니 말이다.

알 수 있는 건, 키리시마 토코와 관련이 있다는 점뿐이다.

"하지만, 직접적으로 해를 가하는 일은 없지 않을까?"

그렇게 된다면, 그것은 사건이다. 토코에게 그럴만한 이유가 있을 것 같지는 않다. 아직 그런 행동을 취하려는 낌새도 없다. 그녀는 투명 인간이니 기회라면 얼마든지 있었을 것이다. 하지만 오늘까지 마이에게 아무 일도 일어나지 않았다는 것이, 사쿠타가 방금 한 말의 증거다.

"나도 후자일 가능성이 크다고 생각해."

하지만 전자를 완전히 부정할 수는 없다. 커피잔에 입을 댄 리오가 한 말에는 그런 의미가 담겨있었다.

약간 신경 쓰이는 점은, 일전에 마이를 「방해꾼」이라고 불렀다는 점일까. 하지만 그것도 그저 상황에서 비롯된 말처럼 느껴졌다. 설령 다르더라도, 사건으로 이어질 정도의 강렬한 감정이 있는 것처럼 느껴지지는 않았다.

"후타바 생각에는 이 상황에서 어떻게 하면 좋을 것 같아?"

리오가 커피잔을 내려놓을 때까지 기다린 후, 사쿠타는 솔직하게 의견을 구했다. 구체적인 행동을 취하기에는 정보가 부족했다.

"문제의 뿌리를 뽑는단 의미에서 본다면, 키리시마 토코의 사춘기 증후군을 치료하면 되지 않을까?"

사쿠타에게만 보이는 존재.

예전의 마이가 겪었던 것과 비슷한 증상이다.

"그쪽은 아즈사가와의 전문 분야 아냐?"

리오의 입가에 미소가 어린 것은, 당시의 일을 떠올렸기 때문이리라.

고등학생 시절, 사쿠타가 마이에게 고백한 순간을……

시험 도중에 운동장으로 뛰쳐나가서, 전교생에게 들리도록 「사랑해」라고 외쳤던 그때를 말이다.

"그런다고 해결된다면 이렇게 골치 아프지 않을 거라고."

유감스럽게도 마이와 토코는 다르다. 사쿠타와의 관계도, 상황도, 조건도…….

마이의 존재가 사라진 이유에 대해서는 리오가 가설을 세워줬지만, 토코에 관해서는 아직 아무것도 알지 못한다.

어째서 사쿠타에게만 보이는가.

마이 때와 증상이 비슷한 것 같지만, 다른 부분도 있다.

토코는 현재 모습만 보이지 않는다. 사람들의 기억에서 사라졌던 마이와 다르게, 토코란 존재는 지금도 다들 똑똑히 기억하고 있다.

동영상 사이트에 올라온 곡을 듣고 「키리시마 토코, 좋지 않아?」, 「나도 키리시마 토코의 노래를 참 좋아해」라며 곳곳에서 화제가 되고 있다.

"후타바는 요즘 일어나는 사춘기 증후군의 원인이 키리시마 토코에게 있다고 생각해?"

토코는 「선물을 줬어」라고 말했다.

갑자기 분위기를 살피게 된 히로카와 우즈키에게……

다른 가능성의 세계에 존재하는 자신과 뒤바뀌었던 아카기 이쿠미에게도……

꿈에서 미래를 보게 된 수많은 학생에게도…… 선물을 줬다고 말했다. 모두가 원하던 선물을 말이다.

"본인이 그렇게 말했다며?"

그런 전제가 존재하기에, 리오는 근본적인 해결 수단으로서 키리시마 토코의 사춘기 증후군을 치료하면 되지 않겠느냐고 말했다.

"본인이 그렇게 말했을 뿐이거든."

그래서, 증명할 방법이 없다. 이 자리에서 리오와 몇 시간을 논의해본들, 결론은 나오지 않는다. 이 시점에서 길은 막혀 있는 것이다.

"결국 후타바의 말대로인가."

막다른 길에 놓인 사쿠타는 하나의 결론에 도달했다. 그리고 그 결론을 받아들일 준비를 마쳤다.

"키리시마 토코의 사춘기 증후군을 치료할 수밖에 없어."

리오가 시선으로 긍정의 뜻을 표시했다.

"기분 전환밖에 안 되겠지만, 『#꿈꾸다』를 살펴보는 건 어때? 미래에 대해 뭔가 알 수 있을지도 몰라."

"눈에는 눈, 이에는 이. 사춘기 증후군에는 사춘기 증후군이란 거구나."

그날, 집으로 돌아간 사쿠타는 리오의 조언을 순순히 실천했다. 여동생인 카에데의 노트북 컴퓨터를 빌려서, 바로 『#꿈꾸다』를 붙여서 『사쿠라지마 마이』를 검색했다. 하지만 「마이 씨가 위험해」라는 말과 연관이 있을 법한 글은 찾지 못했다.

그 후로 오늘까지, 『#꿈꾸다』를 검색하는 것이 사쿠타의 일과가 되어가고 있었다.

후지사와 역에서 빠른 걸음으로 약 10분. 학원 강사 아르바이트를 마친 사쿠타가 귀가한 시간은 밤 아홉 시가 지나서였다.

"다녀왔어."

신발을 벗고 현관에 들어가니 거실에서 애완 고양이인 나스노가 다가왔다. 잠시 후, 닫혀있던 세면장의 문이 열렸다.

"아, 어서 와, 오빠."

잠옷 차림으로 사쿠타를 맞이한 사람은 여동생 카에데였다.

카에데는 아직 젖은 머리카락을 수건으로 닦으면서 부엌으로 향했다. 이어서 냉동고를 열리는 소리가 들려온 것을 보면, 아이스크림을 꺼내 먹으려는 것이리라.

카에데가 나온 세면장에 들어가서 손을 씻고 입을 헹궜다. 그리고 약간의 기대를 품으며 거실로 향했다.

가장 먼저 확인한 것은 자동응답 전화기다.

지금 사쿠타는 연락을 기다리고 있는 상대가 있다. 연락이 오기를 진심으로 고대하고 있다.

하지만, 빨간색 불이 켜져 있었다. 메시지가 도착해있다면, 깜빡거릴 것이다. 착신 이력도 확인해봤지만, 전화가 오지 않았다.

"다시 전화해볼까."

최근에 기억한 열한 자리 숫자를 차근차근 눌렀다.

미니스커트 산타가 알려준 전화번호다.

잠시 기다리자, 수화기에서 발신음이 들렸다.

이 번호를 쓰는 이가 있다는 증거다.

상대가 거짓말을 한 게 아니라면, 이 번호는 키리시마 토코의 스마트폰과 이어질 것이다.

신호가 일곱 번 간 후, 「메시지를 남겨주세요」라며 부재중 메시지 서비스의 안내 음성이 나왔다. 최근 며칠 동안 몇 번이나 들은, 사무적인 안내 음성이다.

키리시마 토코에게 전화를 건 것은 한두 번이 아니다. 어제도 메시지를 남겼다.

아직 상대방에게서 전화가 오지는 않았다. 하지만 사쿠타는 오늘도 수화기를 향해 말했다.

"이 번호는 키리시마 토코 씨의 전화번호가 맞나요. 아즈사가와 사쿠타라고 합니다. 산타클로스가 되는 법을 알고 싶어서 연락드려요. 전화 기다리고 있겠습니다."

용건을 말한 후, 수화기를 내려놨다. 그러자, 등 뒤에서……

"오빠, 혹시 장난 전화라도 하는 거야?"

……하고, 어이없어 하는 목소리가 들려왔다.

뒤를 돌아보니, 오렌지맛 아이스크림을 입에 문 카에데가 이상한 것이라도 본 것 같은 표정으로 사쿠타를 바라보고 있었다.

"장난 전화가 아니라, 평범하게 전화를 건 거야."

"그게 더 대박이거든?"

"카에데도 여고생다운 소리를 하게 됐구나."

"오빠는 여전히 이상한 소리를 하네."

"그래?"

"자각이 없는 거야? 진짜 대박이네."

그런 남매의 대화는 갑자기 끊겼다.

느닷없이 전화가 울린 것이다.

카에데의 스마트폰이 아니라, 집 전화가 말이다.

전화기 화면에는 열한 자리 숫자가 표시되어 있었다. 아직 눈에 익지는 않은 번호다. 하지만, 알고 있는 번호다.

수화기를 쥐고, 전화를 받았다.

"네, 아즈사가와입니다."

수화기를 귀에 대며 평소처럼 인사를 건넸다.

"……."

상대방은 바로 대답하지 않았다.

그저, 수화기 너머에서 누군가의 기척이 느껴졌다.

"키리시마 씨죠?"

화면에 표시된 전화번호가, 그것을 증명해줬다.

"너, 의외로 똑똑하구나."

토코가 처음으로 한 말은 칭찬으로 들리지 않는 칭찬이었다.

무슨 말이 하고 싶은 건지, 짐작할 수 있었다.

기습적으로 3초만 보여준 전화번호를, 사쿠타가 똑똑히 기억한 것을 가지고 비아냥거리는 것이다.

"그런 말 자주 들어요."

"게다가, 약아빠졌어."

이건 지금 사쿠타가 시치미를 뗀 것에 대한 견제일까. 아니면 전화번호를 기억하지 못한 척을 한 당시를 말하는 것일까. 양쪽 다일지도 모른다.

"그러면서, 머리는 나빠."

어찌된 건지, 평가가 점점 나빠지고 있다. 아니, 처음부터 딱히 좋지는 않았다. 좋았던 것은 「똑똑하다」라는 말의 인상뿐이다. 쓰인 상황 자체는 그다지 좋지 않았다.

"몇 번이나 전화했는데도 반응이 없으면, 상대방이 피한다고 생각하는 게 보통 아냐?"

"착신 거부가 될 때까지는 전화해도 괜찮다고 생각했어요."

사쿠타에게는 쉽게 물러설 수 없는 이유가 있다.

—키리시마 토코를 찾아.

—마이 씨가 위험해.

또 한 명의 자신이, 그렇게 말한 것이다.

"키리시마 씨에게, 물어볼 게 있어요."

"산타클로스가 되는 법은 비밀이야."

"또 만나지 않을래요?"

이 전화 한 통으로 사쿠타가 원하는 답을 전부 얻어낼 수 있을 거라고는 생각하지 않는다.

아직 모르는 게 너무 많다.

찾으려고 했던 토코는 전화 너머에 있다. 만난 적도 있다. 이미 찾아냈다고 해도 과언이 아니다.

하지만, 그것과 「마이 씨가 위험해」를 연관 지을 수가 없다.

지금 가능성이 있는 건, 리오가 말했던 두 가지다.

토코가 마이에게 직접적으로 위해를 가할 것인가.

미니스커트 산타의 선물을 받은 누군가의 사춘기 증후군

이 연관된 것인가.

둘 중 하나이다.

하지만, 이것도 억측에 지나지 않는다.

그러니 토코를 다시 만나서, 그녀의 반응을 두 눈으로 살피고 싶다.

"오늘부터 12월이지?"

토코가 그렇게 말하자, 사쿠타는 자연스레 달력을 쳐다봤다.

"그러네요."

올해도 이제 한 달 남았다.

"산타클로스는 12월에 바쁘거든?"

"그건 알지만 어떻게 안 될까요?"

"그럼 내일 보자."

"아, 저기, 내일은 좀……."

오늘은 12월 1일. 그렇다면 내일은 12월 2일. 1년에 한 번뿐인 특별한 날이다.

"수업이 끝나면 다시 전화해. 내키면 만나줄게."

토코는 사쿠타의 대답을 듣지도 않고 일방적으로 약속을 잡았다.

"다른 날은 안 될까요?"

그런데도, 사쿠타는 계속 부탁했다.

"내일 무슨 일 있어?"

토코가 귀찮다는 투로 물었다.

"여자친구의 생일이에요."

어제, 생일날에 일을 쉬는 것이 확정된 마이로부터 「사쿠타를 데리고 가고 싶은 곳이 있어. 수업 이후의 스케줄을 비워둬」라는 말을 들었다. 생일 데이트라고 하는 기대되는 약속이 잡힌 것이다.

"그래?"

토코는 이해했다는 듯이 그렇게 말했다.

어쩌면 만나는 날을 바꿔줄지도 모른다.

그렇게 생각한 순간······.

"그럼 내일 말고는 절대 안 만나줄 거야."

사쿠타를 놀리는 듯한 웃음 섞인 목소리가 들려왔다.

그리고, 전화가 그대로 끊겼다.

말을 붙일 틈도 없었다.

일단, 다시 전화를 걸어봤다.

"······."

당연히, 토코는 전화를 받지 않았다.

전화는 부재중 전화로 연결됐다.

"아즈사가와예요. 내일 일 때문에 상의하고 싶어 연락했어요. 또 전화할게요."

부재중 전화로 용건을 남긴 후, 수화기를 내려놨다.

"오빠. 그 장난 전화, 인간적으로 진짜 너무한 거 아냐?"

카에데가 다 먹은 아이스크림 막대를 쓰레기통에 버렸다.

"진짜 너무하니까 이러는 거야."

대체 뭐라고 설명하면 될까.

분명 이유를 설명하면 이해해줄 것이다. 마이도 자초지종을 아니까 말이다. 하지만, 절대 용서해주지는 않을 것 같은 느낌이 들었다.

"일단 오늘은 일찍 자는 편이 좋겠네."

내일에 대비해 체력을 모아둬야만 한다.

그 어떤 꾸중도 버텨낼 수 있도록…….

3

"알았어. 그럼 오늘 일정은 취소인 거네."

다음날, 사쿠타는 마이의 대답을 그녀가 운전하는 차량의 조수석에서 들었다.

차가 빨간 신호에 걸려서 멈춘 타이밍. 주행음이 들리지 않는 조용한 차에는 2교시 수업에 늦지 않도록 집을 나선 사쿠타와 마이만이 타고 있었다. 항상 훼방을 놓는 노도카는 1교시 수업을 듣기 위해 혼자서 먼저 대학교에 갔다.

"데이트는 다음에 하자."

마이는 어깨에서 흘러내린 머리카락을 핸들에서 뗀 손으로 쓸어넘겼다.

"아~."

"멋대로 약속을 잡은 사쿠타가 왜 불만스러워하는 건데?"

"기대하고 있었는데~."

"그건 내가 할 말이야."

신호가 파란색으로 바뀌자, 마이는 사쿠타의 발 대신 액셀을 약간 세게 밟았다. 그러자 차는 힘차게 발진했다.

"마이 씨, 실망 좀 해달라고요."

"실망했거든?"

마이는 원망 섞인 눈길로 옆에 있는 사쿠타를 흘겨보았다. 그녀가 평소보다 신경 써서 화장했다는 것은 「좋은 아침」이란 말을 듣는 순간에 눈치챘다.

"모처럼 한 준비가 전부 부질없어졌는걸."

복장 또한 생일 데이트를 위해 신경 써서 골랐을 것이다.

가운데에 주름이 잡힌 와이드 팬츠는 실루엣이 아름답고 개운한 인상이 감돌았다. 허리 부분은 두루주머니처럼 조여져서 마이의 뛰어난 몸매가 돋보였다. 하얀색 블라우스는 심플하게 아름다웠다.

오늘 마이는 귀엽다기보다 아름답다, 멋지다는 말이 먼저 생각났다.

뒷좌석에는 차에서 내렸을 때 걸칠 검은색 코트가 실려 있었다.

"나는 아름다운 마이 씨와 함께 있을 수 있어서 기쁘지만……."

"나는 전혀 기쁘지 않아."

강렬한 카운터가 바로 날아왔다.

이 건에 대해서는 괜한 소리를 하지 않는 편이 좋을지도 모른다.

"하지만 일이 일인 만큼, 어쩔 수 없네."

이번 일은 마이에게도 남 일이 아니다. 오히려 가장 연관 되어 있는 사람이다.

그래서, 생일 데이트가 취소됐는데도 이해해주는 것이다. 화내지 않고 「알았어」하고 말해줬다.

그 사실에 안도하기는 했다. 하지만 사쿠타는 그 이상으로 안타까움을 느끼고 있었다.

그 경고를 알고 있으니, 마이 또한 불안을 느낄 것이다.

건너편 세계의 사쿠타가 일부러 전해준 것을 보면, 돌멩이를 밟고 넘어지거나 문턱에 새끼발가락을 부딪치는 것 같은 일상적인 위험을 가리키지는 않을 것이다.

더 거대한 위험이 마이에게 닥쳐온다고 생각하는 편이 낫다.

사쿠타와 마이는 예전에 최악의 경우를 경험했다. 눈 내리는 날의 그 일. 「마이 씨가 위험해」라는 메시지를 받은 순간, 사쿠타는 그 최악의 기억을 떠올렸다.

이 몸으로 경험한 것은 아니지만, 그 기억은 뇌리에 새겨져 있다. 크리스마스이브의 그 일이 생각났다. 새하얀 눈이 붉게 물드는 순간의 절망은, 지금도 전혀 빛바래지 않았다.

잊을 생각은 없지만, 결코 잊을 수 없는 아픔으로서 사쿠타의 가슴에 남아있다.

그것은, 마이에게도 마찬가지일 것이다.

그런데도, 그녀는 전혀 내색하지 않았다.

"이해심 많은 여친에게 감사하는 게 어때?"

"마이 씨와 함께하는 시간이 줄어드는데, 어떻게 감사하냐고요."

"그럼, 나도 같이 갈까?"

"그건 안 돼요."

자연스레 사쿠타의 어조가 딱딱해졌다.

키리시마 토코가 마이에게 직접 해를 가할 거라고는 생각하지 않는다. 생각하지 않지만, 마음 한편에 존재하는 경계심이란 이름의 가시가 사쿠타의 목소리에 반사적으로 어렸다. 어리고 말았다.

실패하기라도 하면 돌이킬 수 없다.

마이의 배려 덕분에 두 사람은 평소처럼 지내고 있는데, 사쿠타의 방금 한 말때문에 분위기가 망가졌다. 순식간에 긴장감이 감돌기 시작했다.

뭐라고 얼버무리면 좋을지 생각나지 않았다. 사쿠타는 스스로를 한심하게 여기며, 사이드미러를 쳐다볼 수밖에 없었다.

그러자 마이가 작게 웃었다.

"그렇게 신경 쓸 건 없잖아."

"어떻게 신경을 안 써요."

"사쿠타가 나를 걱정해주고 있다는 건 알아."

그렇게 말한 마이는 길가 편의점을 장식한 크리스마스 컬러의 광고를 힐끔 쳐다봤다.

"크리스마스도 얼마 안 남았네."

마이는 정말 당할 수가 없다. 다른 계절이었다면, 사쿠타도 조금은 차분했을지도 모른다.

하지만 모든 것을 떠올린 후로, 크리스마스가 가까워지면 이렇게 된다. 마을이 빨간색과 녹색과 조명으로 물들면, 말로 형용할 수 없는 쓸쓸함과 초조함 같은 것을 느낀다.

"이번 달은 최대한 같이 있을 수 있게 해볼게."

"지금은 굿모닝부터 굿나잇까지 함께하고 싶어요."

가능하면 한 걸음도 밖으로 나가지 않으며 집에서 지내줬으면 한다.

—마이 씨가 위험해.

그 말의 의미를 밝혀질 때까지는 말이다.

두 번 다시 마이를 잃고 싶지 않다. 그런 건, 도저히 견딜 수 없다…….

그렇다고 마이를 집에 가둬두는 것도 현실적이지 않다. 대학교에도 가야 하고, 일도 해야 한다. 국민적 지명도를 자랑하는 유명인과 연락을 취할 수 없게 된다면, 나쁜 뉴스가 퍼져나갈 것이다. 그것 또한 「마이 씨가 위험해」에 맞아떨어진다.

"흐음, 지금만으로 괜찮은 거야?"

"지금이 끝나고 나면, 굿나잇부터 굿모닝까지 함께 하고 싶어요."

"농담이 나오는 걸 보면, 이제 괜찮나 보네."

"마이 씨는 불안하지 않아요?"

"사쿠타가 있으니까 괜찮아."

마이는 가슴이 콩닥거리게 하는 말을 너무나도 자연스럽게 입에 담았다.

"저기, 마이 씨."

"응?"

"가다가 편의점이 보이면, 좀 세워주지 않을래요?"

"왜?"

"끌어안고 싶거든요."

주행 중인 차 안에서는 안전 벨트가 방해되어서 끌어안을 수 없다.

"안 돼."

"어~."

마이가 즐거운 듯이 웃었다.

마이의 옆에 있을 뿐인데, 초조함이 꽤 가셨다. 물론 모든 불안이 사라진 것은 아니다. 하지만, 더는 약한 소리를 할 수도 없다. 마이에게 어리광을 부릴 수는 없는 것이다.

오늘은 토코와 만나서 알아내야만 하는 것이 있다.

"그러고 보니, 마이 씨가 말했던 나를 데려가고 싶은 장소가 대체 어디에요?"

"그건 나중에 알려줄게."

"결혼식장을 알아보러 간다거나?"

"아냐."

"마이 씨의 어머니께 인사한다거나?"

"전에 만났잖아."

어처구니없다는 투로 그렇게 말한 마이는 도로표지판을 올려다봤다. 파란색과 흰색으로 된 도로표지판 아래를 차가 통과했다. 그 직후, 마이는 뭔가가 생각난 것처럼 화제를 바꿨다.

"사쿠타, 2교시 수업이 뭐야?"

"기초 세미나예요."

"출석 일수는 충분하지?"

"나는 마이 씨가 아니거든요."

"나도 충분해."

차는 세키야 인터체인지로 다가가고 있었다. 실은 인터체인지가 아니지만, 여러 도로가 교차되는 형태 탓에 그렇게 불리는 교차로다.

차가 그 앞에 서자, 마이는 방향 표시등을 켜며 핸들을 왼쪽으로 꺾었다. 대학에 갈 거라면 쭉 나아가서 순환 4호선으로 향하면 된다. 마이가 모는 차를 타고 통학하는 것도 한두 번이 아니기에, 사쿠타도 길을 얼추 기억하고 있다.

"마이 씨?"

사쿠타는 당연한 의문을 마이에게 던졌다.

"……."

마이는 대답하지 않았다. 낯선 도로를 따라 차를 몰 뿐이다. 이윽고 차는 국도 1호선에 접어들었다. 그 도로를 한동안 달려가자 토츠카 인터체인지에 도착했고, 차는 드디어 고속도로에 들어갔다.

도로표지판에서는 요코하마 방면의 지명이 눈길을 끌었다. 사쿠타와 마이가 다니는 대학은 카나자와 핫케이에 있다. 같은 요코하마 시내에 있지만, 안내판이 가리키는 요코하마 역 부근의 「요코하마」와는 방향이 다르다. 전철로 20분이나 가야 할 만큼 거리도 떨어져 있다.

"혹시, 수업을 빼먹으려고요?"

대학에 갈 수 있는 날이라면 잠시만이라도 등교하려 하는 마이답지 않은 행동이다. 아니, 이렇게 당당히 수업을 빼먹으려 하는 모습을 보는 건 처음일지도 모른다.

"생일이니까, 오늘 하루 정도는 괜찮지 않겠어?"

핸들을 쥔 마이의 표정을 보니, 묘하게 즐거워 보였다. 그 미소의 이유를, 사쿠타는 30분 후에 알게 된다.

마이가 차를 멈춘 곳은 오랜 세월 동안 요코하마 미나토 미라이 지역의 상징으로 군림해온, 랜드마크 타워의 지하 주차장이었다.

그 시점에서, 사쿠타는 약간 불길한 예감에 사로잡혔다. 아니, 꽤나 불길한 예감이었다.

"마이 씨, 여기서 뭘 할 건데요?"

"따라오면 알아."

차에서 내린 후, 엘리베이터를 탔다.

마이는 엘리베이터의 3층 버튼을 눌렀다.

도착을 알리는 벨소리가 들리면서 엘리베이터의 문이 열리자, 넓고 해방감이 감도는 쇼핑 플로어가 사쿠타와 마이를 맞이했다.

전체적으로 널찍한 구조이며, 공간에 여유가 있었다. 길을 걷는 사람들의 분위기에서도 왠지 여유가 느껴졌다.

"여기야."

마이가 걸음을 멈춘 곳은 쇼핑 플로어 안에서도 특히 고급스럽고 세련된 매장 앞이다.

알파벳으로 된 이 가게의 이름은 사쿠타도 안다.

옅은 블루가 이미지 컬러인, 세계적으로 유명한 액세서리 브랜드다.

옛날 영화의 제목으로도 쓰였다.

무심코, 가게 앞에서 입을 쩍 벌리고 말았다.

"스무 살이 된 기념으로, 남친에게 멋진 선물을 받는 것도 괜찮다고 생각 안 해?"

"……생각해요."

실제로 그럴 생각이어서, 그렇게 대답할 수밖에 없었다.

"하지만……."

곧 부정의 말이 입에서 나왔다. 반사적으로 취한 방어본 능 같은 것이다.

"하지만, 뭐?"

옆에 있는 마이가 귀여운 표정으로 이유를 물었다. 고개 를 살짝 기울인 채, 사쿠타의 얼굴을 들여다보면서…….

약았다. 약았지만, 이렇게 되면 사쿠타에게 퇴로는 없다.

"크리스마스 선물과 합쳐도 될까요?"

이 말만 겨우 입에 담았다.

"그거, 어릴 적에 엄마한테 듣고 가장 열받았던 말이야."

말과 달리, 마이의 입가는 웃고 있었다. 반대로 괴로운 표 정을 짓고 있는 사쿠타를 내버려 둔 채, 그녀는 홀로 가게 안에 들어갔다.

이렇게 되면, 각오를 다질 수밖에 없다.

"데이트에 대비해서 어제 아르바이트비를 찾아두기 잘했 네……."

사쿠타는 어제의 자신에게 감사하면서, 마이를 따라갔다.

가게 안으로 기념비적인 첫걸음을 내디뎠다.

겨우 한 걸음 내디뎠을 뿐인데 공기가 달라진 느낌이 들었다. 냄새도 다르다. 발바닥으로 느껴지는 감촉까지 다른 듯한 느낌이 들었다.

우아한 분위기가 감도는 가게 안에는 쇼케이스 몇 개만 존재했다. 넓이를 생각하면 더 많은 상품을 진열해둘 수 있을 테지만, 그렇지 않았다.

공간을 매우 풍족하게 이용하고 있다. 점원의 눈길을 피할 생각으로 상품 선반 뒤편에 숨는 것 또한 무리다. 다른 손님 사이에 숨고싶어도, 이 가게 안에는 사쿠타와 마이 이외에는 한 커플밖에 없었다. 점원이 더 많을 지경이었다.

그렇기에, 가게에 들어서자마자…….

"어서 오십시오."

차분한 분위기의 누님이 말을 걸어왔다. 20대 후반일까. 여유로운 미소를 지으며 사쿠타와 마이에게 다가왔다. 하지만 그 자연스러운 접객 스마일은 끝까지 유지되지 않았다.

"오늘은 무슨…… ?!"

말을 이으려던 순간, 경악 탓에 말문이 막혔다. 「앗」 하고 외치지는 않았지만, 「앗」이라고 말하는 듯한 입 모양을 한 채 굳어버렸다.

이유는 간단했다. 갑자기 눈앞에 『사쿠라지마 마이』가 나타났기 때문이다.

하지만 곧 「실례했습니다」라고 말하며 원래의 스마일을 머금었다.

"괜찮으시다면, 안쪽 테이블로 모셔도 될까요?"

누님은 살며시 다가오더니, 다른 손님에게 들리지 않도록 작은 목소리로 말했다.

"갑자기 찾아와서 죄송해요. 그리고 배려 감사합니다."

마이가 점잖은 태도로 그렇게 말하며, 누님의 말에 따랐다.

점점 적진으로 끌려가는 느낌이 드는 건 기분 탓일까. 이 공간에 사쿠타가 마음을 의지할 만한 것은 하나도 없었다.

"저쪽 손님에게 폐가 될 거야."

마이는 사쿠타의 팔꿈치를 잡더니, 점원 누님의 뒤를 따랐다.

"자아, 이쪽으로 오시죠."

안내된 곳은 테이블이 아니라, 완전히 별개의 공간이었다. 그래도 테이블은 있으니 거짓말은 아니었다.

의자는 몸이 파묻히지 않는 타입의 소파다.

점원 누님이 권하는 대로 사쿠타는 마이와 나란히 앉았다.

누님은 자기 이름을 밝히더니, 「오늘, 이렇게 찾아주셔서 감사합니다」하고 말하며 정중히 인사했다. 이렇게 되면, 아무것도 사지 않고 돌아가는 것은 용납되지 않을 듯한 느낌이 들었다.

"찾으시는 물건이 있으신가요?"

누님은 우선 마이에게 말을 건넸다.

마이가 사쿠타를 힐끔 쳐다보자, 누님은 그를 향해 고개를 돌리며 미소 지었다.

"오늘은 마이 씨의 스무 살 생일이에요."

"어머나, 축하드려요."

마이는 고개를 살짝 숙여서 그 말에 답했다.

"생일을 기념해, 선물을 하고 싶어서요……."

누님은 열심히 고개를 끄덕였다. 그 모습을 보니 왠지 멋쩍었다.

"대학생 아르바이트비로도 살 수 있을 만한 게 있을까요?"

괜히 말을 돌려봤자 소용없을 테니, 가장 중요한 점을 처음부터 밝혔다. 아까 가게 안의 쇼케이스 안을 언뜻 보니, 경악을 금치 못할 가격표가 있었으니까…….

"네, 멋진 아이템이 준비되어 있답니다. 제가 몇 점 골라서 가져와도 될까요?"

"부탁드려요."

"그럼 잠시 자리를 비우겠습니다."

누님은 고개를 꾸벅 숙인 후, 방을 나섰다.

문이 닫히자, 사쿠타는 그제야 소파 등받이에 등을 맡겼다.

"하아."

무심코, 한숨을 토했다.

그 직후, 노크 소리가 들리더니 「실례하겠습니다」 하면서 다른 여성 점원이 들어왔다. 등받이와 2초 만에 작별한 사쿠타는 등을 꼿꼿이 세웠다.

"드시죠."

여성 점원은 사쿠타와 마이 앞에 김이 모락모락 피어오르는 찻잔을 뒀다. 그 안에는 신품 벽돌 같은 색깔을 띤 투명한 액체가 가득 담겨있었다. 테이블에 놓여 있을 뿐인데, 그윽한 향기가 주위에 감돌았다.

"고마워요."

마이가 그렇게 말하자, 점원은 「편히 기다리시길」 하고 말하며 인사한 후에 방에서 나갔다.

그리고 교대하듯, 아까 전의 누님이 돌아왔다.

손에는 쟁반 두 개를 들고 있었다.

"오래 기다리셨습니다."

솔직히 말해 전혀 기다리지 않았다. 마음의 준비를 할 시간을 좀 더 줬으면 싶을 정도다.

누님은 찻잔을 슬그머니 테이블 옆으로 옮기더니, 첫 번째 쟁반을 사쿠타와 마이의 가운데에 뒀다.

회색 펠트로 된 케이스 안에 나란히 놓여 있는 건, 세 종류의 목걸이였다. 하트 장식이 달린 것, 반지가 걸린 것, 네잎 클로버 모양의 장식이 달린 것이었다.

그중 하나를 향해…….

"아, 이건……."

마이가 손을 뻗었다.

그녀가 손가락으로 집은 것은 네 잎 클로버 모양 장식이 달린 목걸이였다.

"이것은 작년에 공개된 영화에서 걸쳐주셨던 것입니다. 저희 매장도, 영화를 보신 많은 손님으로부터 문의를 받았답니다."

그렇게 말한 누님은 이어서 다른 하나의 쟁반을 테이블 위에 뒀다.

그 쟁반에는 반지 세 개가 놓여 있었다.

나뭇잎이 고리 형태로 이어져 있는 것, 링 두 개가 교차된 것, 그리고 하트 모양 목걸이와 쌍을 이루는 듯한 세련된 하트가 디자인된 것이었다.

전부 아름다운 은색 빛을 뿜고 있었다.

"자유롭게 착용해보시길."

마이가 가장 먼저 고른 것은 하트 모양 반지였다.

오른손 약지에 딱 맞았다.

그 반지를 보자, 마이의 입가에 저절로 미소가 어렸다. 무의식적으로 머금은 미소였다.

"어때?"

마이는 만족한 듯한 표정을 지으며, 사쿠타에게 반지를 낀 오른손을 내밀었다.

하트 모양 반지는 마이의 가늘고 길며 예쁜 손가락을 두말할 여지 없이 아름답게 꾸며줬다. 원래부터 그 자리에 있었던 것처럼 자연스럽게 녹아들었다.

"잘 어울려요."

그것 말고는 할 수 있는 말이 없었다.

"정말 잘 어울리세요."

사쿠타가 감상을 말할 때까지 기다린 후, 누님이 마이에게 이런저런 설명을 했다. 사쿠타의 귀에는 그 말이 전혀 들어오지 않았다.

사쿠타의 눈은 가격표에 못 박혀 있었다.

곤란하게도, 사쿠타가 상상했던 가격대보다 약간 착했다. 주문대로, 사쿠타의 아르바이트비로도 살 수 있는 금액이었다.

"마음에 드시는 물품이 있으신가요?"

마이는 자신을 향한 점원 누님의 시선을 사쿠타에게 패스했다.

사쿠타가 주는 선물이니, 마이는 「사쿠타가 골라줘」라는 의미다. 정확하게는 「골라」이려나.

"괜찮다 싶은 건 하트 모양인 목걸이와 반지네요."

같은 하트 모양이 목걸이에도, 반지에도 달려 있었다.

점원 누님은 사쿠타가 고른 목걸이와 반지를 쟁반 하나에 뒀다. 다른 것들은 다른 쟁반으로 옮겼다.

오른쪽에는 반지.

왼쪽에는 목걸이.

시각적으로 알기 쉬운 양자택일이다.

이제 사쿠타가 선택하기만 하면 된다.

다시 한번, 반지를 쳐다봤다.

반지가 반짝였다.

목걸이도 확인했다.

목걸이가 반짝였다.

가격은 반지가 큰 지폐 한 장 정도 더 비쌌다.

사쿠타는 슬며시 심호흡했다.

한 번 더, 심호흡했다.

그 후…….

"이쪽을 주세요."

사쿠타는 둘 중 하나를 손가락으로 가리켰다.

"다음에 찾아주시는 날을 기다리고 있겠습니다."

가게 밖까지 정중하게 안내받은 사쿠타와 마이는 직원 누님에게 인사를 하면서 가게 앞을 벗어났다.

나란히 선 두 사람은 엘리베이터 홀을 향해 걸어갔다.

자연스럽게 맞잡은 마이의 오른손 약지에는 귀여운 하트가 디자인된 은제 반지가 끼워져 있었다.

사이즈가 딱 맞는 것이 있어서, 포장하지 않고 바로 받아왔다.

"다음에 찾아주시는 날을 기다리고 있겠습니다, 라네."

마이가 놀리듯이 옆에서 사쿠타를 쳐다봤다.

"다음에는 약혼 반지를 사러 올까요?"

"일단은 기대하고 있을게."

그때는 자릿수가 하나 더 늘어날 각오를 해야 할 것이다.

"그런데 마이 씨."

"응?"

"생일 축하해요."

"사쿠타는 정말……."

"네?"

"그 말을 하는 게 항상 늦다니깐."

"내년에는 날짜가 바뀐 순간에 직접 말해주고 싶네요."

"그건 내 배우 스케줄에 달렸어."

그렇게 말한 마이는 맞잡은 손을 약간 흔들었다.

4

다른 곳에 들렀던 사쿠타와 마이가 대학에 도착한 것은 점심시간이 끝나기 20분 정도 전이었다.

학생 식당에 빈자리가 보이기 시작했으며, 이미 식사를 마친 학생들은 다음 수업까지 남은 시간을 여유롭게 보내고 있었다. 대학 안에서 항상 볼 수 있는 풍경이 펼쳐져 있었다.

사쿠타는 금방 나오고 금방 먹을 수 있는 메밀국수를 시켰다. 300엔을 내니 잔돈을 받을 수 있었다.

큰 지출을 한 직후인 사쿠타에게 있어, 이중적인 의미에서 감사한 음식이었다.

하지만, 오늘의 쇼핑은 전혀 후회되지 않았다.

대학에 오는 동안, 마이는 빨간 신호에 걸려서 차를 세울 때마다 자신의 오른손 약지를 쳐다보며 행복한 미소를 머금었으니까……

2년 반 동안 사귀면서 처음 본 표정이었다. 억누를 수 없는 감정이 얼굴에 어려 있었다.

이럴 줄 알았으면 더 빨리 반지를 선물할 걸 그랬다. 그런 후회마저 들 정도였다.

사쿠타가 빈 테이블에 앉자, 주문과 계산을 마친 마이가 옆에 나란히 앉았다. 마이가 시킨 것은 사쿠타보다 호화로운 튀김 메밀국수였다.

마이는 메인인 튀김을 젓가락으로 쥐더니, 사쿠타의 국수 위에 올려놨다.

"오늘의 답례야."

"기왕이면 아~ 해줬으면 했어요."

사쿠타의 불만을 무시한 마이는 국수를 먹었다.

3교시 수업까지 시간이 얼마 남지 않았기에, 사쿠타도 식사를 시작했다. 바삭~ 하는 맛있는 소리가 울려 퍼졌다.

사쿠타와 마이는 대화를 나누지 않고 점심시간이 끝나기 전에 식사를 마쳤다.

마지막으로 국물을 머금었다. 가다랑어를 베이스로 한 풍미가 콧속으로 스며들었다. 간장의 희미한 단맛을 느끼고 있을 때였다.

"아즈사가와."

누군가가 말을 걸어왔다.

그릇을 내려놓으며 고개를 드니 테이블 너머의 정면에, 아카기 이쿠미가 서 있었다.

옆자리에 있는 마이와 시선이 마주치자, 그녀는 가볍게 고개를 숙였다. 그 후, 미안한 표정으로 사쿠타를 쳐다봤다.

"미안해. 오늘도 안 됐어."

그렇게 말하면서 손바닥을 사쿠타와 마이에게 보여줬다.

나흘 전, 다른 가능성의 세계에서 온 메시지가 적혀 있던 곳이다.

그 후, 사쿠타는 이쿠미에게 부탁을 했다.

그것은 그 메시지의 진의를, 건너편 세계에 있는 이들에게 물어봐달라는 것이었다.

어째서, 마이가 위험한 건가.

어째서, 키리시마 토코를 찾아야만 하는 건가.

이것만 알면, 문제 대부분은 해결된다고 볼 수 있다.

건너편의 사쿠타가 어떤지는 모르겠지만, 이쪽의 사쿠타는 이미 키리시마 토코를 찾았다.

오늘 만나기로 약속도 했다.

하지만 어제도, 그저께도, 그전에도…… 이쪽 세계의 이쿠미의 질문에 답은 없었다. 그 점을, 성실한 이쿠미는 매일같이 보고하러 와줬다. 지금과 마찬가지로, 미안한 듯이 고개를 숙이며…….

"아마 건너편의 나에게는 메시지가 전해지지 않는 거라고 생각해. 그 메시지를 받은 후로, 건너편의 나와 감각이 이어진 느낌은 전혀 들지 않았어……."

"그럼 아카기를 위해서도 이대로 두는 편이 낫겠네."

아무 일도 일어나지 않는다는 건, 이쿠미의 사춘기 증후군이 완치됐다는 것을 의미했다.

"하지만……."

이쿠미는 진지한 표정으로 입을 열었다. 무슨 말을 하려는 것인지 알기에, 사쿠타는 그녀의 말을 끊으며 말했다.

"이 일로 책임을 느껴서 건너편의 아카기와 뒤바뀌지는 마. 내 탓에 그런 일이 벌어지는 건 딱 질색이거든.

"……알았어. 조심할게."

사쿠타의 농담이 전해진 것인지, 이쿠미의 표정에 약간이지만 여유가 돌아왔다. 하지만, 어디까지 이해해준 것인지는 알 수 없었다.

상대는 진지함이 옷을 입고 걸어 다니는 듯한 존재인 아카기 이쿠미다.

두 개의 메시지를 전해준 것으로 분명 책임을 느끼고 있으리라. 사쿠타가 상상하는 것보다, 더 강하게 느끼고 있을

게 틀림없다.

그것이 아카기 이쿠미란 인간이다. 그 점을, 사쿠타는 얼마 전에 통감했다. 그러니, 그 점에 관해서는 방심할 수 없다. 이쿠미의 「알았어」나 「괜찮아」는 말 그대로의 의미인 경우가 적으니 말이다.

"뭔가 알게 되면, 바로 전해줄게."

사쿠타에게 그렇게 말한 이쿠미는 마이를 향해 고개를 꾸벅 숙인 후, 두 사람이 있는 테이블에서 벗어났다. 그런 이쿠미를, 식당 입구 근처에서 카미사토 사키가 기다리고 있었다. 몇 마디 나눈 후 본관 쪽으로 걸어갔다. 아무래도 뒤바뀌고 나서도 사키와의 친구 관계를 이어가는 것 같았다.

이쿠미로서는 잘된 일일 것이다. 툭하면 사키에게 눈총을 사는 사쿠타로서는 환영하고 싶지 않지만…….

오후 수업 5분 전을 알리는 예비종이 울렸다.

여기저기서 이야기를 나누던 학생들이 이동하기 시작했다.

사쿠타와 마이도 식기를 반납한 후, 강의실로 향했다.

"마이 씨, 밤에는 집에 있죠?"

"사쿠타의 집에 있을 거야."

"나, 마이 씨에게 사랑받고 싶어요~."

"노도카가 케이크 사 온다고 했으니까, 카에데 양과 함께 먹자고 하네."

마이는 스마트폰의 메시지 애플리케이션으로 나눈 대화

를 사쿠타에게 보여줬다. 데이트가 취소된 것을 기뻐한 것은 용서할 수 없다.

"사쿠타의 몫도 필요한지 물어보는데, 어떻게 할까?"

"당연히 필요하지, 하고 말해주세요."

"그럼 사쿠타, 조심해."

건물 2층에서 한번 멈춰섰다. 마이가 듣는 수업은 2층에서 하며, 사쿠타는 3층이다.

"마이 씨야말로 조심하세요."

"나한테 무슨 일이 생기면, 사쿠타가 올 거잖아."

"물론이죠."

사쿠타의 대답을 듣고 만족한 것인지, 마이는 반지를 낀 오른손을 살며시 흔들면서 교실에 들어갔다.

"오늘의 마이 씨, 최고로 귀엽네."

사쿠타는 그 기쁨을 곱씹으면서, 3층에 있는 강의실로 향했다.

이런 시간이 앞으로도 이어질 수 있도록…… 수업이 끝나면, 사쿠타는 산타클로스를 만나러 갈 것이다.

5

4교시의 기초 세미나는 종이 울리기 10분 전에 끝났다.

"조금 이릅니다만, 오늘은 이쯤에서 끝내겠습니다."

교재를 정리한 교수가 천천히 교실을 나섰다. 빨리 끝났다고 불평하는 학생은 한 명도 없었고 다들 친구와 잡담을 나누기 시작했다.

　"그럼 돌아가자고."

　그렇게 말한 이는 같은 수업을 듣는 친구인 후쿠야마 타쿠미다. 타쿠미는 필기도구를 챙긴 후에 자리에서 일어서며 가방을 멨다.

　"미안한데, 나는 오늘 볼일이 있어."

　"데이트냐? 부럽다~. 즐거운 시간이나 보내라고. 그럼 간다~."

　여러 가지 감정을 차례차례 토한 타쿠미는 그대로 돌아갔다.

　"참 바쁜 녀석이네."

　그렇게 중얼거리고 있을 때, 이번에는 다른 학생이 말을 걸어왔다.

　"아즈사가와, 올라."

　스페인어로 「안녕」 하고 인사한 이는 국제상학부 1학년인 미토 미오리였다. 통계과학부의 사쿠타와는 속한 학부가 다르기에, 제2외국어로 선택한 스페인어 혹은 이 기초 세미나에서만 같이 수업을 듣는다.

　"미토, 오늘은 혼자야?"

　그녀는 평소 동성 친구와 함께 이 수업을 들었다.

　"마나미와 다른 애들은 수업을 빼먹고 놀러 갔어."

"여자끼리?"

"남자도 함께."

"미토가 길을 헤맨 바람에 참가 못 했던 미팅의 상대지?"

"그래요~."

약간 삐친 듯한 뉘앙스가 섞인 건, 따돌림을 당했기 때문일까. 아마 그럴 것이다.

"그거 다행이네."

"열받아~."

그녀는 눈을 가늘게 뜨며 사쿠타에게 불만을 털어놨다. 원래 동성 친구를 향해야 할 불만까지 사쿠타에게 퍼붓고 있었다. 미오리의 이런 성격에는 왠지 호감을 느꼈다.

"하지만 미토가 가면, 혼자만 인기를 끌어서 친구에게 미움받을 거잖아?"

"나는 그런 밥맛인 여자거든."

농담도 진담처럼 들렸다.

적어도 주위로부터 그렇게 여겨진다는 것을, 미오리 본인은 자각하고 있는 듯한 말투였다.

"그것보다, 마이 씨를 봤어."

갑자기 화제를 바꾼 미오리가 두 손으로 책상을 짚으며 몸을 쑥 내밀었다.

"그야 당연히 봤겠지. 같은 대학에 다니잖아."

"3교시의 기초 영어 수업을 같이 들었는데, 손 언저리가 반짝이던걸요~."

미오리는 짓궂은 어조로 사쿠타를 놀렸다.

"그거, 아즈사가와가 준 생일 선물이지?"

"마이 씨에게 안 물어본 거야?"

"행복 아우라가 너무 눈부셔서 물어보지 못했어. 반지 받아서 좋겠다~."

미오리는 부러운 듯한 표정으로 천장을 올려다봤다.

그 반응은 조금 의외였다.

미오리가 반지에 대해 특별한 감정을 드러낼 줄은 상상 못했다. 하지만 사쿠타의 그 인식은 틀리지 않았다.

미오리의 다음 발언이, 아까 한 말의 진의를 알려줬다.

"나도 마이 씨에게 선물하고 싶었어."

"미토는 받는 쪽 아냐?"

"지금은 줄 사람 없으니까, 받아도 기쁘지 않을걸?"

미오리는 이해가 될 듯 안될듯한 말을 하며 고개를 갸웃거렸다. 하고 싶은 말이 뭔지는 알 것 같았다. 즉, 주는 사람과 받는 자신의 마음이 합쳐져야 비로소 기뻐할 수 있다는 것이리라. 반지란 물건에 의미가 있는 것이 아니다. 미오리에게는 애초에 「이 사람한테 받고 싶다」 같은 생각이 드는 상대가 없다는 이야기다.

"아, 참고로 내 생일은 말이야."

"미토는 그런 말을 하니까 인기 있는 거야."

사쿠타는 그녀의 말을 끊으며 적절한 조언을 건넸다. 해야 할 말을 해줘야 어엿한 친구 후보일 것이다.

"아즈사가와한테만 말하는 거야."

"그런 말을 하니까 인기 있는 거야."

말을 해주자마자 바로 이런 대답이 돌아왔다.

"그럼 남자애와는 어떤 이야기를 나누면 되나요~?"

미오리는 토라진 표정으로 사쿠타를 쳐다봤다. 마치 사쿠타가 악역이 된 것 같았다.

"오늘은 날씨가 좋네요, 라든가?"

"그 말의 어디가 재미있는데?"

재미없는 이야기를 하면 된다는 말인데, 미오리는 그걸 이해하지 못했다.

바로 그때, 그제야 4교시가 끝났다는 것을 알리는 종이 울렸다.

"나, 5교시가 있으니까 먼저 가볼게. 차오~."

미오리는 작게 손을 흔들면서, 토트백을 다른 한 손에 든 채 강의실을 나섰다.

사쿠타는 그 뒷모습이 시야에서 사라지기 전에 자리에서 일어나더니, 가방을 멨다.

종이 울렸으니, 느긋하게 있을 수 없다.

수업이 끝난 후, 사쿠타는 토코에게 연락을 하기로 약속했던 것이다.

미오리처럼 5교시까지 수업이 있는 학생은 적기에, 4교시가 끝난 학교 안은 방과 후 같은 분위기가 감돌았다.

부활동과 서클 활동을 하러 가는 학생도 있는가 하면, 아르바이트를 하러 서둘러 가는 학생도 있었다.

건물 밖으로 나와보니 많은 학생이 정문으로 이어지는 가로수길을 걷고 있었다.

그 흐름에서 홀로 벗어난 사쿠타는 시계탑 부근에 있는 공중전화에 들렀다.

사쿠타 말고는 쓰는 사람을 본 적 없는 전화기. 사실상 사쿠타를 위해 있다고 해도 과언이 아닌 전화기.

수화기를 든 후, 준비해둔 동전을 집어넣었다. 남은 10엔 동전은 만약에 대비해 전화기 위에 올려둔 사쿠타는 열한 자리의 전화번호를 차례차례 눌렀다.

전화는 발신음이 들린 직후에 이어졌다.

스마트폰을 조작하고 있을 때에 전화가 울린 것일까. 그런 생각이 들 정도로 받는 속도가 빨랐다.

"오늘 만나기로 약속한 아즈사가와인데요."

"정문에서 기다리고 있어."

짤막한 대답이 들린 후, 전화가 끊겼다.

나설 기회가 없었던 10엔 동전을 챙긴 후, 사쿠타는 공중전화부스에서 벗어났다.

방금 들은 말에 따라, 가로수길을 걸으며 서둘러 정문으로 향했다.

잠시 걸었을 뿐인데, 앞선 학생들 사이로 목적지가 이미 보였다.

하지만, 문 옆에는 미니스커트 산타가 없었다.

정문 밖으로 나가봤지만, 새빨간 의상을 입은 토코는 보이지 않았다.

"기다리라는 걸까?"

아까 전화에서는 「기다리고 있어」 하고 말했는데…….

사쿠타는 석연치 않은 기분으로 지나다니는 인파에 방해되지 않도록 구석으로 이동했다.

그곳에는 먼저 온 이가 한 명 있었다.

사쿠타와 마찬가지로, 누군가와 만날 약속을 한 것일까.

끝자락이 짧은 퀼로트 스커트에 검은색 타이츠와 부츠 차림과 풍성한 느낌의 니트 위에 롱코트를 걸친 여학생이다.

너무 다가가면 괜한 의심을 살 수 있으니 사쿠타는 다섯 걸음 정도 떨어진 곳에 서서 토코를 기다리기로 했다.

그러자, 어찌 된 건지 옆에 있는 여학생이 말을 걸어왔다.

"장난치는 거야? 하나도 재미없거든?"

사쿠타는 그 목소리를 듣고 나서야 눈치챘다.

"기다리게 해서 미안해요, 키리시마 씨."

사쿠타는 태연한 표정으로 인사를 건넸다.

"산타클로스도 평범한 옷을 입나 보네요."

미니스커트 산타가 나타날 거라고 생각했던 사쿠타에게,
이것은 완벽하게 허를 찌르는 공격이었다. 화장 분위기도
산타 때와 달랐다. 평소에는 눈매의 인상이 강한데, 오늘은
전체적으로 자연스러운 느낌이다.

"그렇게 둔감해서야, 여친이 실망하지 않아?"

"때때로 좋아한다고 말해줘요."

"따라와."

사쿠타의 사랑 이야기를 들어줄 생각이 없다는 듯이, 토
코는 정문을 벗어났다.

그녀의 발길이 향한 곳은 카나자와 핫케이 역과는 반대
방향이었다. 케이큐 선의 선로를 따라, 요코하마 방면으로
5분 정도 걸었다. 강에 도착하자, 이번에는 강을 따라 5분
정도 걸었다.

시간이 흐르면서, 주위의 경치는 주택가로 변했다.

대학을 나서고 15분 정도 흘렀을 때, 사쿠타는 거대한 맨
션 밀집지대에 들어섰다. 세련된 디자인의 건물이 앞뒤에 줄
지어 있었다. 사쿠타는 이곳을 보면서 유럽 느낌이란 이미
지를 받았다. 그것도 비교적 따뜻한 지방의······.

아무튼 역이나 대학과 전혀 다른 풍경이었다. 눈가리개를
하고 이곳으로 왔다면, 한순간 외국에 왔다고 생각했을지도
모른다.

"이 근처에 사나요?"

"......"

사쿠타의 질문은 완전히 무시당했다.

토코의 발은 맨션 구역의 안쪽으로 향했다. 외부인이 함부로 들어서도 되는 걸까. 그런 걱정을 하고 있을 때, 토코가 갑자기 걸음을 멈췄다.

줄지어 있는 맨션의 한 구역. 1층 임대 공간에 위치한 케이크 가게 앞이다.

토코는 아무도 없는 테라스 자리에 앉더니…….

"몽블랑과 얼그레이."

……하고, 사쿠타에게 말했다.

상대방이 언짢아하면 곤란하기에, 사쿠타는 그 말에 따라 가게 안에 들어가서 몽블랑과 얼그레이를 주문했다. 오늘은 여러모로 지출이 많은 날이다. 곧 지갑이 텅텅 빌 것이다.

테라스 자리에서 먹겠다고 점원에게 말한 후, 사쿠타는 밖으로 나왔다.

아무래도 이 가게의 몽블랑은 주문이 들어온 후에 밤으로 만든 크림을 짜서 만드는 것 같았다. 사쿠타가 아는 몽블랑이 쇼케이스 안에 없었던 것도 그래서다. 게다가 신선함이 중요하기에 유통기한이 두 시간밖에 안 된다고 점원이 알려줬다.

"몽블랑, 좋아해요?"

사쿠타는 토코의 맞은편에 앉으면서 물어봤다.

"여기 몽블랑이 특별히 맛있어."

무시당하는 것을 각오했지만, 토코는 순순히 대답해줬다. 즉, 키리시마 토코는 몽블랑을 좋아한다. 의미 있는 정보는 아니지만, 토코에 대해 알아가는 조그마한 한 걸음은 될 것이다.

바로 그때, 기다렸던 몽블랑이 나왔다. 사쿠타의 앞에 접시와 찻잔이 놓였다.

"몽블랑, 좋아하시나요?"

마지막으로 포크를 내려놓은 여성 점원이 아까 사쿠타와 똑같은 질문을 던졌다.

"여기 몽블랑이 특별히 맛있다고 해서요."

디저트를 좋아하는 남자가 혼자서 케이크 가게를 순례하는 것처럼 보인 것일까. 아마 그럴 것이다.

여성 점원은 사쿠타의 대답을 듣고 미소 짓더니, 「천천히 드세요」 하고 말하면서 가게 안으로 들어갔다. 그 사이, 맞은편에 앉아있는 토코는 한 번도 쳐다보지 않았다.

역시, 사쿠타에게만 보이는 것 같았다. 산타 복장을 하든, 평범한 양복을 입든, 그 점에는 변화가 없다.

"자요."

사쿠타는 몽블랑을 토코 앞으로 옮겼다. 홍차가 담긴 찻잔과 포크도 함께 말이다.

토코는 포크를 쥐더니, 양손을 살며시 모으면서…….

"잘 먹겠습니다."

……하고 중얼거렸다.

혼자일 때도, 다른 사람과 함께일 때도 이렇게 행동하도록 습관이 들었다. 그렇게 느껴질 정도로 자연스러웠다.

토코는 우선 고대하던 몽블랑을 한 입 먹었다. 그 맛에 절로 입가에 미소가 어렸다. 표정으로 「맛있어」 하고 말하는 것 같았다.

"키리시마 씨는 이거 말고도 곤란한 점이 있나요?"

"이거 말고도? 무슨 소리야?"

"내가 없으면 여기 몽블랑을 못 먹는 것 말고도, 말이에요."

"……."

"이건 사춘기 증후군 탓이죠?"

"여기 몽블랑을 못 먹는 것 말고는 곤란한 일 없어."

토코는 딱 잘라 말했다.

"쇼핑은요?"

마이 때는 다소 불편했다.

"지금은 인터넷으로 뭐든 살 수 있어."

"어떻게 택배를 받는데요?"

투명 인간인 상태에서는 물건을 받을 수 없다.

"택배 박스도 있고, 요즘은 집 앞에 두고 가는 게 보통이잖아."

"……."

"왜 갑자기 입을 다무는 거야?"

"왠지 꿈도 희망도 없단 생각이 들어서요. 산타가 인터넷으로 물건을 사고, 택배 박스를 이용하는 데다, 물건을 집 앞에 두고 가게 한다니……"

"나는 꿈과 희망이 넘치는 편리한 시대에 감사하고 있거든?"

확실히 그렇게 해석할 수도 있다. 옛날 사람이 보기에는 오래된 영화나 소설에서 그려지는 꿈만 같은 세계에서, 사쿠타는 지금 살고 있는 걸지도 모른다.

"그럼, 지금 상황에 만족하는 거네요."

"아직 만족한 건 아냐. 더 많은 사람이 내 노래를 들어줬으면 하거든."

사쿠타는 음악 활동을 이야기한 게 아니다. 토코도 그것은 안다. 그 사실을 알면서, 자신이 하고 싶은 말을 한 것이다. 이야기가 약간 엇나갔다.

상당한 강적이다.

"그건 투명 인간을 관둬도, 할 수 있지 않나요?"

"투명 인간인 채로도 할 수 있지 않을까?"

토코는 정말 강적이다.

"이렇게 된 이유가 짐작되나요?"

마이가 남들에게 인식되지 않게 됐을 때는, 납득할만한 이유가 있었다.

아역 시절부터 배우로 활약해온 『사쿠라지마 마이』는 누구나 알고 있다. 언제나, 어디서나, 마이는 타인의 시선을 받았다.

미네가하라 고등학교의 전교생과 모든 직원 또한, 연예인인 『사쿠라지마 마이』를 어떻게 대하면 좋을지 몰라 혼란스러워했다.

어찌 보면, 양측의 이해관계가 일치했다고도 할 수 있다.

학교 전체가 마이라는 존재를 보고도 못 본 척해온 결과, 사람들에게 인식되지 않게 되면서 기억에서도 사라졌다.

타인에게 보이지도, 인식되지도 않는 상황이란 점만은 토코와 비슷하지만, 마이의 경우와는 조건이 꽤 달랐다. 그러니 두 사람이 같은 상황에 처했다고 보는 건 어렵다. 근본적으로 경우가 다른 것이다.

『키리시마 토코』의 이름과 노래는 세간에 널리 퍼져 있지만, 정체불명인 싱어의 정체는 누구도 알지 못한다. 얼굴도, 나이도, 출신지도, 신발 사이즈도, 몽블랑을 좋아한다는 점도…… 알려지지 않았다. 그러니 시선이 필요 없으며, 주위가 토코를 어찌 대하면 좋을지 몰라 혼란스러워할 일도 없다.

"뭔가 고민이 있으니까 이렇게 됐을 거잖아요?"

먹고 싶은 몽블랑을 직접 주문하지 못해, 사쿠타에게 대신 주문하게 해서 먹고 있다.

"너는, 내 사춘기 증후군을 치료하고 싶은 거구나?"

그것은, 사쿠타의 질문에 대한 답이 아니었다. 부정의 말도 아니었다.

"이야기를 돌린다는 건, 짚이는 데가 있다는 거네요."

토코는 고민이 없다고 말하지는 않았다.

"그건 나를 위해서?"

이번에도, 토코는 부정하지 않았다.

"아니면 다른 사람을 위해서?"

질문에 질문으로 답할 뿐이다. 또한 태도 또한 전혀 흐트러지지 않았다. 토코의 얼굴에는 동요의 빛이 떠오르지도 않았다. 눈썹조차 흔들리지 않았다.

이래서는 같은 질문을 몇 번 하더라도, 이야기의 진전을 기대할 수 없다.

"물론, 나를 위해서예요."

사쿠타는 어쩔 수 없이 토코의 질문에 답하기로 했다. 다른 실마리를 찾을 수 있을지도 모른다.

"내가 투명 인간이더라도, 너와는 상관없을 거라고 생각하는데 말이야."

"나도 꿈을 꿨어요. 자면서 꾼 꿈이 현실이 됐죠."

언제 선물을 받은 건지는 모른다. 받은 기억도 없다. 하지만 사쿠타는 매우 리얼한 꿈을 꿨고, 꿈은 현실이 됐다. 꿈에서 본 대로, 사쿠타는 사라를 담당하게 됐다.

"그 꿈이 사춘기 증후군이라면, 너야말로 고민이 있는 거아냐?"

"그야 있어요. 나한테만 보이는 산타와 만났는걸요."

"아하. 확실히 내 사춘기 증후군을 치료하는 건 너를 위해서인 것 같네."

별다른 감정이 어리지 않은 말만이, 몽블랑의 달콤한 향기와 함께 전해져왔다.

"앞으로도 다른 사람을 사춘기 증후군에 걸리게 할 건가요?"

주위의 누군가가 이상한 현상을 일으키게 하는 건 자제해줬으면 한다. 그게 마이를 위험에 처하게 한다면, 반드시 저지해야만 한다.

"나는 노래를 전해줄 뿐이야. 동영상 사이트를 봐준 이들의 목소리에 답할 뿐이지. 『좋은 곡이었어』, 『왠지 구원받은 것 같아』, 『내 마음을 노래해주는 것 같네』, 『더 듣고 싶어』…… 그래서, 나는 또 노래해."

토코는 뭐가 잘못인지 모르겠다는 것처럼 고개를 갸웃거렸다.

잘못은 없다. 토코는 아무런 죄도 저지르지 않았다.

그저, 무시할 수 있는 말이 아니었다. 또한, 토코는 사쿠타의 말을 부정하지도 않았다. 토코가 아무렇지 않게 한 말에는 일종의 핵심이 담겨있었다.

"자기 노래가 누군가의 사춘기 증후군 발병의 계기가 된다는 건, 알고 있는 거죠?"

"……."

몽블랑을 찌른 포크가 움직임을 멈췄다.

그래서, 예전에 우즈키를 두고 「분위기를 살필 수 있게 해줬다」고 말한 것이다. 노래를 통해 전해준 것이다. 동영상 사이트를 통해 흩뿌린 것이다.

그렇게 천만 명에게 사춘기 증후군을 선물했다. 동영상 재생 횟수를 생각하면, 그것은 농담이 아니라는 것이 증명된다. 증명되고 있다.

사쿠타 또한, 재생 버튼을 클릭한 사람 중 한 명이다.

"다음에는 언제 부를 건가요?"

사쿠타가 질문을 하자, 토코는 작게 「하아」 하고 한숨을 내쉬었다.

"또 계속 전화해대면 귀찮으니까, 특별히 가르쳐줄게."

자신감으로 가득 찬 토코의 눈동자가 사쿠타를 향했다. 왠지 즐거운 듯이 웃고 있었다.

"지금, 새 곡을 준비하고 있어. 이브 밤에 들어줬으면 하는 크리스마스 송이야."

이브는 물론 12월 24일, 크리스마스이브를 말할 것이다. 토코의 노래에 사춘기 증후군을 발병시키는 힘이 정말로 있다면, 그날 무슨 일이 일어날지도 모른다. 어쩌면 그날 이후에 무슨 일이 벌어질 가능성이 커질 것이다.

"그러니까, 착한 아이는 기다리고 있어."

"그러면 좋은 일이 일어나나요?"

"산타클로스의 선물은 모두를 행복하게 해주는 법이잖아?"

토코가 거짓말을 하는 것처럼 보이지는 않았다. 사쿠타를 놀리는 말도 아니었다. 새로운 곡을 발표하면, 토코는 모두가 행복해질 거라고 생각하는 것이다. 그날을 고대하는 것이 표정에서 느껴졌다. 하지만, 그렇다면 「마이 씨가 위험해」와 이야기가 이어지지 않는다. 「키리시마 토코를 찾아」와도 연관점이 없다.

"모두를 행복하게 해준다면, 저 고등학생한테도 좋은 일이 일어나나요?"

맨션의 자전거 주차장에 자전거를 세우는 교복 차림 남학생을 쳐다봤다.

"착한 아이라면 말이야."

"저 사람한테도?"

케이크 가게 안에서는 아르바이트하는 여대생이 커피를 테이블로 옮기고 있었다.

"착한 아이라면 말이야."

"그럼 마이 씨한테도?"

이대로는 답이 안 나오겠다고 생각한 사쿠타는 태연한 표정으로 연인의 이름을 언급했다.

"……."

한순간, 토코의 눈빛이 달라진 느낌이 들었다. 너무 짧은 순간이라서, 어떤 감정인지는 알 수 없었다.

하지만, 마이의 이름을 듣고 감정을 드러낸 것은 분명했다.

"필요 없지 않아? 그녀는 뭐든 다 가지고 있는걸."

말투에는 변함이 없다. 아까까지의 토코와 똑같다. 다른 것은 말이다. 처음이란 생각이 들었다. 토코가 사쿠타 이외의 타인에게 개인적인 평가를 내린 것은……

"혹시, 마이 씨를 싫어하나요?"

말끝에서 그런 느낌이 감돌았다.

"옛날에는 싫어했어."

토코는 아무렇지 않게 인정했다. 단, 과거의 감정으로서 말이다.

"지금은 다른가요?"

"특이한 남자애와 사귄다는 걸 알고, 조금은 호감을 가지게 됐지."

그 말은 칭찬이 아니었다. 비꼬는 것 같은 뉘앙스가 느껴졌다. 특히 눈앞에 있는 사쿠타를 놀리는 건 틀림없다. 틀림없이 조롱하고 있다. 하지만 「호감」이라고 토코가 표현한 감정 자체는 진짜 같았다. 본심처럼 들렸다.

현재 품고 있는 감정을 믿는다면, 토코가 마이에게 해를 가하지는 않을 듯한 느낌이 들었다. 부정적인 감정을 품고 있다면 이야기가 여러모로 단순해져서 알기 쉽겠지만, 그럴 가능성은 지극히 낮아 보였다.

자신의 생각을 공고히 하기 위해, 사쿠타는 더욱 파고들기로 했다.

"마이 씨에게 무슨 짓을 하려는 건 아니죠?"

눈조차 깜빡이지 않으며, 토코를 관찰했다.

토코가 가장 먼저 보인 반응은 의문이었다.

"무슨 소리를 하는 거야?"

다음 순간에 보인 반응 또한 순수한 의문이었다. 고개를 살짝 기울이며 사쿠타를 마주 쳐다봤다. 굳이 따지자면 사쿠타의 발언에 당황한 것처럼 보였다.

"내가 마이 씨를 사랑한다는 소리예요."

사쿠타는 토코에게서 시선을 떼더니, 파고들려던 마음과 함께 등받이 쪽으로 몸을 뺐다. 안도감을 느꼈다. 토코의 반응을 보고, 마이가 위험에 직접 관여할 가능성은 매우 낮다고 생각했다.

"남자 취향 한 번 참 독특하네. 연예계에 있으니까 더 괜찮은 선택지도 있을 텐데 말이야."

토코는 마지막 남은 몽블랑을 입에 넣었다. 천천히 맛본 후, 식어버린 얼그레이도 단숨에 들이켰다.

빈 찻잔을 찻잔 받침에 내려놨다.

그 후, 토코는 조용히 자리에서 일어났다.

이야기는 끝났다는 의미다. 하지만 이대로 돌려보낼 수는 없다. 몽블랑과 얼그레이를 사준 만큼의 소득을 얻지 못했다.

"마지막으로 하나만 더 물어도 될까요?"

"뭔데?"

"수많은 사람이 자기 노래를 들어준다는 건, 어떤 기분인가요?"

사쿠타는 앉은 채로 토코를 똑바로 쳐다보며 그렇게 말했다.

노래하는 것.

수많은 사람에게 들려주는 것.

그것이 토코에게 있어 지금 가장 소중한 일이다.

오늘 이야기를 나눠보고, 사쿠타는 그런 느낌을 강하게 받았다. 그래서, 물어보고 싶어졌다.

토코의 입가에 자연스럽게 미소가 어렸다. 그것은, 받고 싶은 질문을 받았을 때의 표정이다.

"세상에서 이보다 기분 좋은 일은 없을 거야."

토코는 만족에 찬 표정으로 사쿠타를 쳐다봤다. 그 눈동자는 우월감으로 가득 차있었다. 희열이란 감정에 사로잡힌 채, 사쿠타를 향해 웃고 있다.

지극히 순수하고, 본능적인 감정이다.

이렇게 기분 좋은 일은 관둘 수 없다. 관둘 이유가 없다.

말이, 감정이, 표정이…… 노래를 향한 집착을 이야기하고 있다.

"오늘, 잘 먹었어."

사쿠타의 마지막 질문에 만족한 것인지, 「잘 있어」 하고 말하며 손을 흔든 토코는 환한 얼굴로 돌아갔다. 그 모습이 시야에서 사라질 때까지, 사쿠타는 앉아서 그녀를 배웅했다.

이윽고 테라스석의 조명이 켜졌다. 어느새 하늘은 밤의 얼굴을 드러냈다.

지금 기분을 말로 표현하는 건 약간 어렵다.

안 것도 있다. 괜히 더 알 수 없게 된 것도 있다.

정보와 상황이 사쿠타의 머릿속에서 복잡하게 뒤엉켜 있다.

그래도, 커다란 힌트를 하나 얻었다.

키리시마 토코의 새로운 노래.

크리스마스 이브에는, 조심하는 편이 좋을 것이다.

"일단, 몽블랑을 사서 돌아가자."

유통기한이 두 시간이라는 말을 들으니, 사쿠타도 먹어보고 싶어졌다. 본격적으로 머리를 굴리는 건, 달콤한 것을 먹은 후에 하자.

오늘은 마이의 생일이다. 케이크를 먹는 이유로 이보다 더 그럴듯한 것은 없다.

6

몽블랑의 유통기한이 지나기 30분 전에, 사쿠타는 친숙한 지역인 후지사와로 돌아왔다.

두 시간 안에 충분히 돌아간다는 것을 알면서도, 전철이 후지사와 역에 도착할 때까지는 시한폭탄이라도 들고 있는 것만 같아서 마음이 조마조마했다.

만약 전철이 늦는다면……. 사고로 정지된다면……. 사소한 문제가 하나라도 일어나면 유통기한을 넘길 가능성이 생기는 것이다.

다행히 전철은 운행 시간표대로 사쿠타를 후지사와 역까지 옮겨줬다.

이제는 맨션까지 두 발로 걸어가기만 하면 된다. 케이크 상자가 가능한 한 흔들리지 않도록 주의하면서, 사쿠타는 서둘러 집으로 돌아갔다.

그대로 아무 일 없이 집 앞에 도착했다. 몽블랑은 무사했다. 유통기한에도 아직 여유가 있다. 안도하는 심정으로 잠긴 문을 열었다.

"다녀왔어."

집안을 향해 그렇게 말하며, 현관에 첫걸음을 내디뎠다. 그 순간, 사쿠타는 걸음을 멈췄다.

현관은 신발로 뒤덮여 있었다. 전부 여자애 신발이다.

사쿠타는 가장 뒤편에 신발을 둔 후, 커다란 발걸음으로 현관을 지났다.

인기척은 있다. 하지만 실내에서 목소리는 들려오지 않았다. 들려오는 건, 여성이 부르는 음악뿐이었다.

모르는 곡이지만, 목소리는 귀에 익었다.

업 템포의 경쾌한 리듬이 기분 좋았다.

하지만, 노랫소리와 가사의 인상은 어딘가 쓸쓸하면서 안타까웠다.

그 순간, 사쿠타는 토코가 오늘 했던 말을 떠올렸다.

"설마……."

이것이, 크리스마스 송인 걸까.

그것을 확인하기 위해, 사쿠타는 서둘러 거실로 향했다.

"어서 와, 사쿠타."

텔레비전 앞에 모여 있는 네 사람 중에서, 마이만이 사쿠타를 돌아봤다. 다른 세 사람은 입으로만 「어서 와」 하고 말했다. 의식은 완전히 텔레비전을 향하고 있었다. 노트북 컴퓨터와 케이블로 연결된 텔레비전에서는 동영상 사이트의 영상이 나오고 있었다.

새하얀 눈. 방 안에서 보고 있는 누군가의 시설. 발치로 다가온 고양이. 다른 사람이 아무도 없는 공간. 침대에 누운 누군가는 뭔가를 움켜쥐려는 듯이 천장을 향해 손을 뻗지만…… 그곳에는 아무것도 없었다.

너는 지금 어디에 있니. 누구와 있니. 무슨 생각을 하니.
나는 지금 집에 혼자. 고양이와 단둘. 너를 생각해.

하지만 쓸쓸하지 않아. 아프지 않아. 눈물도 안 나.
가슴이 아프지 않아. 괴롭지 않아. 옥죄지도 않아.

그러니까······.

들려줘. 듣고 싶지 않아. 네가 좋아하는 사람.

알고 싶어. 알고 싶지 않아. 내가 좋아하는 사람.

영상만 보면, 특별한 것은 없다.

하지만 목소리와 가사가 더해지자, 묘한 숨 막힘이 느껴졌다.

이 곡의 이름은 『I need you』.

공개일은 오늘, 한 시간 전.

이브에 들어줬으면 하는 곡이라고 해서 방심했다.

멋대로 오늘은 아닐 거라고 착각했다.

투고자 란에는 『키리시마 토코』의 이름이 새겨져 있었다.

이윽고, 노래가 끝을 맞이했다.

한순간, 정적이 흘렀다.

노트북 컴퓨터를 향해 손을 뻗은 카에데가 볼륨을 줄인 후에 다시 재생 버튼을 눌렀다. 그 후······.

"오빠, 어서 와."

······하고 다시 말했다.

"그래."

사쿠타의 시선은 카에데의 옆······ 노도카, 그리고 다른 한 사람을 향했다.

"즛키가 왜 여기 있는 거야?"

마이와 노도카가 오는 건 알고 있었지만, 우즈키도 있을 줄은 몰랐다. 현관에 있는 신발 숫자가 예상보다 많았던 것은 우즈키를 포함하지 않아서다.

"케이크 먹으러 왔어~."

식탁 위의 홀케이크는 한 조각만이 남아있었다.

"마이 씨의 생일을 축하하러 왔다는 게 정답 아냐?"

"생일 축하 노래는 아까 불렀어."

"나와 카에데도 함께 말이야."

노도카가 덧붙여 말했다.

"흐음."

카에데를 쳐다보니…….

"뭐, 괜찮잖아."

어찌 된 건지 그녀는 사쿠타를 노려봤다.

"사쿠타, 그 상자는 뭐야?"

마이가 사쿠타가 들고 있는 상자를 쳐다봤다.

"15분 후면 유통기한이 지나는 몽블랑이에요."

이미 케이크를 한 조각씩 먹었으면서도 카에데, 노도카, 우즈키는 몽블랑을 깔끔하게 먹어 치웠다. 여자애들은 달콤한 음식이 들어가는 배가 따로 있는 걸까.

네 개를 사 온 몽블랑 중 마지막 하나는 사쿠타와 마이가 반씩 나눠 먹었다. 그 후, 식기 정리를 마치니 오후 여덟 시가 다 되었다.

"그럼 나는 우즈키를 역까지 데려다주고 올게."

"즛키~, 오늘은 마이 씨네 집에서 안 자는 거야?"

"내일, 아침부터 히로시마 원정이야."

우즈키는 사쿠타를 향해 피스 사인을 날렸다.

"돌아가서 짐을 싸야 해."

우즈키는 그렇게 말하면서 노도카와 함께 현관으로 향했다. 그리고 코트를 걸친 카에데가 두 사람을 뒤따라갔다.

"나도 중간까지 배웅하고 올게. 편의점에도 들러야 하거든."

"그래. 조심해서 다녀와."

사쿠타가 설거지를 하느라 젖은 손을 닦으면서 현관을 쳐다보니, 우즈키가 흔드는 손만이 문틈으로 보였다. 그 후, 철컹하며 문이 닫혔다.

사쿠타가 거실로 돌아가 보니…….

"카에데 양까지 괜히 신경 쓰게 한 걸까?"

……하고 마이가 말하며 웃었다.

생일에는 연인과 단둘이 있게 해주려는 것이다. 그런 시간을 보내더라도 벌 받지는 않을 것이다.

"기왕이면 꽁냥꽁냥이라도 할까요?"

"안 해."

"아~."

"그것보다, 그녀를 만나긴 했지?"

그녀란 바로 키리시마 토코를 말할 것이다.

마이의 눈은 몽블랑이 들어있던 케이크 상자를 향하고 있었다.

준비하고 있다던 크리스마스 송은 방금 듣고 말았다. 그렇다면, 토코와 만났지만 진전은 거의 없다고 해도 과언이 아닐 것이다.

그래도, 사쿠타는 토코와 나눈 이야기를 마이에게 알려줬다.

오늘은 미니스커트 산타 차림이 아니었다는 것.

몽블랑과 홍차를 사줘야 했다는 것.

자신의 노래가 사춘기 증후군을 유발한다는 사실을, 토코 본인도 알고 있다는 것.

그리고, 마이를 「싫어했다」고 말했다는 것.

"마이 씨, 무슨 짓 했어요?"

"안 했어. 만난 적도 없는걸."

"그래도 마이 씨라면 일방적으로 질투를 사기도 하죠?"

여배우로서도, 모델로서도, 마이는 확고한 지위를 쌓았다. 아역 시절부터 세간에 알려져 왔으며, 폭넓은 층에서 지지받고 있는 존재이다. 그런 만큼, 마이에 대해 부정적인 의견을 지닌 사람이나 좋지 않은 감정을 가지는 사람이 있다. 질투, 시기, 시샘 또한 인간이 품는 어엿한 감정이다.

"그래."

마이는 사쿠타의 지적을 당연하다는 듯이 받아들였다. 자신은 주어진 일을 열심히 했을 뿐이지만, 그 바람에 상처 입는 인간이 있다는 것을 마이는 안다. 노도카 또한, 한때는 그런 감정에 삼켜진 사람 중 한 명이었다.

"하지만 사쿠타가 보기엔, 그녀가 나에게 직접적으로 해를 끼칠 듯한 느낌은 아니었지?"

"맞아요."

마이에게 어떤 식의 감정을 품고 있는 건 틀림없다. 하지만, 사건이나 사고로 이어질 법한 위험한 감정은 아니었다. 「싫어했다」는 말에서도, 굳이 따지자면 찬란한 빛에서 눈을 돌리는 것에 가까운 듯한 느낌이었단 생각이 들었다.

이렇게 되면, 역시 리오가 말했던 두 번째 케이스를 경계해야 할 것이다.

그 외에 토코와 나눈 이야기에서 신경 쓰인 점을 뽑자면 「이브에 들어줬으면 하는 크리스마스 송」이라는 부분이다. 크리스마스 송은 말 그대로 크리스마스 노래다. 이브에 뭔가 하려는 것일지도 모른다.

"저기, 사쿠타."

"네?"

"24일과 25일은 다른 약속을 잡지 마."

"마이 씨와 함께하려고 아무 약속도 안 잡을 생각이에요."

"사쿠타가 안심할 수 있도록, 그 이틀 동안은 쭉 함께 있어줄게."

"정말요?!"

"하코네의 온천에라도 가서, 느긋하게 지내자."

"직전에 『미안해, 일이 잡혔어』는 절대 안 돼요."

이제까지 몇 번이나 그런 일이 있었다.

"료코 씨에게 절대 일을 잡지 말라고 부탁해놨으니까, 괜찮을 거야."

하지만, 그래도 아직 방심할 수 없다.

"토요하마나 카에데와 함께 가는 건 아니죠?"

"노도카는 크리스마스 라이브가 있고, 카에데 양은 라이브를 보러 갔다가 끝나면 부모님과 크리스마스를 보낼 거라고 했어."

스위트 불릿은 매년 크리스마스에 정기적으로 라이브를 한다. 카에데 또한 그날 일정을 사쿠타에게 미리 말해줬다. 마이와 단둘이 보내는 시간을 방해하는 건 존재하지 않았다.

"그게 내가 주는 크리스마스 선물이야. 좋지?"

사쿠타는 당연히 「끼얏호~!」 하고 외쳤다.

그리고, 이날 밤…… 아즈사가와 사쿠타는 불가사의한 꿈을 꿨다.

제2장

비밀과 약속

1

12월 24일.

크리스마스이브 아침, 사쿠타가 나스노에게 얼굴을 밟혀서 잠에서 깬 것은 평소보다 늦은 오전 여덟 시 즈음이었다.

대학 수업이 1교시에 있었다면 지각이 확정인 시간이다. 하지만, 사쿠타가 듣는 올해 수업은 이틀 전에 전부 끝났다. 다음 수업은 내년부터 시작된다. 그러니 사실상의 겨울 방학이 시작된 것이다.

그러니 따뜻한 겨울 이불을 몸에 만 채, 마음껏 잠을 자도 된다. 이대로 다시 잠들더라도 문제될 게 없다. 오늘은 아르바이트 일정도 없다. 그런데도 사쿠타가 침대에서 일어난 건, 소중한 약속이 있기 때문이다.

"으으, 추워."

차가운 공기에 몸을 떨면서 방을 나섰다.

거실에 가서 먼저 나스노에게 밥을 줬다. 후두둑 떨어지는 소리를 내며 고양이 사료를 접시에 부어줬다.

그 후, 토스트기로 토스트를 구우면서 가스레인지를 켜서 달걀프라이와 소시지를 구웠다.

정석적인 아침 식사 메뉴를 나스노의 옆에서 먹어 치웠다.

식기를 바로 정리한 후, 이번에는 세탁기를 돌렸다.

세탁기가 돌아가는 동안에는 거실로 돌아가서 텔레비전을

켰다. 익숙지 않은 시간대에 어떤 방송을 하는지는 잘 모른다. 대충 채널을 돌려보고 있을 때, 아직 졸린 듯한 표정의 카에데가 방에서 나왔다.

"오빠, 좋은 아침……."

"아침밥은 어쩔래?"

"먹을래."

카에데는 하품을 하면서 식탁에 앉았다. 사쿠타는 아까 겸사겸사 구워뒀던 달걀프라이와 소시지가 담긴 접시를 카에데 앞에 뒀다.

"따뜻한 코코아가 마시고 싶어."

판다가 그려진 머그컵에 코코아를 탄 사쿠타는 구워진 토스트를 뚜껑처럼 머그컵 위에 얹어서 카에데에게 가져갔다.

달걀프라이와 소시지를 먹어 치운 카에데는 찢은 토스트를 코코아에 적셔서 입에 넣었다. 맛있다는 표정을 짓고 있었다.

"카에데는 몇 시에 나갈 거야?"

오늘은 친구인 카노 코토미와 『스위트 불릿』의 크리스마스 라이브를 보러 가기로 했다고 들었다. 공연이 끝나면, 부모님이 사는 요코하마의 집으로 돌아가서 함께 케이크를 먹을 거라고 했다.

"열 시 지나서야. 점심은 코미와 같이 먹기로 했어. 오빠는?"

"나는 점심 지나서려나."

그런 이야기를 나누고 있을 때, 세탁기가 삐삐~ 소리를 내며 사쿠타를 불렀다.

"정월에는 얼굴을 비추겠다고, 아버지와 어머니에게 전해줘."

사쿠타는 세탁기로 향하면서 카에데에게 말했다.

"알았어."

토스트를 입에 문 카에데의 웅얼거리는 듯한 대답이 등 뒤에서 들려왔다.

빨래를 널고 방 청소를 마친 사쿠타는 외출하는 카에데를 배웅한 후, 자기도 외출할 준비를 시작했다. 그리고 아까 카에데에게 말한 것처럼 점심때가 지나서 집을 나섰다.

"나스노. 집 잘 봐."

고양이 세수를 하던 나스노는 「냐옹~」 하고 울면서 사쿠타를 배웅했다.

사쿠타가 향한 곳은 맨션에서 걸어서 10분 거리의 후지사와 역이다. JR, 오다큐, 에노전이 전부 정차하는 카나가와 현 후지사와 시의 중심지다.

사쿠타는 이 역 앞의 풍경이 눈에 익었다. 하지만 오늘은 평소와 조금 다르게 보였다. 오가는 사람들의 숫자가 평소보다 많은 듯한 느낌이 들었다.

평소 사용하는 가방 말고도 조그마한 선물용 종이봉투를 든 사람이 몇 명이나 보였다. 평소에는 입지 않을 듯한 고급스러운 옷을 입은 사람도 잔뜩 있었다.

그런 크리스마스이브다운 인파를, 사쿠타는 역의 북쪽 출입구에서 여러 방면으로 이어지는 입체 보행로 위에서 쳐다봤다.

가전제품 양판점 앞에 있는 광장은 멈춰서기에 안성맞춤이었다. 누군가를 기다리는 남녀의 모습이 드문드문 보였다. 사쿠타도 그중 한 명이었다.

한 사람, 또 한 사람, 기다리는 사람이 나타나자 개찰구 쪽으로 즐거운 듯이 사라졌다. 손을 맞잡거나, 팔짱을 끼거나, 약간 긴장한 듯한 모습으로…… 다들 오늘을 만끽하려 하고 있었다.

광장에 세워진 커다란 시계의 바늘이 12시 29분을 가리켰다.

약속 시간까지 이제 1분 남았다.

사쿠타가 바늘을 지그시 쳐다보고 있을 때…….

"기다렸죠?"

……란 말이 등 뒤에서 들려왔다.

사쿠타는 천천히 뒤를 돌아봤다.

그러자, 사쿠타의 눈에는 자신보다 어린 여자애가 들어왔다.

히메지 사라다.

흰색 니트 위에 달콤한 초콜릿 빛깔의 코트를 걸쳤으며, 그 아래에는 진한 회색을 베이스로 한 체크무늬 미니스커트를 입었다. 추운 하늘 아래에서 훤히 드러나 있는 건강미 넘치는 맨발이 눈부셨다. 신발은 쇼트 부츠였다. 전체적으로 차분한 느낌의 색상인 가운데, 크리스마스 느낌의 새빨간 머플러가 눈길을 끌었다.

옆에서 스마트폰을 보던 남성은 노골적으로 사라를 쳐다봤다. 분명 「귀여운 애네」 하고 생각하는 게 틀림없다.

"감상을 들려줄래요?"

약간 익살스러운 투로 그렇게 말한 사라의 표정은 「귀엽다」나 「잘 어울려」 같은 말을 요구하고 있었다.

"추워 보이네."

사쿠타는 그녀의 맨발을 쳐다보며 본심을 말했다. 보는 사람이 다 추울 지경이었다. 실제로 온몸이 떨렸다.

"그런 심술궂은 소리를 할 거면, 사쿠타 선생님이 제 옷을 골라줘요."

사라는 일부러 볼을 부풀렸다. 그런 그녀의 시선은 도발적이었다.

"그럴까?"

"네?"

"해가 지면 더 추울 테니까, 옷가게에 들르자."

사쿠타는 그렇게 말하면서 의류매장이 있는 역사빌딩의 입구로 걸어갔다.

"지, 진담이에요?"

농담 삼아 그렇게 말했을 뿐인 사라는 당혹스러운 표정으로 따라왔다.

"그 옷차림으로 있다간, 진짜로 감기 걸릴 거야."

그것은 사쿠타의 숨김없는 본심이었다.

"그런 의미에서 한 말이 아니거든요? 알면서 이러기에요? 정말 치사해요."

사쿠타는 사라의 불만을 대충 흘려들으면서 빌딩 안으로 서둘러 들어갔다.

30분만 만에 쇼핑을 마친 사쿠타와 사라는 에노전 후지사와 역에서 카마쿠라행 전철을 탔다.

두 사람은 비어 있는 구석 좌석에 나란히 앉았다.

달리기 시작한 전철 안에서, 사라는 앞으로 뻗은 자신의 다리를 원망 섞인 눈길로 쳐다봤다. 그녀의 다리는 검은색 스키니 데님 바지에 감싸여 있었다.

"다른 사람에게 방해되니까, 너의 그 긴 다리 좀 접어."

사쿠타가 주의를 주자, 사라는 아무 말 없이 발을 접으며 자세를 바로 했다.

"오늘 입은 옷은 일주일 전부터 고민해서 골랐거든요?"

사라는 학급 회의에서 뭔가를 발표하는 듯한 어조였다.

"그럼 오늘 기온까지 고려해서 고르지 그랬어."

전철은 다음 정차역에 서더니, 또 천천히 달리기 시작했다.

"사쿠타 선생님은 데이트 상대가 미니스커트와 맨발인 걸 좋아하죠?"

"그야 물론 그렇지만, 제자가 감기에 걸리는 건 좀 그렇거든."

"저라면 괜찮아요."

"그 근거를 증명해보도록."

시험 문제 느낌으로 질문해봤다.

"평소에 입는 교복이 더 짧기 때문입니다."

사라는 일부러 딱딱한 어조로, 자기 말이 올바르다는 것을 증명했다.

그녀의 눈은 문 앞에 서있는 여고생을 향하고 있었다. 맨발에 미니스커트 차림이었다.

"저래도 안 추운 거야?"

"물론 춥죠."

"그렇겠지."

쥬리는 스커트 안에 체육복 바지를 입기도 하지만, 사라의 그런 모습은 본 적이 없다. 따뜻함보다 「귀여움」을 우선하고 싶은 나이이기 때문이리라.

전철이 시치리가하마 역에 섰다. 사쿠타의 모교이자 사라가 다니는 미네가하라 고등학교에서 가장 가까운 역이다. 교복을 입은 학생 몇 명이 내렸다. 커다란 가방을 들고 있는 것을 보면 배구부일까. 크리스마스이브에도 부활동을 하는 것 같았다.

문이 닫히자, 전철은 다시 달리기 시작했다.

건널목을 천천히 통과한 전철은 그대로 천천히 달려가더니, 다음 역인 이나무라가사키 역에 섰다. 후지사와 행 전철을 먼저 통과시키기 위해 대기한 후, 전철은 다시 달리기 시작했다.

창밖을 보니, 건물 사이로 바다가 때때로 보였다.

그러자 창밖으로 보이는 바다를 찾아보게 됐다. 다음에 나올 건물 틈새를 기다리다 보니, 전철은 고쿠라쿠지 역에 섰다. 한자 표기로 극락(極樂)이 들어가는 이름의 역답게, 매우 조용한 역이었다. 내리거나 타는 사람도 적었다.

"사쿠타 선생님. 약속 기억해요?"

조용한 차량 안에서 들은 사라의 목소리는, 아까까지와 다른 분위기가 감돌고 있었다.

"응?"

"제 사춘기 증후군을 고치지 않기로 한 약속 말이에요."

"기억해."

"하지만 사쿠타 선생님은 거짓말쟁이잖아요."

사라는 웃으며 그렇게 말하더니, 사쿠타의 얼굴 앞으로 자신의 새끼손가락을 내밀었다. 손가락을 걸고 약속하자는 것이다.

"……."

사쿠타는 아무 말 없이 손가락을 걸었을 때, 전철의 문이 닫혔다. 「출발합니다」라는 차창의 말에 맞춰, 전철이 달리기 시작했다. 곧 주위가 어두워진 것은 전철이 터널에 들어갔기 때문이다. 고쿠라쿠지 역과 하세 역 사이에 있는 에노전 노선의 유일한 터널이다.

빛은 차단됐고, 터널 안을 달리는 소리에 감싸였다.

"손가락 걸고 약속~."

사라는 사쿠타에게만 들리도록 그렇게 노래하듯 말했다.

"거짓말하면~."

그 사이에도 전철은 터널 안을 달리면서, 터널 끝의 빛을 향해 전진했다.

"바늘 백 개 먹기~."

출구가 코앞까지 다가왔다.

"약속한 거예요."

차 안이 다시 밝아지는 가운데, 사라는 그렇게 말했다.

사쿠타의 새끼손가락에서 사라의 새끼손가락이 떨어졌다. 터널을 빠져나온 전철 안은 다시 눈 부신 빛에 휩싸였다. 그 빛에 무심코 눈을 감았다. 하지만 시야는 여전히 새하얀 색에 물들어 있었다. 그것을 불가사의하게 생각하고 있을 때, 머릿속까지 새하얀 색으로 물들어갔다.

그리고 뭔가 이상하다고 생각한 순간…… 사쿠타는 눈을 떴다.

눈을 뜨고 처음으로 본 것은 손가락을 걸었던 자신의 오른손이다. 그 새끼손가락을 날름날름 핥고 있는 나스노의 얼굴이 눈에 들어왔다. 나스노 너머에는 눈에 익은 자기 방의 새하얀 천장이 존재했다. 후지사와로 이사 온 후로 매일 아침 올려다본 천장이다.

"방금 그건, 꿈인가……."

믿기지 않는 심정으로 몸을 일으켰다. 침대도, 시트도, 책상도, 커튼도…… 여기가 사쿠타의 방이라는 것을 알려주고 있었다.

베갯머리에 있는 시계를 보니, 12월 3일이라 표시되어 있었다.

"이건 현실이겠지?"

사쿠타가 올려다본 나스노가 대답 대신 커다란 하품을 했다.

2

"아즈사가와 군, 그걸 치운 후에 휴식 시간을 가지도록 해."

텅 빈 철판과 밥이 담겨있던 접시를 손에 들자, 뒤편의 좌석을 알코올로 소독하던 점장이 그렇게 말했다.

혼잡하던 점심시간이 끝나자, 패밀리 레스토랑 안에는 빈자리도 드문드문 보이기 시작했다.

"그럼 좀 쉬겠습니다."

"아, 맞다."

사쿠타가 식기를 들고 플로어를 벗어나려던 순간, 문득 뭔가가 생각난 듯한 점장이 그를 불러세웠다. 못 들은 척할 수는 없었다.

"점장님, 무슨 일이에요?"

"크리스마스에 일해줄 수 없을까? 24일과 25일 말이야. 하루만이라도 괜찮아."

"죄송한데, 약속이 있어서요."

"그래. 하긴, 크리스마스잖아."

"죄송합니다."

사쿠타는 그렇게 대답하며 가볍게 고개를 숙인 후, 이번에야말로 주방으로 들어갔다.

싱크대 쪽에 있던 파트타임으로 일하는 아주머니에게 식기를 넘긴 후, 스태프용 차를 컵에 따라서 들고 휴게실에 들어갔다.

컵을 둔 테이블에는 「크리스마스 보너스 드림! 스태프 대모집!」이라고 써진 종이가 붙어 있었다. 「케이크도 증정」이라는 코멘트도 달려 있었다. 점장의 필사적인 심정이 전해져왔다.

"크리스마스라……."

접이식 의자에 앉아서, 곰곰이 생각해봤다.

올해 크리스마스는 대체 어떻게 되려는 걸까.

어젯밤까지는 마이와 보내는 달콤한 한때를 꿈꿨다.

하지만, 오늘 아침에 꾼 꿈이 사쿠타의 그런 마음에 찬물을 끼얹었다.

그것이 단순한 꿈이라면 당연히 신경 쓰지 않을 것이다. 간단히 무시할 수 있다.

그럴 수 없는 건, 예지몽일 가능성이 크기 때문이다.

사라를 제자로 맞이하는 꿈이, 그대로 현실이 된 것처럼……. 그 꿈을 꿀 때와 똑같은 느낌이었다. 깨어난 순간에는 꿈이라는 것을 눈치챘다.

오늘 아침에 꾼 꿈도 현실이 된다면, 여러모로 문제가 있다.

우선, 사쿠타는 마이와 함께 24일을 보내지 않았다. 어젯밤, 외박 데이트 약속을 했는데도…….

어찌된 것인지, 함께 있던 이는 학원에서 새롭게 담당하게 된 히메지 사라였다.

게다가, 사라는 매우 신경 쓰이는 발언을 했다.

―제 사춘기 증후군을 고치지 않기로 한 약속 말이에요.

어째서 사쿠타와 그런 약속을 한 것인지는 알 수 없다. 지금 여기에 있는 사쿠타는 사라와 어떤 약속도 하지 않았다. 하지만 그 발언을 통해 딱 하나 알 수 있는 것이 있다.

사라는 사춘기 증후군에 걸렸다.

그 사실이, 사라가 한 말을 통해 확실해졌다.

"큰일인걸."

무의식적으로 혼잣말을 중얼거렸다.

"선배, 뭐가 큰일이라는 거야?"

뜻밖에도 그 혼잣말에 대꾸하는 이가 있었다. 웨이트리스 복으로 갈아입은 토모에가 여자 탈의실에서 나온 것이다.

"좀 이상한 꿈을 꿨거든."

"어? 선배도 그래?"

토모에는 약간 놀란 표정으로 대답했다.

"그럼, 코가도 꾼 거야?"

타임 카드의 시계를 본 토모에는 아직 2시 15분이라는 것을 확인하더니, 휴게실에 들어와서 사쿠타의 맞은편 의자에 앉았다.

"내가 아니라, 나나가 꿨어."

나나는 토모에의 친구인 요네야마 나나다.

"오늘 아침에, 현실 같은 느낌의 꿈을 꿨대."

토모에가 스마트폰을 테이블 위에 뒀다.

"그게 어떤 꿈인데?"

"으음…… 뭐, 선배한테는 말해도 되겠지. 좀 물어보고 싶은 것도 있거든."

토모에는 뭔가를 혼자 고민하다, 멋대로 결론을 냈다.

"나나한테 남친이 생겼다는 건, 전에 이야기했지?"

"중학생 때 동급생이라고 했었잖아."

"응. 그리고, 저기……."

토모에는 곧 입을 우물거리더니, 부끄러운 듯이 사쿠타에게서 시선을 돌렸다.

"저기?"

"크리스마스이브의 꿈에서 말이지……."

"크리스마스이브구나."

사쿠타가 꾼 꿈과 같은 날이다. 이것은 과연 우연일까.

"그게, 남친과 함께 보내다…… 키스, 했대."

말을 마친 토모에는 사쿠타를 탓하는 듯한 표정을 지으며 노려봤다.

"어떤 느낌으로 말이야?"

"어떤 느낌?!"

"좋은 분위기에서 한 건지, 아니면 약간 억지로 한 느낌인지 말이야."

후자일 경우, 이 이야기가 지닌 의미가 완전히 달라진다.

"나나가 했다는 것 같아."

"요네야마 양, 꽤 하는걸."

"그러니 이게 『#꿈꾸다』처럼 현실이 된다면 어쩌냐면서 나한테 이야기했어……."

불안을 느끼고 있는 건지, 토모에는 테이블 위에 둔 스마트폰을 꼭 움켜쥐었다.

"선배는 어떻게 생각해?"

"키스하면 되지 않아?"

"수험생인데, 그래도 될까?"

토모에는 스마트폰을 조작해서 뭔가를 확인했다. 아마 나나와 메시지로 주고받았던 대화를 살펴보고 있는 것이리라.

"나는 작년에 마이 씨와 적당히 꽁냥꽁냥했다고."

"나나를 선배와 똑같이 여기지 마."

"정 걱정이 된다면, 그만큼 공부를 열심히 하면 되지 않을까?"

사쿠타는 마이에게 꾸중을 들으며 강제적으로 공부를 해야 했다. 당근이 1이면, 채찍이 100이었던가…….

"역시, 그랬구나."

아마 토모에도 그편이 낫다고 생각할 것이다. 하지만 친구에게 무책임한 말을 해도 될지 고민하다, 사쿠타에게 털어놓은 것이리라.

토모에는 즉시 스마트폰을 조작했다.

"요네야마 양도 그래도 된다는 말을 듣고 싶을 거야."

"선배, 괜한 소리 좀 하지 마. 아, 나나가 『고마워. 힘낼게』라네."

그건 공부 말일까. 연애 말일까. 이 경우에는 어느 쪽일까.

"그런데, 의외로 『#꿈꾸다』를 믿는 사람이 많네."

"요즘 들어 학교에서도 그 이야기를 하는 사람이 늘었어."

"그렇구나."

아직은 그것 탓에 사쿠타에게 좋지 않은 일이 일어나지는 않았다. 하지만 이대로 소문이 퍼져나가는 것에는 본능적으로 불안을 느끼고 말았다. 이야기가 진실성을 띠면서 다들 믿게 된다면, 잠시 유행하다 잦아드는 오컬트 이야기로 끝나지 않을 거란 생각이 들었다.

나쁜 미래를 알게 되면, 다들 그것을 바꾸려 할 것이다.

지금 단계에서 거기까지 신경 쓰는 건 지나칠까. 그럴지도 모른다.

"그런데, 선배는 어떤 꿈을 꿨어?"

"요네야마 양의 풋풋한 이야기 후에 말하려니 좀 부끄러운걸."

사라와 데이트를 했다……하고 말하면, 토모에에게 한 소리 들을 게 뻔했다. 부당한 비난을 당하는 건 확실했다.

"선배에게 부끄러움 같은 감정은 없잖아."

아무렇지 않게 심한 소리를 한 토모에는 다시 스마트폰을 쳐다봤다. 새 메시지라도 온 것인지, 화면을 터치하며 조작하고 있었다. 그러던 토모에가 갑자기 고개를 들면서 사쿠타에게 미심쩍은 눈길을 보냈다.

"선배, 히메지 양에게 무슨 짓 했어?"

토모에가 뜻밖의 이름을 입에 담았다. 지금 사쿠타에게 있어서 매우 핫한 이름이기도 했다.

"아직 아무 짓도 안 했어. 이번 달부터 학원에서 담당하게 됐지만 말이야."

사실을 있는 그대로 전했다. 아직은 학원 강사와 제자라는 관계 말고는 사쿠타와 사라 사이에 존재하지 않는다. 그것은 사실이다.

그 꿈이 진짜로 현실이 된다면, 이제부터 무슨 일이 벌어질지도 모르지만…….

"아, 그래서구나. 『사쿠타 선생님의 연락처, 아세요?』라고 묻네."

토모에가 스마트폰 화면을 사쿠타에게 보여줬다.

"그러고 보니 스마트폰을 안 가지고 있다는 걸 아직 이야기 안 했네."

"지금 패밀리 레스토랑에서 같이 아르바이트하고 있다는 걸 가르쳐줘도 돼?"

"미안하지만 그렇게 해줘."

사쿠타의 대답을 들은 토모에가 스마트폰을 조작했다.

"선배, 알바 몇 시까지 해?"

"밤 아홉 시야."

"『아르바이트 끝난 후에, 시간 내주지 않겠어요?』래."

사쿠타가 그 말에 답하기 전에…….

"『그때까지 자습실에서 시험공부를 하고 있을게요』라네."

……이어서 온 메시지를 토모에가 읽어줬다.

"알았어."

사쿠타도 사라에게 확인할 것이 있다. 꿈, 그리고 사춘기 증후군에 관해서다. 오늘 만날 수 있는 건 사쿠타로서도 잘 된 일이다.

"『기다리고 있을게요, 사쿠타 선생님』, 이라고 하네요."

갑자기 존댓말로 그렇게 말한 토모에는 뭔가 마음에 들지 않는다는 듯한 눈길로 사쿠타를 쳐다봤다. 「불만 있어요」 하고 눈으로 말하고 있었다.

"왜 그래?"

"아무것도 아냐~."

의미심장한 어조로 그렇게 말한 토모에는 자리에서 일어 났다. 아르바이트를 시작할 시간이 된 것이다.

"히메지 양은 남자들한테 엄청 인기 있거든? 선배도 조심해."

뭘 조심하라는 건지 묻기도 전에, 토모에는 휴게실 밖으로 나가버렸다.

3

아르바이트를 마친 사쿠타는 오후 9시 5분 경에 패밀리 레스토랑을 나섰다. 사라가 기다리고 있기에, 정시에 타임 카드를 찍었다. 서둘러 옷을 갈아입은 후, 스태프 한 명 한 명에게 「먼저 실례하겠습니다」 하고 말하며 가게를 나섰다.

사쿠타는 크리스마스 장식이 된 길을 따라 역 쪽으로 걸어갔다. 그러자, 누군가의 발소리가 등 뒤에서 들려왔다. 의아하게 생각한 직후, 등 뒤에서 안겨들 듯이 누군가가 몸을 기댔다. 그와 동시에……

"누구게~?"

시야가 털장갑에 가려졌다.

사쿠타는 이런 식의 장난을 하는 인물을 알고 있다. 하지만, 그가 가장 먼저 떠올린 사람은 현재 머나먼 오키나와에 있다. 게다가, 만약 그녀라면 목소리를 듣기만 해도 바로 눈치챘을 것이다.

한순간 고민했다는 사실 자체가, 사쿠타를 정답으로 이끌었다.

"시험공부를 농땡이 치고 있는 히메지 양."

"땡, 틀렸어요."

약간 불만 어린 목소리로 그렇게 말한 이는 사쿠타의 눈가에서 손을 치우더니, 그의 등에서 떨어지며 정면으로 이동했다.

"정답은, 시험공부 도중에 잠시 바람을 쐬고 있는 저예요."

장난이 성공하자, 사라는 즐거운 듯이 웃었다.

"히메지 양도 이런 어린애 같은 짓을 하는구나."

또래에 비해 사라는 꽤 철이 든 편인 것처럼 보였다. 차분하고 어른스럽다는 것이 사쿠타가 받은 사라의 인상이었기에, 약간 의외였다.

"저는 아직 어린애거든요? 사쿠타 선생님보다 세 살이나 어려요."

사라는 장갑을 낀 손으로 손가락 세 개를 세우더니, 사쿠타의 얼굴 쪽으로 내밀었다.

"자기를 어린애라고 말한다는 건, 어린애가 아니라는 증거가 아닐까 싶네."

적어도, 사라의 말투에서는 「어린애」라는 말을 교묘하게 이용하려 하는 의도가 느껴졌다.

"그럼 사쿠타 선생님이 볼 때, 저는 어른인가요?"

"사춘기인 것 같긴 해."

사쿠타는 슬쩍 캐물을 생각으로 그렇게 말했다. 꿈에서 본 대로, 사라가 사춘기 증후군에 걸렸다면…… 그녀가 자각하고 있다면, 어떤 식의 반응을 보일지도 모른다고 생각했다.

하지만, 사라는 아까까지와 별반 다르지 않은 태도로…….

"그런가요. 확실히, 사춘기가 정답일 것 같아요."

……하고 말하며, 사쿠타의 말을 순수하게 받아들일 뿐이었다. 흠칫하는 듯한 놀란 기색은 전혀 느껴지지 않았다. 경악도, 당황도, 초조함도 느끼지 않았다. 그저 사쿠타를 향해 온화한 미소를 보내기만 할 뿐이었다. 이래서는 아무것도 알 수 없다. 다른 돌파구를 찾아서 공격해볼 수밖에 없을 것 같았다.

"맞다. 자습실에 가방을 두고 왔어요."

"그럼 일단 학원으로 돌아가자. 여기는 춥잖아."

"네."

밤 아홉 시 반이 지났지만, 학원 안은 눈부시게 느껴질
만큼 훤했다. 학교에서는 생각도 할 수 없는 광경이지만, 학
원에서는 이것이 일상이다. 하지만, 토요일인 오늘은 평소보
다 사람이 적은 것 같았다.

"교실에 누가 있나요?"

"수업은 안 하고 있네."

"그럼 가방을 가지고 올 테니까 저기서 기다려 주세요."

빠른 걸음으로 자습실을 향하는 사라를 배웅한 사쿠타
는 그녀의 말대로 먼저 교실에 들어가 있었다. 아까까지 수
업이 이뤄진 칸막이로 구분된 조그마한 교실이다. 교실이라
고는 해도 긴 책상과 화이트보드가 있을 뿐인 조촐하고 간
소한 공간에 지나지 않는다.

화이트보드 앞에 서서 기다리자, 곧 사라가 가방을 들고
왔다.

사라는 자연스럽게 책상 앞에 앉았다. 서로의 위치는 수
업 때와 똑같다. 수업 때와 다른 건, 사라가 책상 위에 공책
이나 교과서, 필기도구를 꺼내놓지 않았다는 점이다.

"아무도 없으니 가슴이 뛰네요."

사라는 귓속말을 하는 듯한 포즈로 사쿠타를 향해 몸을

내밀었다. 자연스럽게 목소리의 볼륨도 작아졌다.

평소 같으면 질문을 하는 학생의 목소리나 강사의 해설이 옆이나 맞은편에서 들려왔을 것이다. 그런 소리가 전혀 들려오지 않는 게, 사쿠타도 신선하게 느껴졌다.

"기말고사에서 모르는 문제라도 있었어?"

사쿠타가 담당하는 수학 시험은 시험 첫날…… 즉, 어제 치렀을 것이다.

"시험은 잘 쳤어요. 사쿠타 선생님의 시험 대책이 완벽하게 적중했거든요."

"그럼 야마다 군의 결과도 기대 좀 해도 되겠는걸."

"그러면 좋겠네요."

같은 반인 사라는 뭔가를 알고 있는지, 웃음을 흘렸다. 시험이 끝난 후에 「다 틀렸어……」 하고 중얼거린 걸지도 모른다. 켄토라면 그럴 것 같다. 슬프게도, 그 모습을 선명하게 상상할 수 있었다.

"시험에 관한 게 아니라면……."

사쿠타는 의문이 어린 시선을 사라에게 보냈다. 그러자 사라는 사쿠타를 마주 쳐다봤다.

"사쿠타 선생님…… 『#꿈꾸다』라는 걸 아세요?"

"최근 들어 자주 듣기는 했어."

오늘도 패밀리 레스토랑에서 아르바이트를 하다 토모에와 그것에 관한 이야기를 나눴다.

"실은 저…… 오늘 아침에, 이상한 꿈을 꿨어요."

"그래, 이상한 꿈을 꿨구나."

이런 상황을 예상하지 못했다. 하지만 생각해보니, 가장 가능성이 큰 패턴일지도 모른다.

"크리스마스이브 날의 꿈이었는데요……."

"응."

"사쿠타 선생님과 같이 있었어요……."

"……."

"아마, 데이트 중이었던 것 같아요."

여기까지의 내용은 사쿠타가 꾼 꿈과 똑같다.

"그 꿈에서, 나와 히메지 양이 에노전 안에서 손가락을 걸고 약속을 했다거나?"

"어……?"

"고쿠라쿠지 근처에서 말이야."

"어?!"

사쿠타가 그렇게 말하자, 사라는 노골적으로 놀랐다.

"……혹시, 사쿠타 선생님도……?"

그 의문은, 사쿠타가 확인 삼아 한 말을 긍정했다.

"꿨어. 아마, 같은 날의 꿈이겠지."

"거짓말, 이런 일이 있을 수 있나요?"

사라는 환한 목소리로 말했다. 얼굴에는 놀라움이나 불안이 아니라 호기심이 어려 있었다.

"있을 수 있겠지. 실제로 일어났잖아."

꿈이 진짜로 미래를 보여주고 있는 거라면…… 그날, 그 시간에 함께 있는 두 사람이 꾼 꿈은 당연히 같은 내용이어야 한다. 그날, 그 시간에, 한쪽이 다른 장소에서, 다른 일을 하고 있다면, 앞뒤가 맞지 않으니까…….

그리고 그 꿈이 사쿠타와 사라의 미래라면, 사라에게는 물어봐야만 하는 것이 있다.

"확인 삼아 물어보는 건데 말이야."

"사춘기 증후군 말인가요?"

이번에는 사라가 내가 하려던 말을 먼저 했다.

"그래. 그거, 진짜야? 고치지 않기로 약속을 하던데 말이야."

"네, 맞아요. 저는 사춘기 증후군에 걸렸어요."

사라는 환한 미소를 지으면서 순순히 인정했다. 그 표정에서는 꺼림칙함이나 당황은 전혀 느껴지지 않았다. 난처해하는 것처럼도 보이지 않았다. 「피아노 배워?」라는 질문에 「네」 하고 느긋하게 답하는 듯한 느낌이었다.

"어떤 사춘기 증후군이야?"

"그건 비밀이에요."

아까와 같은 말투로, 이번에는 대답을 거부했다.

"언제부터야?"

"골든위크 다음 날 아침이에요."

이번에는 대답해줬다. 그것도 매우 자세하게 말이다. 지금은 12월이다. 반년도 더 이전의 일인데도 사라가 똑똑히 기억한다는 건, 그만큼 인상 깊은 일이었다는 의미이리라.

"그즈음에 안 좋은 일이라도 있었어?"

"실연했어요."

이번에도 사라는 사쿠타의 질문에 답해줬다. 그 표정은 담백했다.

"아, 사귀던 사람에게 차였다거나 고백했다가 차인 건 아니에요."

사쿠타가 무슨 말을 하기도 전에, 사라가 덧붙여 말했다.

"좋아하게 된 사람에게 이미 좋아하는 사람이 있던 패턴이구나."

"패턴이라고 말하지 마세요."

정곡을 찌르는 그 말이 마음에 안 든 건지, 사라는 멋쩍음이 섞인 토라진 목소리를 냈다.

"하지만, 지금은 그다지 고민하는 것 같지 않은걸?"

"네. 이제 괜찮아요."

사라의 표정에서 거짓은 느껴지지 않았다. 딱히 무리하는 느낌도 없었다. 자신의 의견이 확고한 평소의 사라였다.

"사춘기 증후군 덕분에 떨쳐낼 수 있었어요."

그러니, 이것은 사라의 본심일 것이다. 진심으로 그렇게 생각하는 것처럼 느껴졌다.

그렇기에, 사쿠타는 마음에 걸리는 점이 있었다. 사라 본인이 이리 명확하게 「떨쳐냈다」고 말하는데, 왜 그녀는 아직도 사춘기 증후군이 낫지 않은 것일까. 그 점이 의아했다.

"지금은 하루하루가 즐거워요. 그러니, 꿈속에서도 말했다시피…… 사쿠타 선생님, 제 사춘기 증후군을 고치지 말아주세요."

"나, 그런 이상한 병을 치료하는 의사처럼 보여?"

"전혀 그렇게 안 보여요."

사라는 주저 없이 웃음을 터뜨렸다.

"꿈속의 제가 왜 그런 말을 한 것 같나요?"

"글쎄."

"아, 맞다. 이 일은 둘만의 비밀로 해주세요."

사라는 문뜩 생각이 난 것처럼 약속을 요구했다.

"무슨 일 말이야?"

"알면서 되묻지 마세요. 제가 사춘기 증후군에 걸렸다는 것 말이에요."

"아무한테도 말 안 해."

"정말인가요?"

얼굴에서 미소를 지운 사라가 진지한 표정으로 올려다봤다.

"말 안 해. 말해봤자 아무도 안 믿을 거야. 내 머리가 이상해졌다고 생각할 뿐이거든."

사쿠타가 납득할 만한 이유를 제시하자, 사라는 「그것도 그러네요」 하며 미소 지었다.

"애초에 어떤 사춘기 증후군인지 알지도 못해서야, 다른 사람한테 재미 삼아 이야기해주지도 못한다고."

사쿠타는 완곡하게 다시 물었다. 어떤 사춘기 증후군에 걸린 것인지를……

"궁금한가요?"

사라는 사쿠타가 한 말의 의도를 제대로 이해했다.

"뭐, 나한테 해가 없다면 그렇게 궁금하진 않아."

밀어서 안 된다면 당겨볼 뿐이다.

"사쿠타 선생님은 제자에게 좀 더 관심을 가져주세요."

"어차피 안 가르쳐줄 거잖아?"

"그럼 제가 내는 숙제로 할게요. 어떤 사춘기 증후군인지, 맞춰 주세요."

"숙제는 질색이야."

"기말고사가 끝난 후에 제출해주세요."

"그렇게 하면, 상이라도 줄 거야?"

"글쎄요…… 정답을 맞히면, 사쿠타 선생님의 부탁을 하나 들어드릴게요."

사라는 잠시 생각하는 듯한 태도를 보인 후, 놀리는 듯한 미소를 머금었다.

"그거 기대되네."

"야한 건 안 돼요."

사라가 소리 내어 웃었다. 그 웃음을 끊듯, 사라의 가방주머니 안에서 스마트폰의 진동음이 들려왔다.

"아, 벌써 시간이 이렇게 됐네."

시계는 오후 열 시를 가리키려 하고 있었다.

"엄마가 역까지 마중을 와주기로 되어 있으니, 먼저 실례할게요."

허둥지둥 자리에서 일어난 사라는 어머니의 전화를 받으면서 가방을 어깨에 걸쳤다.

"아, 엄마. 미안해. 아직 학원이야. 금방 갈게."

사라는 일방적으로 요건만 말한 후 전화를 끊었다. 그리고 교실 밖으로 나가려던 도중에 사쿠타를 돌아보았다.

"숙제, 잊지 마세요."

상큼한 미소를 머금으며 다짐을 받듯 그렇게 말했다. 사쿠타가 질색하는 듯한 표정을 짓자, 그녀는 만족한 것처럼 웃으면서 좁은 통로를 종종걸음으로 뛰어갔다.

"복도에서 뛰지 마."

일단 사라의 등을 쳐다보며 그렇게 말했지만, 말을 끝까지 잇기도 전에 그녀가 시야에서 사라졌다.

"……."

아무도 없는 플로어에 홀로 남겨졌다.

"일이 묘하게 됐는걸."

상황이 진전된 것은 고사하고, 과제만 늘어난 느낌이 들었다. 앞으로 어떻게 될까. 전혀 알 수가 없다.

"……일단, 돌아갈까."

여기 있어봤자 아무것도 해결되지 않는다. 그것만은 명확하게 알고 있다.

사쿠타는 사라가 달려간 통로를 천천히 걸으면서 교무실 앞의 프리 스페이스로 돌아갔다. 카운터 너머에서 교무실을 보니, 학원 강사가 뭔가 작업을 하고 있었다.

일을 방해하는 건 좀 그렇기에, 들릴락 말락하는 목소리로 「먼저 실례하겠습니다」 하고 말한 사쿠타는 학원을 나섰다.

빌딩 엘리베이터의 버튼을 눌렀다. 올라오는 중이었기에, 10초도 흐르기 전에 5층에 있는 사쿠타를 태우러 왔다. 작은 벨소리를 내며, 문이 열렸다.

"윽?!"

안에서 들려온 것은 경악을 삼키는 듯한 숨소리였다.

아무도 타고 있지 않을 줄 알았던 엘리베이터에 승객이 있었다. 게다가 사쿠타가 아는 사람이었다. 의문은 순식간에 말이 되어 입 밖으로 나왔다.

"후타바가 왜 여기 있는 거야?"

엘리베이터 안의 인물은 바로 리오였다.

"그게…… 어제 깜빡하고 두고 간 물건을 가지러 왔어."

변명하듯 이유를 말한 리오는 엘리베이터에서 내렸다.

"드문 일도 다 있네."

이런 시간에 일부러 가지러 오는 것도 좀 묘한 일이다.

"아즈사가와야말로 왜 여기 있는 건데?"

"있으면 안 되기라도 해?"

리오의 말과 태도에서는 사쿠타를 비난하는 듯한 분위기가 느껴졌다.

"나는 이런저런 일이 있었거든. 뭐, 마침 잘 만났어. 후타바와 상의할 일이 있거든. 지금 시간 있어?"

꽤 늦은 시간이지만, 여기서 리오를 만난 것은 행운이다.

"그럼 기다려줘. 나도…… 상의할 일이 있어."

그것 또한, 리오가 좀처럼 하지 않는 말이었다.

라커룸에서 돌아온 리오는 아까까지 들고 있지 않던 회색 코트를 손에 들고 있었다.

"그걸 두고 간 거야?"

"잔말 말고 빨리 가자."

리오는 사쿠타의 지적을 무시한 엘리베이터에 탔다. 이 계절에 코트를 두고 돌아가는 건 흔한 일이 아니다. 어제 분명 심상치 않은 일이 있었을 것이다.

그래서, 리오는 상의할 일이 있다고 말한 것이리라.

학원을 나선 사쿠타와 리오는 역의 남쪽으로 향했다. 두 사람이 들어간 곳은 에노전 선로를 따라 조금 걸어가면 있는 햄버거 카페다. 알코올도 제공되는 가게 안에서는 먼저 와있던 두 팀의 손님들이 환한 웃음소리를 내고 있었다.

배가 고프던 사쿠타는 이 가게가 자랑하는 햄버거를 주문했다. 곧 플레이트에 놓인 볼륨 만점이 햄버거가 나왔다. 카페라떼만 주문한 리오의 앞에서, 사쿠타는 햄버거를 크게 베어 물었다. 리오는 눈으로 「용케 이 시간이 그런 고칼로리 음식을 먹네」 하고 말하며 어처구니없어했다.

햄버거를 다 먹은 후, 사쿠타는 감자튀김을 먹으면서 리오에게 오늘 있었던 일을 이야기했다.

꿈을 꿨다.

꿈속에서 사라와 함께 있었다.

그녀는 자기가 사춘기 증후군에 걸렸다고 말했다.

그리고 아까 사라를 만나서, 그 말이 사실이라는 것을 확인했다.

사쿠타가 모든 이야기를 마치자…….

"그리고 아즈사가와는 바로 약속을 깨며 나한테 그녀의 비밀을 이야기한 거구나."

리오는 한숨을 내쉬며 그렇게 중얼거렸다.

"나는 거짓말쟁이 같아서 말이야."

"그건 알아."

"아무튼, 어떻게 생각해?"

"일단 아즈사가와가 꾼 꿈 덕분에 사쿠라지마 선배가 위험하다는 메시지의 답은 나온 것 아닐까?"

"그래?"

리오가 무슨 말을 하려는 건지, 사쿠타는 감이 오지 않았다.

"사쿠라지마 선배가 바람을 피운 아즈사가와를 칼로 찌른다는 의미일 거야."

"⋯⋯확실히, 그것도 『마이 씨가 위험해』이긴 하네."

하지만, 그렇다면 「키리시마 토코를 찾아」라는 부분과 이어지지 않는다.

"농담은 이쯤 하자."

"아즈사가와에게 있어서는 농담이라고 할 수 없지 않을까?"

리오는 진심이 어린 목소리로 말했다.

"내가 마이 씨와의 외박 데이트를 캔슬하고, 히메지 양과 데이트를 할 거라고 생각해?"

"그냥 데이트라면 절대 안 할 거야."

"그렇지?"

"하지만, 그녀의 사춘기 증후군을 고치기 위해서라면 이야기가 달라질걸?"

"히메지 양의 사춘기 증후군이 마이 씨를 위험에 처하게 할지도 모른다면 말이지."

그런 상황이 된다면, 데이트 캔슬은 어쩔 수 없다고 판단할 것이다. 가능하면, 연기라는 형태로 마이에게 부탁하고 싶지만⋯⋯.

"사쿠라지마 선배가 얽히지 않았더라도, 아즈사가와라면 그럴 거란 느낌이 드네."

"내 주위 사람에게 해를 끼치지 않는다면, 그냥 내버려 둘 거야. 본인이 고치지 말아달라잖아."

사라가 현상 유지를 바란다면, 사쿠타가 나설 이유가 없다.

"그럼 그녀의 사춘기 증후군이 유해한지 무해한지 판단하기 위해서라도 아즈사가와는 숙제를 해야만 하겠네? 예의 메시지와 관련이 있을 가능성이 있잖아."

"뭐, 그건 그래."

그것만 알게 되면 다음 단계로 넘어갈 수 있다. 하지만 그것을 모르기에 숙제를 할 수밖에 없다.

"숙제라."

사쿠타는 질색하는 투로 그렇게 중얼거렸다.

성가신 것은 단서가 전혀 없다는 점이다. 사라한테 들은 건 발병한 이유가 실연 때문이라는 것이다. 그리고 발병 시기가 골든위크라는 것이다.

좀 더 유력한 힌트를 못 받으면서 고민조차 어렵다.

"직접 문제를 푸는 게 어려우면, 커닝이라도 하지 그래?"

리오가 불건전한 제안을 했다.

"어떻게 말이야?"

사쿠타는 그 제안에 응하기로 했다. 애초에 룰 자체가 애매한 상황이다. 수단을 따질 필요는 없을 것이다.

"히메지 사라 말고도 한 명 더 있지 않아? 답을 알고 있을지도 모르는 인물 말이야."

리오가 그렇게 말하자, 사쿠타도 떠올렸다.

"……그래. 키리시마 토코."

사라의 사춘기 증후군이 토코가 준 선물이라면, 그녀는 그것이 뭔지 알고 있을 가능성이 있었다. 우즈키 때도, 이쿠미 때도, 토코는 두 사람이 사춘기 증후군에 걸렸다는 것을 알고 있었다.

"아무튼, 한 번 더 만나볼 수밖에 없나."

어차피, 토코에게는 물어볼 것이 남아있다.

토코의 사춘기 증후군이야말로 서둘러 치료해야만 할지도 모르는 것이다. 그 실마리를 찾기 위해선 역시 본인을 만나는 것이 가장 확실하고 빠른 방법이리라.

사라에 대해서도 물어볼 수 있을 테니, 이보다 나은 지름길은 없을 거란 생각이 들었다.

"후타바와 상의하기 잘했네. 고마워."

"별거 아냐."

리오는 답례라는 듯이 감자튀김을 하나 주워들어서 조금씩 먹었다. 그것을 다 먹을 때까지 기다린 후, 사쿠타는 화제를 바꿨다.

"그런데, 후타바가 상의할 일은 뭐야?"

"그게……."

리오는 고개를 숙이더니, 마시려고 손에 든 카페라떼의 거품을 지그시 응시했다.

"……."

"……."

한동안 기다렸지만, 리오는 말을 잇지 않았다.

이렇게 말하기 어려운 일인 것일까.

"뭐야. 고백이라도 받았어?"

"윽?!"

말을 꺼낼 계기가 될까 싶어 사쿠타가 입에 담은 농담에, 리오는 노골적으로 반응했다. 어쩌면 정답을 맞힌 걸지도 모른다.

"……진짜야?"

사쿠타가 묻자, 리오는 머리를 숙인 채 고개를 살짝 끄덕였다.

"누구한테?"

"학원의……."

"아~, 카사이 토라노스케구나."

"……어째서 아는 거야?!"

리오가 사쿠타를 노려보았다. 하지만 얼굴이 새빨간 탓에 전혀 박력이 없었다.

"그야, 후타바 러브러브 아우라를 뿜고 있었거든."

"……왜 가르쳐주지 않은 거야?"

이번에는 원망 섞인 눈길로 노려봤다.

"그편이 재미있을 것 같아서……라는 건 농담이고, 내가 멋대로 이야기하면 카사이 군에게 미안할 것 같았어."

"……."

리오는 아무 말 없이 불만을 호소했다. 하지만, 이 건에 있어서는 사쿠타의 말이 옳을 것이다. 남의 마음을 함부로 떠들어대고 다니는 건 옳지 않다.

"그런데, 언제 고백받았어?"

"어제야."

리오는 카페라떼가 담긴 잔을 양손으로 들면서 불쑥 말했다.

"어디서?"

"학원 교실에서."

"어쩌다 그런 일이 벌어진 건데?"

"요즘 공부에 집중 못 하는 것 같아서…… 무슨 고민이 있나 싶어 『무슨 일 있니?』하고 물었더니……."

"후타바가 잘못했네."

"아즈사가와가 가르쳐줬다면 안 물어봤을 거야."

"아무튼, 걔한테 뭐라고 대답했는데?"

"대답하기도 전에 『대답은 지금 안 해줘도 돼요』라고 말하며 돌아가 버렸어."

"그랬구나."

부끄러움을 견디지 못한 것일까. 예전에 학원에서 봤을 때도 그는 리오의 곁에 있기만 해도 가슴이 콩닥거리는 것처럼 보였다.

"어쩌면 좋을 것 같아?"

"후타바가 하고 싶은 대로 하면 돼."

"하지만 생각도 해본 적 없는걸."

"그럼, 이 기회에 생각해봐."

"지금은 정론 같은 건 듣고 싶지 않아."

"후타바한테는 좋은 기회 아니려나?"

햄버거와 함께 주문한 커피를 한 모금 마셨다.

"좋은 기회라니, 뭐가 말이야?"

"언제까지고 쿠니미를 마음에 두고 있는 건 좀 그렇잖아."

"딱히 마음에 두고 있진 않아."

"정말이야? 다른 남자를 쿠니미와 비교하긴 하지?"

"……안 해."

말로는 부정하지만, 리오의 태도에서는 설득력이 느껴지지 않았다. 물론 의식해서 비교하지는 않을 것이다. 지적을 받고 무의식적으로 그렇게 해왔던 이제까지의 자신을 눈치챘다, 라는 반응이었다.

"그러지 말라고. 쿠니미보다 괜찮은 남자가 있을 리 없잖아. 그 녀석의 결점은 여자 취향이 나쁘다는 것뿐이야."

"쿠니미의 여친은 멋진 사람이야."

"그래?"

"병원에서 일하는 쿠니미 어머니의 이야기를 듣고, 자기도 간호사가 되기로 결심했대."

"어째서 후타바가 그런 걸 아는 건데?"

"졸업 전에 『그녀의 어디가 좋은 거야?』 하고 쿠니미한테 물어봤더니, 방금 이야기를 해줬어."

"……그런 무시무시한 걸 묻지 좀 마."

심장이 멎을 것 같다. 꽤 시간이 흐른 지금 그 이야기를 들어도, 가슴이 아팠다. 옥죄어들었다.

"어, 잠깐만 있어 봐. 그럼 혹시 후타바도 알고 있었던 거야? 카미사토가 우리 학교의 간호학과에 다니는 거 말이야."

"응."

유마도 알려주지 않았고, 리오도 알려주지 않았다. 입학하고 반년 넘게 지난 후, 하필이면 미팅 자리에서 사쿠타는 카미사토 사키와 마주쳤다.

여러모로 심장이 멎을 듯한 경험이었던 만큼, 미리 가르쳐줬으면 좋았을 것이다.

"우리는 친구 사이 맞지?"

"친구라서 말해줄 수 없는 것도 있어."

적어도 이 건에 관해서는 그 말이 적용되지 않는다. 단언할 수 있다.

리오가 감자튀김을 한 개 더 집어먹었다. 그리고 손가락을 닦으면서…….

"뭐, 그래도 고마워."

……하고, 불쑥 말했다.

"응?"

"아즈사가와가 이야기를 들어준 덕분에 마음이 좀 진정됐어."

"이런 재미있는 이야기라면, 얼마든지 들어줄게."

"아즈사가와한테는 앞으로 말 안 할 거야."

리오는 남아있던 카페라떼를 전부 들이켰다. 가게 안의 시계는 열한 시 반을 가리키고 있었다. 폐점 시간이 다가오고 있었다.

4

주말은 아르바이트를 하며 보냈고, 다음 주 초 월요일부터는 대학에 다니는 평범한 나날로 되돌아갔다.

사쿠타는 매일 아침 학교 건물로 이어지는 은행나무 가로수길에서 토코를 찾았다.

교실로 이동할 때도, 학생 식당에 갈 때도, 하교할 때도…… 학생들 사이에 미니스커트 산타가 없는지 살폈다. 하지만 몽블랑을 사준 이후로, 대학 안에서 토코를 보지는 못했다.

매일같이 전화도 했다. 카에데에게 눈총을 받으면서도, 부재중 전화에 메시지를 남겼다. 하지만 전화는 한 번도 연결되지 않았고, 토코에게서 전화가 오지도 않았다.

전혀 진전이 없는 상황에서 일주일이 지나더니…… 어느새, 금요일이 됐다.

12월 9일.

사쿠타가 텅 빈 도시락통을 정리하고 있을 때……

"요즘 들어 늘었네."

교실 창문을 통해 밖을 쳐다보던 타쿠미가 구구절절한 목소리로 중얼거렸다.

"늘다니, 뭐가?"

자리에서 일어난 사쿠타는 창가에 선 타쿠미의 옆으로 이동했다.

"교제 중인 커플 말이야."

3층에서 내려다보이는 건물 옆의 길, 한 커플이 훈훈하게 걸어가는 모습이 눈에 들어왔다. 뭔가 재미있는 농담이라도 한 것인지, 서로가 소리 내어 웃고 있었다.

"이제부터는 연인의 계절이잖아. 이벤트 러시라고."

타쿠미는 원망스럽다는 듯이, 부럽다는 듯이 그렇게 중얼거렸다.

"러시라고 할 정도였어?"

"크리스마스이브에 크리스마스잖아."

"그 두 개를 합쳐서 크리스마스라고 하지 않아?"

"연말과 정월도 있다고."

"그게 커플을 위한 이벤트였어?"

"뭐야. 아즈사가와는 사쿠라지마 씨와 함께 보내지 않는 거야?"

"함께 보낼 거야."

마이와 일정이 맞춰진다는 가정 하에서의 이야기지만…….

"그거 봐. 커플을 위한 이벤트 맞잖아. 아즈사가와는 행복에 겨워서 머리가 이상해진 거라고."

말이 너무 심했다.

"정월이 지나고 나면, 절분이지? 밸런타인이지? 화이트데이지?"

위화감이 느껴지는 이벤트도 포함되어 있지만, 사쿠타는 일부러 지적하지 않았다. 전부 나중 일인 것이다.

"내년 일을 생각하기 전에, 우선 크리스마스를 어떻게 할지부터 생각하는 게 어때?"

사쿠타 또한 그날을 가장 신경 쓰고 있다. 약속대로 마이와 보낼 수 있을까. 아니면, 꿈에서 본 것처럼 사라와 보내게 될까.

"그래서 그날까지 여친을 만들려고 미팅 주선을 부탁해뒀어. 확정되면 아즈사가와도 참가해."

"싫어. 미팅에 나가서 좋았던 적이 없거든."

사쿠타의 첫 미팅은 뜻밖의 인물이 등장한 바람에 매우 거북한 자리가 됐다. 아마 평생 못 잊을 것이다. 나쁜 추억으로 기억에 새겨져 있다.

"아, 쟤들도 커플 같네."

타쿠미가 창밖을 손가락으로 가리켰다. 눈에 들어온 것은 한 커플이었다. 여자애가 장난스럽게 남자애의 등을 밀며 달리고 있었다. 뭐가 저렇게 재미있는 건지 모르겠지만, 두 사람 다 소리 내어 웃고 있었다.

"사랑은 사람의 눈을 멀게 하네."

타쿠미는 별 관심 없는 투로 그렇게 중얼거렸다.

창밖을 쳐다보던 사쿠타는 그 말에 반응하지 않았다. 그의 의식은 다른 것에 쏠려 있었으니까…….. 가로수길 방향에서 붉은 옷을 입은 이가 걷고 있었다.

낯익은 미니스커트 산타.

저 뒷모습은 키리시마 토코가 틀림없다.

사쿠타는 짐을 둔 채, 그대로 뛰어갔다.

"어? 왜 그래? 곧 수업이 시작될 거야."

"교수님한테는 화장실에 갔다고 말해줘!"

사쿠타는 그대로 교실을 뛰쳐나갔다.

"싫어. 부끄럽다고."

타쿠미가 그렇게 대답했을 때, 사쿠타는 이미 계단을 뛰어 내려가고 있었다.

건물 밖으로 뛰어나간 순간, 수업 시장을 알리는 종이 울렸다.

사쿠타는 건물로 서두르는 인파를 역행하며 가로수길로 향했다.

그의 발은 정문 쪽으로 향하던 도중에 멈춰 섰다.

10미터 앞에, 찾던 인물이 있었다.

토코는 벤치에 스마트폰을 두더니 가로수길을 열 걸음 정도 걸어갔고…… 그 후에 다시 벤치로 돌아와서 스마트폰을 확인했다.

대체 뭘 하는 것일까.

결과물이 만족스럽지 않은 건지, 토코는 다시 벤치에 스마트폰을 세워둔 후에 아까처럼 걸었다. 약간 작위적인 걸음걸이였다. 모델이 런웨이를 걷는 듯한…….

바로 그때, 사쿠타는 다가가면서 말을 걸었다.

"저기."

"이쪽으로 오지 마. 화면에 들어온단 말이야."

"네?"

토코는 지긋지긋하다는 표정으로 사쿠타를 돌아보았다. 약간 화난 듯한 표정으로 다가오더니, 사쿠타를 지나쳐서 벤치에 둔 스마트폰을 향해 손을 뻗었다.

"뭐하는 거예요?"

"크리스마스 송에 쓸 동영상 소재를 촬영하고 있어."

"그건 이미 발표한 거 아니었어요? 얼마 전에 몽블랑을 대접한 날 밤에요."

"그건 다른 곡이야."

사쿠타를 쳐다보지도 않으며 대답한 토코는 또 벤치에 스마트폰을 뒀다. 하지만 손을 뗀 순간, 스마트폰이 미끄러지며 쓰러졌다.

"도와줄까요?"

"……."

"잘 안 되는 것 같네요."

"그럼 나를 찍으면서 따라와."

토코는 이미 동영상 촬영 모드가 설정된 스마트폰을 내밀었다.

"빨간 부분을 터치하면 녹화가 돼."

그렇게 말한 토코는 가로수길을 걸었다. 사쿠타는 토코가 시킨 대로 그녀의 뒷모습을 카메라로 찍으면서 따라갔다.

다행히 수업 시간이라 가로수길에 학생이 거의 없어서 묘한 시선을 받지는 않았다. 스쳐 지나간 학생 몇 명도 사쿠타의 행동을 딱히 이상하게 여기지 않았다. 요즘 시대에 동영상 촬영을 하면서 걷는 인간은 딱히 드물지 않다.

"이야기 좀 안 할래요?"

주위에 아무도 없다는 것을 확인한 사쿠타는 토코에게 말을 걸었다.

"영상만 쓸 거니까 말을 해도 되지만, 성가신 이야기라면 관둬."

"히메지 사라가 걸린 사춘기 증후군이 뭔지 가르쳐줘요."

토코가 귀찮은 기색을 내비치자, 사쿠타는 단도직입적으

로 물었다.

"그게 누군데?"

앞장서서 걷는 토코가 그런 무정한 소리를 했다.

"내가 일하는 학원의 제자예요."

"그걸 왜 나한테 묻는 거야?"

"그녀는 자기가 사춘기 증후군에 걸렸다고 말했거든요."

"그래서?"

"그게 키리시마 씨의 선물이라면, 뭔가 알고 있을 거라고 생각했는데요."

"몰라."

대답을 하며 멈춰선 토코가 뒤돌아섰다. 구둣발 소리를 내며 다가오더니, 사쿠타가 들고 있는 스마트폰을 낚아챘다.

"사춘기 증후군은 내가 준 선물이 틀림없기는 할 거야."

토코는 방금 촬영한 영상을 바로 확인했다.

걷고 있는 미니스커트 산타의 뒷모습이 이어졌다. 사쿠타와 토코의 대화도 전부 기록되어 있었다. 그 영상 안에서도, 토코는 사라를 모른다고 말했다.

"히로카와 양과 아카기의 사춘기 증후군은 알고 있었잖아요?"

"그야, 걔들은 이 대학교의 학생이었거든."

토코의 눈은 당연한 걸 묻지 말라고 말했다. 그 눈은 거짓말을 하는 것처럼 보이지는 않았다. 사쿠타에게 심술을 부리는 것 같지도 않았다. 그저, 사실만을 말하고 있다. 약간 귀찮아하면서…….

"커닝은 실패했네."

이렇게 되면 사쿠타는 사라가 걸린 사춘기 증후군이 뭔지 알 방법이 없다. 뭔가 이상한 현상이 일어날 때까지 기다릴 수밖에 없다. 휘말릴 때까지는 알 수 없다. 그런 사태는 사양하고 싶지만…… 다른 방법이 생각나지 않았다.

"고마워. 덕분에 괜찮은 소재를 얻었어."

사쿠타는 전혀 소득이 없었지만, 영상을 확인한 토코는 만족스러워했다.

"카메라맨이 필요하다면, 언제든 불러주세요."

"그래? 그럼 24일에 실시간 스트리밍을 할 거니까 여기로 와. 오후 네 시 집합이야."

"아, 24일은 좀……."

"잘 부탁해."

사쿠타의 「잠깐만」은 들은 척도 하지 않으며, 토코는 바로 정문을 향해 걸어갔다. 그리고 그대로 대학교를 나서더니, 이윽고 사라졌다.

"더는 내 24일을 복잡하게 만들지 말라고……."

안 그래도 이상한 꿈 탓에 문제가 생겼는데, 토코가 일방적으로 약속까지 잡아버리면 버틸 재간이 없다. 마이에게 어떻게 설명하란 걸까.

"……일단, 수업이나 들으러 가자."

화장실에 간 시간이 너무 길면, 교수에게 괜한 걱정을 끼칠 것이다.

5

다음날인 12월 10일, 토요일.

낮에는 청소와 세탁, 그리고 나스노를 목욕시키며 보낸 사쿠타는 점심때 찾아온 마이와 함께 음식을 만들어서 같이 먹었다.

오후에 잡지 인터뷰가 있는 마이를 배웅한 후, 사쿠타도 네 시경에 집을 나섰다. 여섯 시부터 학원 강사 아르바이트가 잡혀 있어서다.

좀 일찍 출발한 것은 마음이 급해서다. 이유는 알고 있다.

사라가 내준 숙제.

오늘이 제출일이지만, 아직 숙제 공책은 새하얀 상태였다.

집 밖으로 나간다고 해서 숙제의 진도가 나갈 것 같지는 않지만, 나스노가 답을 알고 있을 리도 없다. 하다못해 불안한 마음이라도 집 밖에 나가서 진정시키고 싶었다.

학원에 일찍 도착하더라도, 수업 준비를 비롯해 할 일이 있다.

걷다 보면 좋은 생각이 날지도 모른다.

사쿠타는 그런 약간의 희망을 품고 있었지만, 후지사와 역에 도착할 때까지도 사라의 사춘기 증후군이 어떤 것인지 짐작조차 하지 못했다. 힌트가 너무 적었다.

무거운 발걸음으로 역 앞의 입체 보행로를 올라갔다. 바로 그때, 등 뒤에서 목소리가 들려왔다.

"저기, 아즈사가와 선생님."

남자 목소리다.

목소리를 듣기만 해선, 상대방의 얼굴을 떠올릴 수 없었다.

누구인가 싶어서 뒤돌아보니, 등 뒤에 커다란 벽이 있었다. 미네가하라 고등학교 교복을 입었고, 부활동 때 입는 유니폼이 들어있는 커다란 백을 들고 있었다. 사쿠타를 내려다보고 있는 190센티미터 가까이 되는 장신의 남성은 바로 카사이 토라노스케였다.

"저기, 실례할게요."

"무슨 일이야?"

"시간 좀 내주시겠어요?"

"그건 괜찮은데…… 나 말이야?"

오늘까지 토라노스케와 접점이 없었던 만큼, 그런 의문이 드는 게 당연했다.

"네."

"후타바가 아니라?"

"아즈사가와 선생님이에요."

사쿠타가 말을 뱉자마자, 토라노스케가 즉시 그렇게 말했다.

"일단, 학원으로 갈까?"

"아, 아뇨. 가능하면……."

토라노스케의 시선이 흔들렸다. 그 모습을 보니, 남에게 들려줄 수 없는 이야기를 하려는 것 같았다.

"그럼 어디에 들어갈까?"

빨리 나온 만큼, 수업이 시작될 때까지는 아직 시간이 있다.

사쿠타가 토라노스케와 함께 간 곳은 그가 아르바이트를 하는 패밀리 레스토랑이었다. 웨이트리스 옷차림을 한 토모에가 의아한 표정으로 보면서도 비밀스러운 이야기를 나누기 좋은 안쪽 자리로 두 사람을 안내했다.

서로가 드링크바만 주문한 후, 커피와 콜라를 뽑아와서 마주 보고 앉았다.

"그래서, 무슨 이야기야?"

아마 리오에 관한 이야기일 거라고 사쿠타는 짐작했다. 그것 말고는 토라노스케와 사쿠타 사이에는 공통된 화제가 없다.

하지만 토라노스케의 입에서 나온 것은 뜻밖의 이름이었다.

"사라…… 아니, 히메지 양을 조심해줬으면 해요."

뜻밖의 화제였기에, 바로 이해할 수가 없었다. 「사라」라고 이름으로 불러놓고 「히메지 양」이라고 고쳐서 말한 것도 그렇고, 뭘 조심하라는 건지도 모르겠다. 의문이 연이어 생겨나며 사쿠타를 혼란에 빠뜨렸다.

"조심하라는 게 무슨 소리야?"

아는 것이 전혀 없는 만큼, 의문을 하나하나 해소해나갈 수밖에 없다.

"아즈사가와 선생님이 세 번째예요. 사라를 담당한 선생님 말이에요. 아니, 히메지 양을……."

"일단 그냥 이름으로 부르는 게 어때?"

"아, 네."

토라노스케는 사쿠타의 조언을 순순히 받아들였다. 그의 성실한 성격이 전해져왔다.

"전에 히메지 양을 담당한 선생님이라면, 나도 알아."

아르바이트인 사쿠타와 달리, 20대 중반의 전속 학원 강사인 남성이었다.

"어째서 담당이 바뀐 건지도 아나요?"

"일단은 알고 있어."

말을 고르지 않고 하자면, 학원 강사가 제자를 건드리려 했다. 그것이 문제가 됐다……라는 이야기다.

"그 전의…… 사라를 처음으로 담당했던 선생님도, 비슷한 이유로 바뀌었어요."

그것은 처음 들었다.

"즉, 그 사람도 히메지 양을……?"

"……."

토라노스케는 아무 말 없이 고개를 끄덕였다.

"고등학교에서도, 사라에게 고백한 남자 이야기를 몇 번이나 들었는데……."

"뭐, 인기 있을 것 같기는 해."

상냥하고 예의 바른 우등생. 잘 웃는 편이며, 주변 분위기를 밝게 만든다. 낯가림도 없으며, 사라 쪽에서 자연스럽게 다가간다.

그런 사라니까, 이성의 눈길을 끄는 것도 당연한 것처럼 여겨졌다. 사쿠타의 주위에서 그런 사람을 찾자면, 켄토가 비슷할 것이다.

"남자들이 너무 꼬여서 걱정이라면 카사이 군이 신경 써주면 되지 않아? 이름으로 부를 만큼 친한 사이잖아."

"저는 안 돼요."

토라노스케는 딱 잘라서 부정했다.

"왜?"

"사라와는 이웃사촌이라서……."

"그래서 안 되는 거야?"

물론 그럴 리가 없다. 토라노스케의 이야기는 아직 끝나지 않았다.

"부모님끼리도 친해서…… 어릴 때부터 자주 같이 놀았어요."

"소꿉친구구나."

"그런 사이에요."

토라노스케는 남일을 이야기하는 듯한 반응을 보였다. 당사자한테는 너무나도 당연한 관계라서 『소꿉친구』라는 표현으로 생각해본 적이 없는 걸지도 모른다. 그런 느낌을 받았다.

"그래서, 저기…… 중학생 때까지는 사라를 좋아한다고 생각했어요."

토라노스케가 대뜸 그런 고백을 했다.

"항상 같이 다니니까, 주위에서도 사귀는 거냐며 놀려댔고……"

"뭐, 그랬겠지."

아마 부러워서 놀린 것이리라.

"그래서 저도 머지않아 그런 사이가 될 거라고 생각했어요."

"하지만 아니었던 거구나."

실제로 토라노스케는 리오에게 고백을 했다. 사쿠타는 그 사실을 알고 있다.

"네. 어느 날, 자기가 연애 감정이라 여겼던 게 실은 아닐지도 모른다는 걸 깨달았어요."

"그건, 후타바를 좋아하게 되어서야?"

"네."

토라노스케는 반사적으로 순순히 대답했다.

"……."

"……."

"어?!"

한참 후에야 토라노스케는 화들짝 놀랐다. 얼굴에도 동요한 기색이 역력했다. 몇 번이나 입을 뻐끔거리며 무슨 말을 하려 했다. 하지만 아무 말도 못 하며 불안한 듯이 주위를 둘러보았다. 일단 동요한 마음을 진정시키려는 듯이, 토라노스케는 콜라를 빨대로 마셨다. 하지만 너무 급하게 마신 바람에 사레가 들었다.

"어, 어떻게 알았어요?"

토라노스케가 겨우 그 질문을 입에 담은 건, 사쿠타의 지적을 듣고 30초 넘게 지난 후였다.

"학원에서 후타바에게 질문을 할 때, 러브러브 아우라를 뿜고 있었거든."

"……."

토라노스케는 또 말문이 막혔다. 금방이라도 머리를 감싸쥘 듯한 분위기였다.

"후타바는 만만치 않은 상대라고 생각하지만, 힘내라고."

"아, 네. 아, 아뇨! 그 이야기는 이제 됐어요!"

토라노스케는 커다란 몸을 작게 웅크리면서 필사적으로 화제를 원래대로 되돌리려 했다.

"참고로, 히메지 양은 카사이 군을 어떻게 생각하는 것 같아?"

"호의적으로 생각했다고 봐요."

"생각했다, 구나."

"지금은, 모르겠어요."

그것도 당연했다. 토라노스케는 사라가 아니다. 사라의 마음은 사라의 것이다. 본인도 자기 마음을 모를 때가 있는 것이다. 리오와 만나기 전의 토라노스케가 그랬듯이……. 소소한 계기로 틀리거나, 오해하거나, 착각한다. 사람들은 그 점을 좀처럼 깨닫지 못한다.

"카사이 군이 볼 때, 히메지 양은 어떤 애야?"

"어떤 애냐니……."

"밝다, 예의 바르다, 그러면서 붙임성이 좋다 같은 거 말이야. 옛날부터 그랬어?"

"네. 유치원 때부터 쭉 그랬어요. 사람들의 중심에서 웃었죠……. 다들 사라의 곁으로 모여들었다고나 할까요?"

"초등학교에서도?"

"네."

"중학교에서도?"

"네."

"게다가, 중학교 때까지는 카사이 군과 공인 커플이었던 거구나."

"……."

나무랄 데가 전혀 없을 정도로 충실했다. 토라노스케에게 사실상 차일 때까지, 좌절다운 좌절을 맛본 적이 없을지도 모른다.

그렇기에, 그 일은 엄청난 충격이었다. 사춘기 증후군에 걸릴 정도로 말이다. 그렇게 생각하면, 앞뒤가 맞는 듯한 느낌이 들었다. 하지만, 너무 단순한 건 아닐까.

"이야기를 정리하자면, 카사이 군에게 차인……."

"차지 않았어요."

"사실상 차인 후로 히메지 양이 이성에게 인기라서 걱정된다……인 걸로 하면 될까?"

"네. 그러니 조심해주셨으면 해요."

"하지만, 왜 나와 이런 일을 상의하는 거야?"

사쿠타와 토라노스케에게는 접점이 없다. 이런 이야기를 갑자기 꺼내기에는 이유가 필요할 것이다.

"어제, 쿠니미 선배와 이 일을 전화로 상의했더니 아즈사가와 선생님에게 의지하라고 했어요."

"쿠니미는 괜한 소리만 한다니깐."

"그리고…… 아즈사가와 선생님한테는 엄청난 여자친구분이 있으니까, 이제까지의 선생님들과는 다를 거란 생각이 들었거든요."

"그랬구나……."

이해가 될 듯한 느낌도 들었고, 엉터리란 생각도 들었다. 하지만 『사쿠라지마 마이』와 사귀고 있으니 사라에게 쉽사리 끌리지 않을 것이다, 하고 토라노스케가 나름대로 생각했다는 것만은 알 수 있었다.

"아즈사가와 선생님, 잘 부탁해요."

토라노스케는 또 고개를 숙였다.

묘하게 인기 많은 학생을 신경 써달라는 것은 사쿠타가 맡을 분야가 아니다. 아르바이트 학원 강사가 풀어야 할 문제도 아니라는 생각이 들었다.

"내 담당 과목은 수학인데 말이지."

하지만 이렇게 진지한 토라노스케 앞에서, 일단은 연장자…… 게다가 『선생님』이라 불리고 있는 만큼, 무시하며 넘어갈 수도 없었다.

무엇보다, 사라는 현재 사쿠타의 학생이다. 게다가 같은 꿈을 꾼 묘한 관계다. 그녀가 걸린 사춘기 증후군을 맞춘다는 어려운 숙제도 받았다. 이미 충분히 신경 쓰이고 있었다.

토라노스케가 들려준 이야기는 사라의 사춘기 증후군과 관계가 없지 않을지도 모른다. 생각해볼 가치는 있는 듯한 느낌이 들었다.

"알았어. 일단, 조심할게."

사쿠타가 그렇게 대답하자, 그제야 토라노스케는 고개를 들었다.

"고맙습니다."

어딘가 안도한 것 같은 토라노스케의 표정에서, 사쿠타는 그 나이에 걸맞은 앳된 느낌을 받았다. 동시에, 그런 느낌을 받은 자신이 이제는 고등학생이 아니라는 것을 실감했다.

　계산을 마친 사쿠타와 토라노스케가 패밀리 레스토랑을 나선 것은 오후 다섯 시 즈음이었다.

　이야기를 나누는 사이에 해가 지면서, 마을은 인공적인 빛에 휩싸여 있었다.

　사쿠타는 수업이 있다는 토라노스케와 함께 학원이 있는 역 근처 빌딩으로 향했다.

　토라노스케와 이야기를 나누느라 사라의 숙제에 관해 생각할 시간이 사라지고 말았다. 그 대신, 뜻밖의 형태로 사라에 대해 알게 됐다.

　두 사람의 이야기로 유추해볼 때, 사라가 고백조차 해보지도 못하고 차였단 상대는 토라노스케가 틀림없을 것이다.

　그 후, 사라는 이성에게 인기를 얻었다.

　이것이 사춘기 증후군에 의한 건지는 알 수 없다. 이제까지 이런 사춘기 증후군에 걸린 사람은 보지 못했다. 시기를 생각하면 무관계하지 않을 거라고 생각할 뿐이다. 단서가 너무 없어서 사쿠타가 그렇게 생각하고 싶을 뿐일 가능성도 있다.

　냉정하게 생각해보면, 관계가 없을 가능성도 충분히 있었다.

　토라노스케와 공인 커플이 아니게 되면서 사라에게 관심이 있던 남자들이 일제히 그녀에게 몰려들었다. 그뿐이라고 보면, 그 또한 납득이 되기는 했다.

숙제의 답은 아직 찾지 못했다. 하지만 완전히 허탕을 친 것은 아니기에, 토라노스케에게는 감사했다.

"오늘은 후타바의 수업을 듣는 거야?"

표정이 굳은 토라노스케에게 말을 건넸다. 끼기긱 하는 소리가 들릴 것만 같을 정도로 토라노스케의 움직임은 패밀리 레스토랑을 나선 후부터 딱딱했다. 온몸에서 긴장이 배어 나오고 있었다.

"네. 하지만, 후타바 선생님과의 일은 이제 됐어요."

"왜야?"

"지난주에…… 꿈을 꿨거든요."

"꿈, 이라……."

"후타바 선생님에게 차이는 꿈이에요. 크리스마스이브에요."

"그렇구나."

단순한 우연이란 생각은 들지 않았다. 이제까지 크리스마스이브에 관한 꿈 이야기를 세 번 들었다. 사쿠타와 사라, 토모에에게 들은 나나의 이야기, 그리고 토라노스케까지도 크리스마스이브의 꿈을 꿨다.

"지금 『#꿈꾸다』가 유행하고 있잖아요?"

"꿈에서 후타바가 뭐라고 했어?"

"네? 그게…… 『학생과 사귈 수는 없으니까』라고 했어요."

"그래서 카사이 군은 포기하는 거구나."

"솔직히 말해서 어쩌면 좋을지 모르겠어요. 그런 꿈을 꿨는데도 저는…… 선생님 생각만 계속해요……. 아, 애초부터 무리라고는 생각했는데, 그러니까, 뭐랄까…….

생각을 정리하지 못한 듯한 토라노스케는 최종적으로 「죄송해요」라고 사쿠타에게 사과했다.

필사적이고, 올곧으며, 감정 표현이 서툴러서, 어딘가 위태로워 보였다. 하지만, 그의 순수함이 낯뜨거울 정도로 전해져왔다. 그래서, 사쿠타는 한마디 해주고 싶었다.

"나라면 『그럼 제1지망에 합격하면, 사귀어 주세요』라고 말했을 거야."

토라노스케는 아직 2학년이다. 1년 이상 매달릴 수 있다.

"……."

토라노스케는 그 갑작스러운 조언을 듣고 약간 얼이 나간 듯한 반응을 보였다. 무슨 말을 들은 건지, 아직 모르겠다는 표정을 짓고 있었다.

"카사이 군이 후타바에게 진심이라면 말이지."

"아, 네. 힘낼게요……!"

그제야 이해한 건지, 초조함과 기쁨이 뒤섞인 묘한 텐션의 반응이 되돌아왔다.

"후타바에게 불평 듣고 싶지 않으니까, 공부도 열심히 해."

"네. 물론이죠! 저, 저기, 아즈사가와 선생님, 정말……."

고맙다고 말하려던 토라노스케는 갑자기 어깨를 부르르 떨었다. 그의 시선은 사쿠타의 등 뒤를 향하고 있었다. 그곳에는 역이 있다.

"죄송하지만, 저 먼저 가볼게요."

빠른 어조로 그렇게 말한 토라노스케는 도망치듯 학원이 있는 빌딩 쪽으로 뛰어갔다.

그리고, 잠시 후……

"아즈사가와?"

……하고, 누군가가 사쿠타를 불렀다.

"안녕, 후타바."

역 쪽에서 다가온 이는 리오였다.

토라노스케가 도망친 것도 이해가 됐다. 잠시 후에 리오의 수업을 들을 예정인데, 저런 상태로 괜찮을지 좀 걱정이 됐지만……

"방금, 카사이 군과 같이 있지 않았어?"

남들보다 머리 하나는 키가 큰 토라노스케는 눈에 확 띄었다. 멀리서 보더라도 못 알아볼 리가 없다.

"소꿉친구였대."

"누구와 누구가 말이야?"

리오는 영문을 모르겠다는 표정을 지었다.

"카사이 군과 히메지 양. 그래서 이야기를 좀 나눴어."

"그랬구나."

"그랬어."

"……아즈사가와, 괜한 말을 한 건 아니지?"

리오는 눈빛으로 사쿠타를 비난하고 있었다.

"꼭 필요한 말만 했어."

"아마, 그게 내가 말한 괜한 말일 거야."

리오는 불평을 더 늘어놓고 싶은 듯한 표정을 지었다. 하지만 리오가 다시 입을 열기 전에, 누군가가 끼어들듯 말을 걸어왔다.

"사쿠타 선생님."

밝고 통통 뛰는 듯한 목소리였다.

역 쪽에서 뛰어온 이는 사라였다.

뭐가 그렇게 즐거운 건지, 미소를 지으며 사쿠타의 곁으로 왔다.

"이거 보세요."

사라는 가방에 손을 집어넣더니, 반으로 접혀 있던 종이를 꺼냈다. 그리고 그것을 펼쳐서 사쿠타에게 보여줬다.

맞췄다는 의미의 동그라미로 가득 채워진 수학 답안 용지다. 비가 내리지 않았다. 즉, 만점을 받은 것이다.

"큰일이네. 오늘은 다 같이 틀린 문제를 복습할 생각이었거든."

만점 답안지를 가지고 오면 할 게 없다.

"그 전에, 칭찬부터 해주세요."

"참 잘했어요~."

"먼저 갈게."

사쿠타에게 그렇게 말한 리오가 빌딩 안으로 들어갔다.

"같이 가자고."

사쿠타와 사라도 행선지는 리오와 같다.

세 사람은 엘리베이터에 같이 탔다. 리오는 버튼 앞에 섰고, 사쿠타가 그 뒤편에 섰다. 사라는 사쿠타의 옆에 섰다.

"……."

다들 아무 말도 하지 않았다.

"오늘도 추운걸."

"그래."

"그래요."

"……."

또 침묵이 찾아왔다.

잘 생각해보니, 약간 거북한 이들끼리 모여 있었다. 사라는 토라노스케에게 사실상 차였고, 사라를 사실상 찬 토라노스케는 리오를 좋아하니까…….

세 사람을 태운 엘리베이터는 불가사의한 긴장감에 휩싸인 채, 학원이 있는 층에 도착했다.

6

책상 위에는 답안지 세 장이 나란히 놓여 있었다. 왼쪽부터 30점, 100점, 45점이었다. 켄토, 사라, 쥬리의 답안지다.

"야마다 군은 30점을 좋아하나 보네."

중간고사에서도 30점인 답안지를 가지고 왔었다.

"사쿠타 선생님, 그건 개인 정보 유출이야."

켄토는 은근슬쩍 옆자리에 있는 사라에게 자기 점수를 숨기려 했다. 하지만 이미 늦었다. 언뜻 봐도 동그라미가 거의 없다. 시험지에 비가 내리고 있다는 것은, 사라의 위치에서도 훤히 보일 것이다.

"그럼, 야마다 군과 요시와 양이 틀린 문제를 중심으로 해설할게. 히메지 양은 복습이라 생각하며 들어."

"네."

곤란하게도, 사쿠타의 이야기를 가장 열심히 듣고 있는 건 만점을 받은 사라였다.

전체적으로 해설을 마친 후, 사쿠타는 같은 방식으로 푸는 연습 문제를 세 사람에게 내줬다. 총 세 문제였다.

사라는 그것을 십 분도 걸리지 않고 풀었다. 「다 했어요」 하면서 손을 든 사라의 공책에는 예쁜 글씨로 수식이 쓰여 있었다. 전부 정답이다.

사라에게만 추가 문제를 내준 사쿠타는 켄토와 쥬리를 살폈다. 켄토는 머리를 감싸고 첫 번째 문제와 눈싸움을 하고 있었다. 쥬리는 두 번째 문제에서 막힌 것 같았다.

"요시와 양, 그건 아까 해설해준 방식으로 풀 수 있어."

사쿠타는 화이트보드에 쓰여 있는 모범 답안을 손가락으로 가리켰다.

"이렇게요?"

쥬리가 다시 손을 놀리기 시작하더니, 귀여운 글씨체로 공책에 문제를 풀었다.

"그래. 그다음에는……."

"사쿠타 선생님, 나도 좀 도와줘."

"야마다 군은 좀 기다려. 요시와 양이 끝나고 나서……."

"저기, 저는 나중에……."

쥬리가 한순간 켄토를 신경 썼다.

"이제 다 됐으니까, 계속 풀어봐."

사쿠타는 그것을 눈치채지 못한 척하면서 쥬리를 재촉했다.

"야마다 군, 내가 가르쳐줄까?"

사라가 옆자리에서 켄토의 손 언저리를 쳐다봤다.

"싫은데……."

켄토는 반사적으로 몸을 움츠렸다.

"내가 싫어? 좀 충격이네."

사라는 웃으면서 켄토를 놀렸다.

"아, 싫다는 건 그런 의미가 아니라……."

"그럼 가르쳐줄게."

사라는 켄토에게 붙어서 앉더니, 「이 식을 여기에 대입해서……」 하고 해설을 해주면서 켄토의 공책에 식을 적었다.

사라와 어깨를 맞댄 켄토는 흠칫하며 꼼짝도 하지 않았다. 딱딱하게 굳은 채 사라가 쓴 수식을 지그시 눈으로 좇기만 했다. 그렇게 해서 필사적으로 평정심을 유지하려 했다.

그와 동시에, 사쿠타의 눈앞에서는 쥬리의 샤프가 움직임을 멈췄다. 시선은 문제를 향하고 있다. 공책의 한 점을 응시하고 있다. 하지만, 쥬리의 의식은 문제를 향하고 있지 않았다. 사라와 켄토에게 쏠리고 있었다.

"알겠어?"

사라가 아래편에서 켄토의 얼굴을 들여다봤다.

"아, 알았어."

켄토가 얼이 나간 듯한 목소리로 대답했다.

"야마다 군, 풀어봐."

"으음, 이 식을……."

켄토는 사라가 가르쳐준 대로 문제를 풀었다. 아니, 사라가 쓴 수식을 그대로 따라갔다. 켄토는 당연히 해답에 도달했다.

"이러면 되는 거야?"

"뭐야. 야마다 군도 하면 되잖아. 한 문제 더 풀어봐."

"이건 좀 어렵지 않아?"

"그러니까, 이 문제는 말이야."

사라가 또 켄토의 공책에 샤프로 수식을 썼다.

"아, 그렇구나. 그럼 이건 어떻게 하면 돼?"

한 문제를 풀고 여유가 생긴 건지, 켄토 쪽에서 사라에게
질문을 던졌다.

순조롭게 문제를 푸는 켄토와 달리, 두 번째 문제에서 막
힌 쥬리의 펜은 좀처럼 움직일 기색을 보이지 않았다.

"으음, 요시와 양?"

"괜찮아요. 혼자서 풀 수 있어요. 이해했어요."

"응. 이해했으면 됐어."

수업을 통해 켄토와 쥬리도 문제를 어느 정도는 풀 수 있
게 된 것 같았다. 하지만 그것과 반비례하듯 인간관계는 복
잡해졌다. 이것만은 사쿠타도 어찌할 방법이 없다.

"그럼, 오늘은 여기까지 하자."

예정된 80분이 흐르자, 사쿠타는 적당한 타이밍에 수업
을 끝냈다.

"사쿠타 선생님, 수고했어~."

가장 먼저 짐을 정리한 켄토가 힘차게 자리에서 일어났다.

"야마다 군은 오늘 배운 걸 복습해둬."

사쿠타가 말을 걸자, 밖으로 나가려던 켄토는 인상을 쓰
며 뒤돌아봤다.

"야마다 군. 다음 주에 학교에서 봐."

하지만 사라가 그렇게 말하며 손을 흔들자, 켄토의 표정
이 환해졌다. 켄토가 개였다면 힘차게 꼬리를 흔들어댔을

것이다.

"히메지 양은 안 돌아가는 거야?"

"앞으로도 수업 관련으로 선생님과 상의할 게 있거든."

사라가 사쿠타를 힐끔 쳐다봤다.

"그렇구나……."

켄토는 사라와의 대화를 조금 더 이어가려고 적당한 화제를 찾았다. 하지만 적당한 화제를 찾기도 전에…….

"길 막지 마."

밖으로 나가려 하는 쥬리에게 그런 말을 들었다.

"길 막는 거 아니거든? 나도 돌아갈 거거든?"

결국 켄토는 사라에게 더는 아무 말도 못 한 채 돌아갔다.

그 후, 쥬리는 사쿠타를 향해 고개를 숙이고 나서 밖으로 나갔다.

사라는 그런 두 사람을 금방이라도 웃음을 터뜨릴 것 같은 표정으로 배웅했다.

"동급생을 너무 놀리지 마."

사쿠타는 화이트보드에 적힌 수식을 지웠다.

"야마다 군 말인가요?"

사라가 다가와서 지우는 것을 도왔다.

"요시다 양도 포함해서 말이야."

사쿠타가 그 이름을 언급하자, 사라의 손이 코사인 앞에서 움직임을 멈췄다.

그런 사라를 대신해, 사쿠타가 코사인을 지웠다.

"사쿠타 선생님은 보기보다 학생들을 챙기네요."

"두 사람의 성적이 오르지 않으면 내가 곤란하거든."

끝까지 남아있던 탄젠트는 사라가 지웠다. 이것으로, 화이트보드는 그 이름대로 새하얘졌다.

"알았어요. 사쿠타 선생님에게 폐를 끼치고 싶지 않으니 관둘게요."

사라는 순순히 사쿠타의 말에 따랐다. 태도를 보니 거짓말을 하는 것 같지는 않았다. 자기가 잘못했다고 생각하는 것 같지도 않았다. 하지만 「관두겠다」고 약속해주면서, 사쿠타의 지적을 바로 받아들였다. 의도적인 행동이었다는 것을, 사라는 실토한 것이다.

토라노스케가 걱정한 이유가 조금은 이해가 됐다.

"하지만, 야마다 군의 마음은 저도 어떻게 할 수가 없거든요?"

"그건 야마다 군이 어떻게 할 테니까 괜찮아."

"요시다 양의 마음도 마찬가지잖아요."

"그건 요시다 양이 어떻게 할 테니까 괜찮아."

"사쿠타 선생님은 의외로 학생에게 매정하네요."

사라는 아까와 정반대되는 평가를 내리면서 웃었다.

수업에서 쓴 화이트보드용 펜을 정리하고 있을 때, 사라가 구석에 놓인 파란색 펜을 쥐었다.

"그건 그렇고, 사쿠타 선생님."

"응?"

사쿠타는 파란색 펜을 넘겨받으면서 대꾸했다.

"제가 내준 숙제, 해오셨나요?"

옆 부스에서 세계사를 해설하는 강사의 목소리가 들려왔다. 사쿠타와 사라의 시선은 자연스럽게 그쪽으로 향했다.

"밖에서 이야기하자. 배도 고프잖아."

여기서는 누가 들을지도 모른다.

"아, 저는 역 앞에 있는 카페의 신작 도넛이 먹고 싶어요."

"안 사줄 거야."

"사쿠타 선생님, 이걸 잘 보세요."

그렇게 말한 사라는 만점인 답안지를 향해 손을 뻗었다.

"저, 열심히 했죠?"

사라는 「100점」이라 적힌 부분을 사쿠타에게 보여주면서, 승리를 확신한 듯한 미소를 머금었다.

수업일지를 쓰는 12분 동안 사라에게 기다려달라고 한 후, 그녀와 함께 학원을 나섰다.

해가 진 후지사와 역 앞은 12월 느낌이 물씬 나는 불빛이 어려 있었고, 대낮보다 화려한 분위기에 휩싸인 채 활기에 차 있었다.

기온이 내려가면서 역을 향해 걷는 사쿠타와 사라가 내쉬는 숨결 또한 새하얗게 물들었다.

"사쿠타 선생님은 올해 크리스마스를 어떻게 보낼 건가요?"

"꿈대로 된다면, 히메지 양과 데이트를 하게 되겠지."

"제자를 건드리는 건 좋지 않을걸요?"

사라는 농담 투로 주의를 줬다.

"그런데 왜 저희가 같이 있었던 걸까요?"

"글쎄."

아직은 단서가 없다.

"히메지 양은 어떻게 생각해?"

"사쿠타 선생님이 바람을 피우는 거라고 생각해요."

"그게 가장 가능성이 있긴 하네~."

"건성으로 말하지 마세요."

웃으면서 역 앞의 입체 보행로로 이어지는 계단을 올라갔다. 사라가 말한 카페는 역 북쪽 출입구 앞 가전제품 양판점 맞은편 빌딩의 2층에 자리해 있었다.

유리로 된 가게 안에는 공부하는 고등학생과 노트북 컴퓨터를 펼쳐둔 회사원이 있었다. 자리는 반 정도가 비어 있었다. 낮에는 자리가 없을 정도로 혼잡하지만, 밤이 되자 좀 한산해진 것 같았다.

이곳에서라면, 사라와 느긋하게 이야기를 나눌 수 있을 것 같다.

가게에 들어가자, 「어서 오십시오」하고 점원이 밝은 목소리로 말하며 맞이해줬다.

"자리 잡아줘."

사라에게 그렇게 부탁한 사쿠타는 안쪽에 있는 카운터로 가서 따뜻한 카페라떼와 캐러멜 라떼, 크리스마스 시즌 한정 신작 도넛을 주문했다. 카드로 계산을 마친 후, 옆에 있는 카운터에서 주문한 것들이 놓인 쟁반을 받았다.

테이블을 돌아보니, 사라의 모습이 보이지 않았다. 가방과 코트만 창가 자리에 놓여 있었다. 사라는 안쪽에 있는 테이블 옆에 서 있었다.

그 자리에는 미네가하라 고등학교의 교복을 입은 남자와 여자가 앉아있었다. 사라는 웃으며 이야기했고, 그 두 사람도 즐거운 듯이 이야기를 받아줬다. 하지만 초조함이랄까, 당황이랄까, 억지로 웃는 듯한 감정이 그 두 사람에게서 느껴졌다. 그것은 기분 탓일까.

사쿠타가 먼저 테이블에 앉자, 눈치챈 사라가 통통 튀는 듯한 발걸음으로 돌아왔다. 양손으로 조심조심 의자를 빼더니, 사쿠타와 마주 보며 앉았다. 그런 그녀의 눈은 눈을 흩뿌린 것처럼 하얀 도넛에 못 박혔다.

"잘 먹겠습니다."

"야마다 군에게는 비밀이야."

들킨다면, 자기도 사달라고 말할 게 뻔했다.

"백점을 받아서 얻어먹은 거라고 말해둘게요."

그 말을 듣고 의욕을 내주면 좋겠지만, 켄토라면 금방 관둘 것 같은 느낌이 들었다.

"아, 하지만 야마다 군은 『그럼 됐어』 하며 관둘지도 모르겠네요."

사라도 같은 생각을 한 것 같았다.

사라는 웃으면서 호주머니를 향해 손을 뻗었다. 스마트폰을 꺼낸 그녀는 사진 촬영을 시작했다. 피사체는 도넛과 캐러멜 라떼였다. 「귀여워」 하고 말하며, 찰칵찰칵 사진을 찍어댔다.

"저 두 사람은 친구야?"

사쿠타가 시선을 보내보니, 미네가하라 고등학교의 교복을 입은 두 사람도 사쿠타를 쳐다보고 있었다.

"여자애는 같은 반 친구이고……."

사라는 우선 여자애 쪽을 쳐다봤다.

"같이 있는 사람은 체육제 실행위원 때 신세를 졌던 2학년 선배예요."

이어서, 그 여자애의 맞은편에 앉은 남자애를 쳐다봤다.

두 사람과 시선이 마주치자, 사라는 손을 살짝 흔들었다. 상대방도 마찬가지로 손을 흔들었다. 그 후, 남자 쪽이 쟁반을 들고 자리에서 일어났다. 아무래도 돌아가려는 것 같았다.

사용한 컵을 정리한 후…… 가게를 나서려 할 때, 사라는 또 친구를 향해 손을 흔들었다. 그리고 가게를 나선 두 사람이 시야에서 사라질 때까지 계속 흔들고 있었다.

그 사이, 남자애가 어떤 반응을 보이면 모르겠다는 듯한 태도였던 것은 아마 사쿠타의 기분 탓이 아닐 것이다. 빨리 이 자리를 벗어나고 싶다는 분위기가 느껴졌다. 단순히 여자들 사이의 텐션에 따라가지 못해서 그런 걸지도 모른다. 하지만, 아마 다른 이유도 있을 것이다.

"히메지 양, 아까 남학생과 무슨 일 있었어?"

카페라떼를 한 모금 마시면서 물어봤다.

"사쿠타 선생님은 예리하네요."

사라는 포크를 이용해 한입 크기로 자른 도넛을 입에 넣었다. 「맛있어」 하고 말하며 과도하게 기뻐한 후……

"두 달 전에 저한테 사귀자고 고백했었어요."

……하고, 순순히 가르쳐줬다.

"뭐라고 대답했어?"

아까 태도를 보고 결과를 짐작이 됐다. 적어도 YES는 아니다.

"지금은 사귈 수 없어요, 하고 말하며 거절했죠."

"지금은, 이구나."

"어쩔 수 없잖아요. 저 선배에 대해 잘 알지 못하는걸요."

"그것도, 그에게 말했어."

"네."

그래서, 저렇게 거북한 태도를 취했던 것이다. 그런 말을 들으면 아직 기회가 있다고 착각할 것이다. 미래에는 가능성이 있다는 착각에 빠지는 것도 무리는 아니다.

"같이 있던 친구는 히메지 양이 고백받은 걸 알아?"

"이야기는 안 했지만, 알고 있을 거예요. 여자는 그런 쪽으로 민감하거든요."

그걸 알면서도 아무렇지 않게 말을 걸다니, 대단한 배짱이다.

"아, 하지만 저 두 사람은 아직 사귀지 않는 것 같아요. 그래서 사귀게 되면 가르쳐달라고 말했어요. 저라면 친구에게 차인 남자와 절대 사귀고 싶지 않겠지만요."

"그럼 그냥 내버려 두는 편이 낫지 않아?"

"그래도 두 달밖에 안 지났는데 저러는 건 너무하잖아요?"

그 말로, 사라는 자기 행동을 정당화했다.

"히메지 양이 돌아봐 줄 것 같지 않다면, 빨리 다른 사람을 찾아보는 게 그를 위해서 좋다고 생각하는데 말이지."

"고백까지 해놓고, 그렇게 간단히 마음을 정리하는 게 말이 되나요?"

믿기지 않는다는 듯한 표정이다.

"나는 꽤 질질 끄는 타입이야."

"사쿠타 선생님은 거짓말하는 표정으로, 진실을 말하네."

"그럼 히메지 양은 아직도 카사이 군을 좋아하는 거야?"

사라는 그 갑작스러운 질문을 듣고 눈을 치켜떴다. 그리고 눈을 두 번 깜빡였다. 그 사이에 자초지종을 파악한 건지…….

"혹시, 토라, 아니…… 카사이 선배에게 무슨 말 들었나 보네요?"

난처한 표정으로 날카로운 추리를 선보였다. 사쿠타는 그 말을 듣고 약간 놀랐다.

"소꿉친구라며? 너를 걱정하는 것 같아."

"그건 사실상 저를 찬 죄책감 때문일까요?"

사라는 웃으면서 확인하듯 그렇게 말했다.

"그런 느낌이었어."

"저는 카사이 선배가 오히려 걱정돼요. 후타바 선생님 같은 어려운 사람을 좋아하게 됐잖아요. 틀림없이 차일걸요?"

"카사이 군은 이성에게 꽤 인기 있을 것 같은데 말이지."

좀 고지식한 느낌이 들지만, 꽤 시원시원한 느낌의 바스켓 맨이다.

"좋은 녀석 같아."

사쿠타의 말은 표면적인 부분에 대한 감상에 지나지 않는다. 하지만 전에 유마가 토라노스케를 「좋은 녀석」이라고 말했다. 토라노스케가 유마의 말을 딛고 오늘 사쿠타와 상의를 한 것처럼, 사쿠타도 유마의 말을 신용한다. 「좋은 녀석」인 유마가 「좋은 녀석」이라고 말했으니 틀림없을 것이다.

"참 좋은 사람이에요. 사실상 자기가 찬 저까지 걱정하니까요."

사라는 일부러 삐친 표정을 지으며 빈정거리듯 말했다. 솔직하게 「좋은 사람」이라고 인정하고 싶지 않아 하는 감정이 그 말에 담겨있었다. 사실상 사라를 찬 만큼, 토라노스케는 이런 말을 들어도 어쩔 수 없다.

추억을 농담 삼아 말하는 사라에게는 토라노스케를 향한 미련이 전혀 느껴지지 않았다. 그러니 이 순간에 사라가 품고 있는 감정을 일부러 물어볼 필요는 없을 듯한 느낌이 들었다.

"카사이 선배가 좋아하는 사람이 제가 아니라는 것을 알았을 때는, 정말 싫었지만요."

멋쩍음을 숨기려는 쓴웃음이 참 능숙했다.

"이미 들었을지도 모르지만…… 중학생 때까지, 저와 카사이 선배는 공인 커플 같은 사이였어요."

"그랬다지?"

"카사이 선배를 좋아하는 여자애도 꽤 많았지만, 그 사람의 옆에 있어도 되는 건 저뿐이라는 분위기였어요. 그게 좀 자랑스러웠달까, 나쁜 기분은 아니었어요. 하지만, 제가 고등학교에 들어가 보니……."

"카사이 군이 다른 사람을 좋아하게 된 거구나."

토라노스케는 그때 처음으로 연애 감정을 눈치챘다고 이야기했다.

"정말 충격이었어요. 카사이 선배는 저를 좋아하는 줄 알았고, 주위 사람들도 『잘 어울린다』고 말해줬는데…… 그게 전부 착각이었던 거니까요. 아무것도 못 믿게 됐어요. 제 생각도, 남의 말도……. 이제까지 봐온 세상이 전부 잘못된 걸지도 모른다는 생각이 들어서…… 그걸 눈치챘을 때는, 정말 무서웠어요. 그런 저를 남들이 비웃는다는 생각이 들어서, 집 밖으로 나가는 것도 불안했죠."

"그게 전에 말했던 골든위크 즈음이구나."

"네."

"하지만 사춘기 증후군에 걸리면서, 그 불안이 전부 해소된 거네."

적어도, 사라는 전에 그렇게 말했다.

"맞아요."

"히메지 양이 요즘 이성에게 인기 있는 것도, 그 덕분이라던가?"

"사쿠타 선생님, 진짜로 숙제를 열심히 해왔네요."

"나는 보기보다 제자들을 아끼거든."

"하지만, 틀렸어요. 제 사춘기 증후군은 이성에게 인기 있게 해주는 게 아니에요. 뭐, 저도 요즘 들어 왜 이리 인기가 있는 건지 좀 의문이긴 해요."

"그래서 히메지 양은 요즘 즐거운 거구나."

대답은 듣지 않아도 알 수 있다. 사라의 생기 넘치는 표정이 전부 이야기해주고 있다.

"이 타이밍에 『네』라고 답하면 성격이 고약해 보이지 않을까요?"

"나는 좋은 성격이라고 생각할 거야."

"그건 칭찬이 아니거든요?"

사라는 이런 대화조차도 즐겁게 나눴다. 하나의 즐거움이 모든 것을 즐겁게 해주고 있다. 지금의 사라에게서는 그런 긍정적인 연쇄작용을 자아내는 행복한 분위기가 느껴졌다.

"방금 말을 듣고 알았어요. 사쿠타 선생님은 제가 인기 있는 것을 반대하는 거네요."

"딱히 반대하는 건 아냐. 하지만 말이야. 앞으로 몇 명에게 고백을 받아도, 몇십 명에게 구애를 받아도, 몇백 명에게 떠받들어져도…… 히메지 양이 진정으로 원하는 건 손에 넣지 못할걸?"

"……그게 무슨 말이죠?"

방금까지 즐거운 표정으로 말하던 사라가 영문을 모르겠다는 표정을 지었다.

"저는 지금, 정말 행복해요. 딱히 원하는 건 없어요."

사쿠타의 얼굴을 똑바로 바라보는 사라의 눈동자는, 그에게 답을 요구하고 있었다.

사라는 가장 중요한 점을 이야기하지 않았다. 토라노스케를 향한 마음이나 주위의 친구가 했던 말은 털어놨지만, 사라 본인의 감정에 대한 부분은 쏙 빼먹었다. 사쿠타의 아까 질문에도, 대답하지 않으며 얼버무렸다.

지금도 토라노스케를 좋아하는가.

사라는 YES라고도, NO라고도 말하지 않았다.

"나는 많은 사람에게 인기를 얻는 것보다 더 행복한 것이 있다고 생각해."

"그게 뭐죠?"

"예를 들자면……."

사쿠타는 천천히 입을 열면서, 마이를 떠올렸다.

옆에 있기만 해도 행복을 느끼게 해주는 사람.

웃어준다면 더 큰 행복을 느끼게 해주는, 소중한 사람.

앞으로도 쭉 같이 있고 싶은 사람.

그런 마이를 떠올리며…….

"나의 가장 큰 행복은…… 내가 가장 좋아하는 사람이, 나를 가장 좋아해 주는 거야."

사쿠타는 자기 생각을 조용히 말했다.

여러 일을 겪은 후이기에 할 수 있는 말. 할 수 있게 된 말. 그 마음에는 한 점의 거짓도 섞여 있지 않다. 부끄러워하지도, 긴장하지도 않았다. 순수하게 그리 생각했다.

"뭐, 그것만 있다면 최악의 경우에는 다른 건 하나도 필요 없어."

"……."

사라는 눈을 깜빡이는 것조차 잊은 듯한 표정으로 사쿠타를 지그시 쳐다봤다. 아까와 다르게 그 얼굴에는 미소가 어려 있지 않았다. 처음으로 들은 말에 어떤 반응을 보이면 모르겠다는 듯한 표정을 짓고 있었다.

"다시 묻겠는데, 히메지 양은 아직 카사이 군을 좋아해?"

"……"

사라는 대답하지 않았다. 아니, 대답할 수 없었다.

사쿠타는 그런 예감을 받았다. 처음에 사라가 「차였다」고 이야기해줬을 때부터, 위화감이라는 형태로 마음에 남아있었다.

그날도, 오늘도…… 사라는 말하지 않았다.

슬펐다는 말도.

괴로웠다는 말도.

몇 번이나 울었다는 말도…….

하지 않았다.

사라가 털어놓은 유일한 감정은 「충격이었다」 뿐이다. 그 이유도 토라노스케의 마음이 달랐기 때문이다. 남들이 한 말과 달랐기 때문이다. 그 말을 믿었다가 배신당했기 때문이다.

"애초에, 히메지 양은 카사이 군을 좋아하긴 한 거야?"

"저도, 카사이 선배와 마찬가지란 말인가요?"

"그렇게 보인단 생각이 들 뿐이야."

잘 어울린다는 말을 남들에게 계속 들으면서, 그런 착각에 빠졌을 뿐.

"······그렇다면, 가르쳐주세요."

짧은 침묵이 이어진 후, 사라는 결심한 듯한 어조로 물었다.

사쿠타를 올려다보는 그 눈동자는 도전적이었다. 도발적이었다.

"어떻게 하면, 사쿠타 선생님처럼 남을 좋아할 수 있게 되나요?"

그것이야말로 사쿠타의 질문을 듣고, 사라가 도출해낸 올바른 대답이었다.

제3장

I need you

1

"흐음, 그래서 사쿠타가 그 애에게 연애를 손짓 발짓 처음부터 하나하나 차근차근 가르쳐 주기로 한 거구나."

마이는 손에 쥔 포크로 샐러드를 찔렀다. 사각, 하고 신선한 소리가 들렸다.

"그런 말을 들었을 뿐이에요. 약속은 안 했어요. 손짓 발짓도 안 가르쳐줄 거예요."

다음 주 월요일. 12월 12일.

혼잡의 정점이 지난 학생 식당은 빈자리도 드문드문 보이기 시작하면서 점점 평온을 되찾아가고 있었다. 사쿠타와 마이가 마주 앉은 테이블 또한 양옆이 비어 있었다. 그래서 편하게 이런 이야기를 나눌 수 있다.

"사쿠타, 그 애의 사춘기 증후군이 뭔지를 생각한다고 하지 않았어? 나를 위해서 말이지."

마이는 질렸다는 듯한 표정으로 그렇게 말하며 샐러드를 입에 넣었다.

"맞아요. 마이 씨가 위험하니까요."

"그게 어째서 그렇게 되는 건데?"

마이의 입에서 포크가 나왔다. 은색을 띤 뾰족한 부분이 사쿠타를 금방이라도 찌를 것 같다는 건 기분 탓일까. 아무리 낙관적으로 생각해봐도, 기분 탓이 아니었다.

"우와~, 마이 씨가 위험해~."

리오의 충고가 농담으로 치부할 수 없게 될 것 같다. 아무래도 서둘러 손을 쓸 필요가 있다. 하지만, 마이를 납득시킬 말이 생각나지 않았다.

그렇게 사쿠타가 위기에 처해있을 때, 타이밍 좋게 도움의 목소리가 들려왔다.

"여기, 앉아도 될까요?"

이 테이블에 다가온 이는 바로 미오리였다.

"얼마든지 앉아도 돼."

"어? 정말이야?"

미오리는 자기가 물어봤으면서, 어찌된 건지 놀란 듯한 반응을 보였다.

"평소의 아즈사가와라면『방해되니까 다른 데 가』하고 말했을 거잖아."

"나는 오늘 기분이 좋거든."

사쿠타는 거짓말을 하며 시선으로 미오리를 재촉했다.

"그럼 호의를 받아들일게."

미오리는 사쿠타와 마이를 번갈아 쳐다보더니 사쿠타의 옆에 앉았다.

"……"

"마이 씨를 느긋하게 살펴보고 싶거든요."

사쿠타가 품은 의문을 눈치챈 미오리가 그렇게 답했다.

"참 즐거운 분위기던데, 무슨 이야기를 나누고 있었던 건가요?"

미오리는 엄청난 볼륨의 돈까스 카레를 먹으면서 그렇게 물었다. 그녀의 눈은 마이가 손에 쥐어진 채 찬란히 빛나고 있는 포크를 향하고 있었다. 두 사람 사이의 불온한 분위기를 「즐거운 분위기」라 표현하는 게 참 미오리다웠다.

"뭐, 남을 좋아하게 되는 것에 대해 이야기를 좀 나눴어."

"철학적이네요."

미오리가 그 말에 관심을 보였다.

"그래? 야성적이지 않아?"

그 말에, 사쿠타는 정반대되는 반응을 보였다.

"그런데 왜 갑자기 그런 이야기를 하는 거야?"

"사쿠타가 학원에서 귀여운 제자에게 그런 질문을 받았다네."

"여자애야?"

일부러 확인할 필요가 있을까.

"여학생이지."

"우와~."

미오리는 일부러 혐오에 찬 시선으로 그를 쳐다봤다. 변태에로 학원 강사를 보는 눈길이다. 하지만, 장난기가 어려 있었던 것은 한순간에 불과했다.

"뭐~, 그래도 나는 좀 이해가 돼."

미오리는 곧 이야기를 다시 되돌렸다.

"좋아한다는 게 뭔지 때때로 생각하거든."

미오리는 수저에 놓인 돈까스를 한입에 먹어 치웠다. 식욕을 자극하는 튀김옷의 바삭거리는 소리가 옆에 앉은 사쿠타에게 전해졌다.

"미토는 돈까스 카레를 좋아해?"

"좋아해."

그렇게 말한 미오리는 또 돈까스와 카레를 한입 가득 먹었다.

"그럼 그게 좋아한다는 감정이야."

사쿠타가 자세하게 가르쳐주자, 미오리는 뾰로통한 표정을 지었다. 그녀의 눈빛은 불만을 드러내고 있지만, 아직 입 안이 돈까스와 카레로 가득 차 있는 탓에 말을 할 수 없다.

미오리는 음식을 우물우물 씹은 후, 꿀꺽 삼켰다. 그리고 컵 안의 물을 한 모금 들이켰고, 그제야 입을 여나 했더니…….

"마이 씨는 아즈사가와의 어디를 좋아해요?"

사쿠타가 아니라, 마이에게 말했다.

"미토, 나이스 질문이야."

사쿠타는 기대에 찬 눈길로 마이를 쳐다봤다.

아마 미오리는 마이를 이용해 사쿠타에게 반격할 속셈이다. 마이가 사쿠타를 꾸짖어주기를 바라는 게 틀림없다. 하지만, 그것은 잘못된 선택이다. 미오리의 질문에 마이가 제대로 답해주든, 사쿠타를 꾸짖든 그에게 있어서는 둘 다 포상이다.

두 사람이 시선이 마이를 향했다.

"나를 사랑해주는 점이야."

"……"

카레를 입으로 옮기던 미오리의 손이 움직임을 멈췄다. 이렇게 제대로 된 대답을 들을 줄은 생각도 못 한 것이리라. 수저가 공중에 떠 있었다.

"그건, 진리네요."

수저를 카레 접시에 다이빙시킨 미오리는 마음의 소리를 내뱉듯 중얼거렸다. 원래 목적을 잊고, 마이의 말에 감명을 받았다. 「아하, 그렇구나~」 하며 혼자 중얼거리고 있었다.

"미토, 마이 씨의 어디를 좋아하는지 나한테 물어보지 않을 거야?"

"그건 안 물어봐도 아니까 됐어."

바로 그때, 테이블 위에 둔 마이의 스마트폰이 진동했다. 마이는 그것을 쥐며 전화를 받았다.

"네. 괜찮아요. 네. 지금 갈게요."

마이는 금방 전화를 끊더니, 스마트폰을 가방에 넣었다.

"료코 씨가 마중 왔다니까, 이만 가볼게."

"마이 씨, 지금부터 일이에요?"

질문한 사람은 미오리였다. 사쿠타는 미리 이야기를 들었

다. 투명한 느낌을 내세우는 스킨 화장품의 CF를 찍는다고
했다. 마이의 이미지에 딱 맞았다.

"응. 그럼 다음에 봐."

마이는 미오리를 향해 미소를 지으면서 자리에서 일어났다.

"식기는 내가 치울게요."

"고마워. 그럼 부탁해."

마이는 가방을 어깨에 걸치더니 반지를 낀 오른손을 허리
언저리에서 가볍게 흔들며 「바이바이」하고 말한 후에 식당
을 나섰다.

일하러 가는 마이를 배웅한 후, 사쿠타는 학생이 적어진
학생 식당에서 차 한 잔을 마시며 느긋하게 시간을 보냈다.
그러면서 아까 이야기했던 학원의 제자…… 사라에 관한 이
야기를 미오리에게 조금만 들려줬다. 물론 사춘기 증후군에
관한 부분은 빼고 말이다.

어느 정도 설명이 끝난 후, 사쿠타와 미오리는 3교시 수
업을 듣기 위해 식당을 나섰다. 백 미터 정도 떨어진 장소에
있는 학교 건물을 향해 걸어갔다.

"하지만, 그 애는 대단하네."

"응?"

"아즈사가와의 제자 말이야."

"남자를 가지고 노는 점이?"

"굳이 따지자면, 여자애의 질투를 즐기는 점이야."

"미토는 즐기지 않는 거야?"

사쿠타가 보기에 미오리는 이성에게 인기가 있다. 같이 다닐 때면 남학생들의 시선이 계속 느껴졌다. 그런 분위기는 주위의 여자에게도 당연히 전해지며, 그것은 너무나도 간단히 질투라는 감정으로 발전한다.

실제로 미오리와 처음 만났던 기초 세미나의 친목회에서는 그녀의 친구가 「괜찮다」고 생각했던 남학생이 미오리에게 호의적인 시선을 보냈다. 연락처를 교환할 기회를 노리고 있었다. 그것을 피하려고 사쿠타의 테이블로 혼자 도망쳤을 정도다.

그렇게 했지만, 그 친구는 미오리에게 한동안 미묘한 감정을 품지 않았을까. 어쩌면 아직 남아있을지도 모른다.

"나는 무리야. 나 때문에 열받았지만, 나한테 못 이긴다고 멋대로 단정지어 버리거든. 하지만, 내 곁에 있는 편이 여러모로 이득이라서 붙어 있는 사람을 『성가시네~』하고 생각해버려."

말투는 온화하지만, 내용은 의외로 신랄했다. 이것이 험담으로 들리지 않는 것이 미오리의 대단한 점이라고 생각한다. 미오리라면 그럴만 하다고 납득해버린다.

"뭐, 우월감을 전혀 느끼지 않는 건 아니지만 말이야."

미오리는 전부 웃고 넘어가자는 듯이 그렇게 덧붙여 말했다.

"그래, 우월감이구나."

꼭 나쁜 것만은 아니라고 생각한다. 자신감으로 해석할 수도 있는 감정인 것이다.

"히메지 양은 그 우월감이 다른 감정보다 앞서고 있는 걸지도 모르겠는걸."

"그만큼 자기 자신을 좋아하는 거야. 타인보다 훨씬 말이지."

"……"

미오리는 별 생각 없이 한 말일지도 모른다. 그런 말투였다. 하지만 사쿠타는 그 말을 듣고, 자욱한 안개가 순식간에 걷힌 듯한 느낌을 받았다.

방금 그 말은 사라의 속내를 정확하게 짚는 듯한 느낌이 들었다.

전에 토모에가 말했다.

중학생 시절에 잘 나갔던 사라가 약간 거북하다고 말이다. 그것은 「고등학교 입학을 계기로 노력해서 달라진 자신과는 다르다」라는 열등감에서 비롯된 말이었다. 자신은 가짜이며, 저쪽이 진짜라는 말을 하고 싶었던 걸지도 모른다.

사라의 활기참은 불쾌하게 느껴지지 않는다.

붙임성에서도 나쁜 감정은 어려 있지 않았다.

켄토를 놀릴 때도 악의는 느껴지지 않았다. 느끼게 하지 않았다. 당사자도 느끼지 않았을 것이다.

사라는 타인에게 호의를 받는 것에 익숙했다.

누구보다도 자연스럽게 받아들였다.

그런 태도와 언동은 사라의 일부가 되어 있다.

무리하는 기색이 없다.

애쓰고 있지도 않다.

항상 사람들의 중심에서 그것을 당연시하며 살아왔기에 몸에 익은 태도 같은 게 아닐까.

토라노스케의 말에 따르면 사라는 유치원에서도, 초등학교에서도, 중학교에서도 남들의 부러움을 사는 입장이었다고 한다. 그것이 사라에게 있어 일상이며, 평범한 나날이었다. 주위로부터 특별시되는 것이, 사라에게 있어서는 당연한 일이리라. 그것에 의문을 품지 않을 만큼 항상 사람들의 중심에 있었다.

하지만 반 안에서 누구보다 충실하고 집단 안에서 항상 축복받은 환경을 누려온 사라는 자기도 눈치 못 챈 사이에 커다란 실수를 범하고 만 것일지도 모른다.

사라에게 호의란 남이 자신에게 주는 것이다.

남이 주는 것을, 받아주기만 하면 된다.

질투받는 것 또한 당연하다. 오히려 스스로에게 자신감을 가지게 해주는 자극적인 것 정도로 여기지 않을까.

그리고, 줄곧 그런 환경 속에서 지내온 사라는 남을 사랑하게 되는 것보다 남에게 사랑받는 것을 가장 좋아하게 되고 말았다.

미오리의 말은, 단적으로 그런 의미를 담고 있었다.

"역시, 인기 있는 미오리의 말이라 그런지 설득력이 있네."

"저는 차이를 아는 여자거든요~."

미오리는 우쭐대듯 가슴을 폈다.

"참고삼아 묻겠는데, 미토 생각에는 어쩌면 좋을 것 같아?"

"아즈사가와의 귀여운 제자 말이야?"

놀리듯이 일부러 『귀여운』이라는 부분을 강조했다.

"그 귀여운 제자를 말하는 거야."

이 정도로 움츠러들 사쿠타가 아니다. 실제로 사라는 귀여우니까 엄연한 사실이다.

"그 애가 말한 것처럼, 아즈사가와처럼 남을 좋아하게 되면 되지 않을까?"

"어떻게?"

"아즈사가와에게 반하게 만들면 되겠네."

말을 마친 미오리는 더는 못 참겠다는 듯이 웃음을 터뜨렸다.

"그것참 좋은 아이디어인걸."

사쿠타는 진심으로 질색하는 투로 그렇게 대답했다. 그것이야말로 미오리가 노린 반응이리라.

"마이 씨에게는 비밀로 해줄게."

그 증거라는 듯이, 미오리는 더욱 즐거워했다.

"거참 고맙네."

"아, 하지만 아즈사가와도 조심해."

미오리가 사쿠타를 흘겨봤다.

"뭘 조심하라는 거야?"

"그야 물론, 혹 떼려다 혹 붙인 격이 되는 거야. 즉, 세 번째 음란 학원 강사가 되지 말라는 거지."

미오리는 말을 하면서도 자기가 한 말에 웃음을 터뜨렸다.

"나는 일편단심 마이 씨야."

"정말이려나~? 오늘 아즈사가와한테서는 그 귀여운 제자 양 이야기밖에 못 들었거든?"

"……."

아픈 곳을 찔렸다.

"그거야말로 제자 양이 노리는 바 아니려나요? 아즈사가와 선생님."

정말 아픈 곳을 찔렸다.

어느새 사쿠타의 몸에도 혹이 생겨난 걸지도 모른다. 지금 눈치채지 못했다면 그 혹이 점점 커졌을지도 모른다. 그런 상상을 하자, 쓴웃음만 났다.

"조심할게."

미오리에게서 최고의 조언을 받은 후, 두 사람은 목적지인 건물에 도착했다. 어느새 3교시가 시작될 시간이 다 되었다.

2

이틀 후 수요일, 12월 14일. 사쿠타는 대학에서 4교시까지 수업을 들은 타쿠미의 미팅 제안을 거절한 후, 바로 후지사와 역으로 돌아왔다.

사쿠타의 발은 그가 사는 맨션이 아니라 집과 반대 방향에 있는 학원으로 향했다.

학원에는 다섯 시 반 경에 도착했다. 짐을 두고 옷을 갈아입은 후, 사쿠타는 교무실에서 오늘 수업 준비에 착수했다.

켄토와 쥬리를 위해, 지난번의 복습에 쓸 문제를 준비했다.

사라를 위해서는 대학 입시 레벨의 문제를 몇 개 마련했다. 우선 수능에 나올 만한 난이도의 문제를 준비했다. 그리고 상위권 대학 입학시험 문제에서 적당한 것을 고르고 있을 때, 시선이 느껴졌다.

고개를 드니 교무실과 프리 스페이스의 경계선인 카운터 앞에, 사쿠타를 쳐다보고 있는 쥬리가 있었다.

"저기, 아즈사가와 선생님."

시선이 마주치자, 쥬리가 말을 걸어왔다. 사쿠타는 문제를 고르느라 정신이 없었기에 말을 걸 타이밍을 찾고 있었던 것 같다.

"요시와 양, 왜 그래?"

쥬리가 이렇게 찾아오는 일은 흔치 않았다. 자리에서 일어난 사쿠타는 카운터 앞으로 향했다.

"이번 주 토요일 수업 말인데요, 날짜를 바꿀 수 없을까요?"

"괜찮긴 한데, 무슨 이유라도 있어?"

"비치발리볼 대회가 있어요. 말씀드리는 걸 깜빡했어요. 죄송해요."

"이런 계절에 하는구나."

비치발리볼이라면 한여름의 찬란한 태양, 새하얀 모래사장, 구릿빛 피부, 그리고 형형색색의 수영복 같은 이미지를 가지고 있었다.

"원래 9월에 할 예정이었던 대회가 태풍 탓에 연기됐어요."

"지금은 12월이잖아?"

"오키나와로 원정가서 하거든요."

"거기는 이 시기에도 따뜻한가 보네."

그러고 보니 얼마 전에 쇼코한테서 받은 편지에 들어 있던 사진 속의 그녀는 여름옷을 입고 있었다.

"그래도 이 시기면 대부분의 선수가 비치웨어를 걸칠 거라고 생각해요."

"비치발리볼용 웨어가 있구나."

모르는 정보를 연이어 들었다. 비치발리볼은 여름 한정 스포츠인 줄 알았는데 말이다.

"아무튼 알았어. 대회에서 힘내."

"네. 감사합니다."

"대체 수업은 언제 하면 좋겠어?"

벽에 붙어 있는 달력을 쳐다봤다.

"선생님은 23일에 시간이 되시나요?"

"좋아. 그럼 23일에 하자."

"네."

할 이야기를 다 해서 대화가 끊어졌다.

"……."

하지만, 쥬리는 아무 말 없이 카운터 앞에 서 있었다.

"혹시 할 말이 더 있어?"

사쿠타가 그렇게 묻자, 쥬리는 어깨를 부르르 떨었다.

"……저기, 친구 이야기인데요."

목소리를 낮춘 쥬리의 눈은 카운터에 새겨진 문양을 불안한 눈길로 쳐다보고 있었다. 일부러 보고 있는 게 아니다. 아마 본인도 문양을 쳐다볼 생각은 없을 것이다. 쥬리의 의식은 눈에 보이는 것이 아니라 다른 장소에 집중되어 있었다.

"그래, 친구 이야기구나."

"저는 그 사람이 좋아하는 사람에게 고백했다가 차이는 꿈을 꿨어요……."

"요즘 『#꿈꾸다』가 유행한다지?"

"네. 그래서…… 이럴 때는 어쩌면 좋을까요?"

"그건, 야마다 군과 히메지 양의 이야기야?"

"윽?!"

부정도, 긍정도 하지 않았다. 순수한 놀라움만이 쥬리의 표정을 지배하고 있었다. 너무 놀란 나머지 말이 안 나오는 것 같았다. 「어떻게 알았어요?!」라는 비명만이 말이 되지 못하고 얼굴에 어려 있었다.

"뭐, 야마다 군은 알기 쉬우니까."

"……"

쥬리는 그 말에 「예」라고도, 「아뇨」라고도 말하지 않았다. 그저 곤란한 듯한, 약간 화난 듯한 표정을 짓고 있었다. 마음을 진정시키려고 하는 것뿐일지도 모른다.

"하지만, 요시와 양에게 있어서는 좋은 일 아냐?"

"……좋은 일일 리가 없잖아요. 그렇게 마음에 안 드는 애한테, 좋아하는 사람이 놀아난단 말이에요."

쥬리의 눈동자는 목소리 이상으로 떨리고 있었다. 분함과, 짜증에 떨리고 있었다.

"그렇게 화난다면, 요시와 양이 야마다 군을 돌아보게 하면 되잖아."

"무리예요."

쥬리는 딱 잘라서 그 가능성을 부정했다. 빛이 쏟아져 들어올 틈새가 1밀리미터도 존재하지 않는 듯한, 완벽한 거절이었다.

"저는 히메지 양보다 나은 점이 없는걸요……."

이어서 쥐어 짜내듯 한 말은 거의 들리지 않을 만큼 작았다. 쥬리의 시선은 카운터를 향하고 있었다. 아니, 그보다 더 밑이다. 그녀의 발치는 절망의 구렁텅이에 빠져들기 직전이다.

사라가 남자에게 인기가 있다는 건 안다.

하지만 사쿠타는 쥬리의 생각처럼 승산이 전혀 없다고 여기지 않았다. 적어도 쥬리가 이렇게 비관할 필요는 없다고 생각한다.

"화내지 말고 들어줬으면 하는데 말이야."

"……뭔가요?"

고개를 약간 들어 올린 쥬리의 목소리에는 이미 언짢은 기색이 어려 있었다. 딱히 사쿠타에게 화가 난 것은 아니리라. 짜증 나는 이야기를 나눠서, 기분이 가라앉았을 뿐이다.

하지만, 사쿠타와 제대로 시선을 마주한 쥬리의 눈동자에는 희미한 기대가 섞여 있는 것처럼 느껴졌다. 카운터의 가장자리를 꼭 움켜쥔 두 손은 긴장한 채 사쿠타가 말하기를 기다리고 있었다.

"야마다 군이라면, 피부가 그을려서 생긴 수영복 자국이라도 보여주면 바로 넘어올 거야."

"……"

금방 반응을 보이지는 않았다.

무슨 말을 들은 건지 바로 이해하지 못한 걸지도 모른다. 쥬리는 표정을 바꾸지 않은 채, 눈만 껌뻑거렸다.

이윽고 사쿠타의 말을 이해한 건지, 쥬리의 시선이 좌우로 흔들렸다.

"······정말인가요?"

사쿠타는 비난받을 것을 각오하고 있었지만, 쥬리는 가녀린 목소리로 그 말이 진짜인지 확인하려 했다. 사쿠타를 약간 비스듬히 올려다보고 있었다. 그 눈빛에는 명백한 희망의 빛이 어려 있었다.

어쩌면 잘못된 조언을 해준 것일지도 모른다.

"나는 진심으로 그렇게 생각해."

하지만, 이제 와서 물러날 수는 없다. 거짓말을 했다고도 생각하지 않는다. 그렇다면, 이대로 밀어붙일 뿐이다.

"······."

쥬리가 또 침묵에 잠겼다. 뭔가를 생각하고 있는 표정이었다. 일단 자세하게 물어볼 생각이었지만, 그럴 시간은 주어지지 않았다.

"좋은 아침임다~."

활기차지만 의욕이 느껴지지 않는 인사를 하며 나타난건, 방금 이야기의 중심인물, 켄토였다.

"아, 사쿠타 선생님. 안녕~."

쥬리는 켄토가 나타났지만 시선조차 보내지 않았다. 등을 보이고 서 있었다. 켄토에게서 보이지 않는 각도에 위치한 쥬리의 얼굴은, 새빨갰다.

"다 온 것 같으니까, 수업을 시작할까."

"어라? 히메지 양은 이미 교실에 와 있는 거야?"

아무것도 모르는 켄토가 능청스러운 목소리로 그 이름을 입에 담았다. 가방을 안아 든 쥬리의 두 손에 힘이 들어가는 것도 무리는 아니었다.

"히메지 양은 오늘부터 따로 공부할 거야. 시간도 나중으로 미루기로 했어."

"흐, 흐음."

켄토는 관심이 없다는 듯이 호주머니에 손을 찔러넣었다.

"금방 갈 테니까, 교실에서 기다려."

"사쿠타 선생님, 오늘은 뭘 할 거야?"

"우선 지난번의 복습부터 해야겠지."

"사인, 코사인은 이제 됐는데~."

"탄젠트도 있어."

"으으, 짜증 나~."

켄토는 진심으로 질색하면서 교실에 들어갔다. 쥬리는 그런 켄토의 등을 시야에서 사라질 때까지 계속 노려봤다.

오후 6시에 시작한 80분간의 수업은 예정대로 7시 40분에 끝났다.

"야마다 군, 잘했어. 오늘은 여기까지 하자."

"겨우 끝났네~. 학원 수업은 너무 길다고~."

고등학교 수업에 비하면 확실히 길기는 했다. 기분으로는 두 배 정도로 길게 느껴질 것이다.

"대학에 가면 90분 수업이야."

"나, 절대로 대학에 안 갈 거야. 방금 결심했어. 절대 안 가."

켄토는 기운이 빠진 것처럼 책상에 엎드렸다.

"맞다, 야마다 군."

"왜?"

켄토가 고개만 들어서 쳐다봤다.

"다음 토요일의 수업 말인데, 다음 주 23일로 바꿔도 될까?"

"어, 정말? 토요일 수업을 쉬어도 돼?"

"날짜만 바꾸는 거야."

수업 횟수가 줄어드는 건 아니다. 그래도 느닷없이 휴일이 생기자, 켄토는 매우 기뻐했다.

"그런데, 어째서야?"

"요시와 양이 시합에 참가하러 오키나와에 간다고 했거든."

"흐음, 그건 전국 대회야?"

켄토는 샤프를 집어넣고 있던 쥬리에게 갑자기 말을 건넸다.

"그래."

"1학년인데 대단하네."

"별거 아냐."

"에이. 별거 아닌 게 아니니까, 힘내라고."

"……."

쥬리는 느닷없이 「힘내」라는 말을 듣고 그대로 굳어버렸다. 그리고……

"응, 힘낼게."

무심코, 순순히 대꾸하고 말았다. 하지만 그것이 실수라고 생각한 건지, 쥬리는 안절부절못하듯 시선이 흔들렸다. 눈이 빙빙 돌 정도로 우왕좌왕하고 있었다. 다행히 책상에 엎드려 있는 켄토의 눈에는 쥬리의 그런 모습이 보이지 않았다. 하지만 쥬리는 「실례하겠습니다」 하고 빠른 어조로 말하며 먼저 교실을 나섰다. 코트도 걸치지 않고, 신발과 함께 손에 든 채…… 말 그대로 도망쳤다.

교실에는 사쿠타와 켄토만이 남겨졌다. 켄토는 책상에 엎드려 있을 뿐, 돌아가려 하지 않았다.

"야마다 군은 안 돌아갈 거야?"

평소 같으면 켄토가 가장 먼저 교실을 나섰을 것이다. 1초라도 빨리 학원에서 나가고 싶어했을 테지만, 오늘은 어딘가 평소와 달랐다.

"저기, 선생님."

"왜?"

"히메지 양은 사귀는 사람이 있을까?"

"같은 반인 야마다 군이 나보다 잘 알지 않아?"

"없는 것 같긴 한데……."

"한데?"

"좋아하는 사람은 있을까?"

"내가 아니라, 히메지 양에게 물어보면 되잖아?"

"못 물어보니까 사쿠타 선생님에게 묻는 거잖아! 선생님, 대신 물어봐주지 않을래?"

"싫어."

"부탁이야!"

켄토는 책상에 엎드린 채, 두 손바닥을 맞대며 애걸복걸했다.

그 직후, 누군가가 교실 안으로 들어왔다.

"아, 수업이 아직 안 끝났어요?"

그렇게 말하며 나타난 이는 당사자인 사라였다.

그녀의 눈은 애걸복걸하는 켄토와 애걸복걸 당하는 사쿠타를 번갈아 쳐다봤다.

"수업 중이, 아닌 거죠?"

사라는 웃으면서 확인하듯 물어봤다.

"야마다 군이 히메지 양에게 물어볼 게 있다네."

"윽! 사쿠타 선생님?!"

켄토는 벌떡 상체를 일으켰다. 몸에 너무 힘을 준 바람에 자리에서 일어나고 말았다.

"야마다 군, 물어볼 게 뭐야?"

"벼, 별거 아냐."

"그럼 물어봐. 신경 쓰이거든."

사라는 켄토가 한 말을 거꾸로 이용해, 순식간에 그를 궁지에 몰았다.

"으음, 그게…… 좀 있으면, 크리스마스잖아?"

"응."

켄토는 본론에서 너무 동떨어진 곳에서 이야기를 시작했다. 제대로 본론에 도달할 가능성이 있는 걸까. 없는 듯한 느낌이 들었다.

"요즘 들어, 학교에서도 커플이 늘어나는 것 같거든."

"좀 신경 쓰이긴 해."

"히메지 양은 사귀는 사람이 있을까? 같은 이야기를 사쿠타 선생님과 나누고 있었어."

이야기를 무리하게 틀어서 골인……했나 했더니, 절묘한 타이밍에 사쿠타를 휘말리게 했다. 아마 이야기를 나누는 동안 계속 자신을 응시하고 있는 사라의 시선을 견디다 못해 그랬을 것이다.

휘말리고만 사쿠타로서는 성가시기 그지없지만, 켄토치고는 건투한 것이리라.

하지만 켄토는 크나큰 실수를 저질렀다. 그런 식으로 물어보면, 사라에게 강렬한 카운터를 맞을 게 뻔했다.

"왜 야마다 군이 그런 걸 신경 쓰는 거야?"

"뭐? 어째서냐니……."

켄토는 사라와 시선을 마주하는 것조차 포기했다. 사쿠타를 쳐다보는 켄토의 애처로운 눈동자는 「헬프 미~」하며 울부짖고 있었다.

사쿠타는 어쩔 수 없이 딱 한 번만 도와줄 생각으로 도움의 손길을 내밀었다.

"히메지 양에게 연인이 있으면, 크리스마스 기간에 수업을 할 수 없잖아."

"크리스마스에 수업하기 싫은 건 사쿠타 선생님이잖아요?"

노리던 대로, 사라는 표적을 사쿠타로 변경했다.

"맞아. 절대로 하기 싫어."

"선생님은 우리와 연인 중에 어느 쪽이 더 소중한 거야?"

"그야 물론 연인이지."

"속으로는 그렇게 생각해도 말로 하지는 말아주세요. 그것도 그렇게 진지한 표정으로 말이에요."

사쿠타가 진지하게 대답하자, 화난 듯한 표정을 지은 사라가 웃으며 그를 비난했다.

"맞아, 선생님."

켄토는 사쿠타를 악당으로 만들어 아까의 화제에서 벗어나려고 필사적이었다. 자연스럽게 코트를 걸치더니, 몰래 돌아갈 준비를 했다. 언젠가 켄토가 이 빚을 갚아줬으면 좋겠다.

"그럼 나는 돌아가볼게."

켄토가 사쿠타와 사라에게 그렇게 말하더니, 교실을 나서려 했다.

"아, 야마다 군."

사라가 그런 켄토를 불러세웠다.

"뭐, 뭐야?"

자신을 이름을 불린 만큼, 켄토도 돌아볼 수밖에 없었다. 그런 그의 표정은 굳어 있었다.

"나, 사귀는 사람은 없지만 신경 쓰이는 사람이라면 있어."

"⋯⋯."

켄토는 뒤돌아본 채 입을 쩍 벌렸다. 무슨 말을 하려고 입을 벌렸다 닫았다 했지만, 나오는 것은 괴상한 신음 소리 뿐이었다. 인간의 말은 나오지 않았다.

"할 말은 그게 다야. 잘 가~."

사라가 손을 흔들어주자, 켄토는 반사적으로 한 손을 흔들며 의미가 있는 건지 없는 건지 알쏭달쏭한 「아, 응」이란 말을 남기면서 유령 같은 발걸음으로 교실을 나섰다.

교실에는 사쿠타와 사라만이 남았다.

사라는 아무 일도 없었다는 듯이 자리에 앉았다. 가방에서 필통과 공책을 꺼내더니, 사쿠타와 시선을 마주하려는 듯이 얼굴을 들었다.

"방금은 그런 화제를 꺼낸 사쿠타 선생님의 잘못이라고 생각해요."

"딱히 비난할 생각은 없어."

"하지만 『또 저질렀구나』라는 듯한 표정으로 쳐다봤잖아요."

"그냥 대단하다 싶어서 감탄한 것뿐이야."

"어떤 의미에선 그런다는 말이죠?"

"여러 의미에서 그래."

"그럼 어떻게 하면 좋았을지, 오늘 수업에서 사쿠타 선생님이 가르쳐 주세요."

"그럼 우선 이걸 풀어봐."

사쿠타는 책상 위에 문제용지 두 장을 뒀다.

"첫 장은 수능 레벨의 문제, 다음 장은 상위권 대학의 기출 문제야. 둘 다 2차 함수에 관한 문제지."

"이걸 풀면, 사쿠타 선생님처럼 남을 좋아하게 될 수 있나요?"

"히메지 양의 현재 학력을 알 수 있어. 시간은 40분 줄게."

사쿠타는 타이머의 숫자를 사라에게 보여준 후, 시작 버튼을 눌렀다.

사라는 할 말이 더 있는 것 같았지만, 삐 소리가 들리자 순순히 문제를 풀기 시작했다. 이럴 때는 성실한 우등생이란 느낌이 들었다. 삐죽 내민 입술만이 사쿠타를 향한 항의의 뜻을 내비치고 있었다.

사쿠타도 기다리는 동안에 문제를 풀었다. 자신이 풀지 못하면 사라에게 설명을 할 수 없다.

우선 수능 수준의 문제를 풀었다. 이쪽은 세 문제 다 해답을 찾아냈다.

다음으로 상위권 대학의 기출 문제를 풀었다. 이쪽은 쉽게 풀지 못했다. 문제를 골랐을 때는 모범 답안을 보고 이해했다는 느낌을 받았지만, 직접 풀려고 하자 문제를 제대로 이해하고 있지 않다는 사실에 직면했다.

풀지 못해서는 문제가 될 것이기에 사쿠타는 참고서를 향해 손을 뻗었다. 그리고, 그 해설문과 씨름하는 사이에 시간이 흘렀다. 결국 다 풀기 전에 40분이 흘렀고, 타이머에서 종료 신호가 흘러 나왔다.

사라는 「휴우」 하고 한숨을 내쉬면서 샤프를 내려놨다. 시험이 끝난 후 같은 분위기 속에서, 두 손을 무릎 위에 올려놨다. 그런 그녀의 표정은 밝지 않았다.

"어땠어?"

"처음 두 문제만 풀었어요."

준비한 문제는 총 다섯 문제다. 수능 레벨이 세 문제, 상위권 대학 기출 문제가 두 문제다.

"지금 시점에선 두 문제를 푼 것만으로도 충분해."

사라는 아직 1학년이다. 대학 입학시험까지 2년이나 남았다.

공책에 적힌 사라의 해답을 확인했다. 「풀었다」고 말한 처음 두 문제는 제대로 답을 찾아냈다.

세 번째 문제는 함정 문제다. 사라는 출제자가 판 함정에 빠진 바람에 답과는 다른 방향으로 식을 전개했다. 사라도 도중에 자신이 착각했다는 걸 눈치챈 것 같지만, 정답에 도달하기에는 시간이 부족했다.

"우선 세 번째 문제부터 해설해줄게."

화이트보드에 모범 답안을 써 내려갔다. 그리고 첫 번째 식을 썼을 때…….

"아, 그쪽 식을 쓰는 거군요."

……하고, 사라가 탄성을 터뜨렸다.

자기가 무슨 실수를 한 것인지, 금방 눈치챈 것 같았다.

"그래. 이 함수와는 연관이 없어."

첫 선택만 실수하지 않았다면, 실제 계산은 매우 간단한 문제다. 수학 이전에 국어능력이 시험 받는 내용이다.

함정 문제로서 교묘한 점은 이것과 비슷한 문제가 여러 개 있으며, 자주 출제되는 문제는 사라가 공책에 쓴 방식으로 푼다. 그런 필승 패턴에 익숙한 학생일수록 문제의 함정에 빠지기 쉽다.

"왠지, 사쿠타 선생님 같은 문제네요."

"내 성격은 이 문제보다 나을걸?"

"사쿠타 선생님의 그런 뻔뻔함을, 저는 좋아해요."

"그럼 다음 문제로 넘어가자."

"학생의 고백을 무시하지 말아 주세요."

"나도 히메지 양의 그런 점을 싫어하지 않아."

"……."

사쿠타가 그렇게 말하자, 사라는 눈을 치켜뜨며 놀랐다.

사쿠타는 그 반응을 개의치 않으며 돌아서더니, 화이트보드에 2차 함수의 그래프를 그렸다.

"나 말고 다른 사람한테도 그런 태도인가 싶어 걱정되지만 말이지."

"······그건 어떤 의미인가요?"

"바로 이 부분이야. 이 단순한 $y=x$가 성가신 거지."

"제가 말한 『그것』은 문제가 아니라 선생님이 한 말인데요."

사쿠타는 손을 멈추더니 사라를 돌아보았다.

"······."

사라의 눈이 사쿠타를 향했다.

자아, 뭘 어떻게 이야기하면 좋을까.

사쿠타가 무슨 말을 하면 좋을지 생각하고 있을 때, 사라가 입가에 미소를 머금으며 그를 쳐다봤다.

바로 그 순간, 사라의 뒤편····· 교실 앞을 아는 사람이 지나쳤다. 리오다.

"아, 후타바. 잠깐만."

사쿠타가 부르자, 리오는 교실 입구로 돌아왔다.

"무슨 일이야?"

"이쪽으로 좀 와봐."

사쿠타가 손짓을 하자, 리오는 의아한 표정을 지으며 교실 안으로 들어왔다.

"수업 중 아냐?"

리오가 사라를 곁눈질했다.

"이 문제를 모르겠거든. 후타바가 해설해줘."

"학원 강사로서, 그 발언은 문제 있지 않아?"

"부탁할게."

리오는 사쿠타가 건네준 문제를 봤다. 그리고 30초 정도 생각에 잠긴 후, 사쿠타가 화이트보드에 쓴 식과 그래프를 일단 지웠다.

그리고 2차 함수 그래프와 식을 처음부터 깔끔하게 써 내려갔다. 그러면서 그래프의 의미와 식이 가리키는 점 등을 하나씩 세세하게 해설했다. 도중의 계산식도 생략하지 않고 세세하게 썼다.

사쿠타가 20분 동안 봐도 의미를 알지 못했던 어려운 문제를, 리오는 겨우 5분 만에 풀었다.

문제를 다 풀자, 화이트보드는 그래프와 식으로 가득 채워졌다.

"이걸로, 어느 정도는 알겠지?"

리오는 화이트보드 펜에 뚜껑을 씌운 후, 돌아보았다.

"응, 이해했어."

사쿠타가 사라보다 먼저 대답했다.

중간부터 사쿠타는 사라의 옆에 앉아서 리오의 해설을 듣고 있었다.

"아즈사가와에게 물어본 게 아냐."

리오는 퉁명한 어조로 그렇게 말했다.

리오가 슬쩍 쳐다보자, 사라는 천천히 고개를 끄덕이며…….

"충분히 이해했어요."

……하고 대답했다. 「정말 이해하기 쉬웠어요」 하고, 진심에서 우러난 말을 입 밖으로 흘렸다.

"히메지 양은 수학 말고도 성적이 좋지?"

사쿠타가 갑자기 질문을 던지자, 사라와 리오의 시선이 그에게 쏠렸다. 두 사람 다 의문과 미심쩍음을 느끼고 있을게 틀림없다.

"나쁘지는 않은 편인데요……?"

사라는 질문에 포함된 겸허한 대답을 입에 담았다.

"1학기 성적의 10단계 평가는 평균적으로 어느 정도였어?"

"『8』과 『9』의 중간 정도예요."

사쿠타가 생각한 것보다 더 좋은 성적이다. 대부분 『8』과 『9』이며, 드문드문 『7』과 『10』이 있는 걸까. 사쿠타가 보기에는 믿기지 않는 성적이지만, 고등학생 시절 마이의 성적표가 딱 그런 상태였다.

"히메지 양이라면 이제부터 제대로 된 선생님에게 배운다면, 상위권 대학에도 한 번에 붙을 수 있지 않을까?"

사쿠타가 한 말의 의도를 눈치챈 리오는 성가시다고 말하는 듯한 시선을 그에게 보냈다.

"그게 무슨 말이죠?"

"나보다 후타바가 더 잘 가르친다고, 히메지 양도 그렇게 생각하지?"

문제가 어려울수록 그 차이는 극명하게 드러날 것이다.

"그러니, 후타바에게 배우는 편이……."

나을 거야, 하고 사쿠타가 끝까지 말하기도 전에…….

"저는 사쿠타 선생님이 좋아요."

사라에게서 흘러나온 긴박한 감정이 사쿠타의 말을 끊었다.

"……."

목소리는 절대 크지 않았다. 하지만 사라의 태도에서는 그 이상의 발언을 허락하지 않는다는 명확한 거부의 뜻이 어려 있었다. 교실의 분위기가 순식간에 얼어붙었다. 만지면 금방이라도 깨질 듯한 살얼음으로 뒤덮였다. 시간이 흐르면서, 서늘한 긴장감이 감돌기 시작했다.

리오는 약간 놀란 듯한 표정을 지었다. 사쿠타 또한 마음속으로 놀랐다. 사라가 이런 식으로 감정을 드러내는 모습을 처음 봤기에…….

하지만, 가장 놀란 사람은 사라 본인일 것이다.

충동적으로 말을 한 것에…….

감정이 넘쳐나온 것에…….

자기가 생각한 것보다, 커다란 목소리를 냈다는 것에……
사라는 놀란 듯이 보였다.

"무슨 일이지? 괜찮나?"

학원장이 그렇게 말하며 교실 입구에서 얼굴을 비췄다. 수업 상황을 둘러보는 중인 것 같았다.

학원장은 우선 사라의 등을 쳐다보더니, 난처한 표정으로 사쿠타를 쳐다봤다. 표정에 긴장감이 감도는 건, 사쿠타가 사라에게 있어 세 번째 강사라는 것을 알고 있기 때문이다. 전임자인 두 사람이 어떻게 됐는지도 알고 있으니까…….

"죄송합니다. 제가 제대로 풀지 못한 문제가 있어서, 후타바 선생님에게 도움을 청했어요."

"그런가?"

사라는 그 말을 듣더니, 「네」 하고 고개를 끄덕였다. 그런 사라의 반응을 본 리오도 「네」 하고 짤막하게 답했다.

곧 침묵이 찾아왔다.

그 침묵을 깬 것은 수업 종료를 알리는 타이머였다. 그 소리는 꽤 가벼웠다. 하지만, 이 자리를 벗어날 계기로서는 충분했다.

"오늘도 감사했습니다."

사라가 고개를 숙인 채 공책과 필통을 가방에 넣었다. 그리고 코트를 쥐더니…….

"다음번에도 잘 부탁드려요."

……하고 말하며 고개를 숙인 사라는 교실에서 나갔다.

학원장이 무슨 말을 하려 했지만, 결국 사라를 불러세우지는 않았다. 대신, 사쿠타를 쳐다보며…….

"괜찮은가?"

……하고, 애매하게 뭔가를 확인하는 듯한 말을 입에 담았다. 무언가에 대한 「괜찮은가」인지는 모르겠다. 그것을 확실하게 하지 않으려는 분위기가 학원장에게 느껴졌다.

그래서 사쿠타도 그 부분을 애매하게 한 채 「네」 하고만 답했다. 의미는 없지만, 이 상황에 마침표를 찍는 데 필요한 의식이었다.

"아무튼, 잘 부탁하네."

학원장은 그렇게 말한 후, 교실 밖으로 나갔다.

곧, 그의 발소리도 들려오지 않았다.

묘한 분위기 속에서, 사쿠타와 리오만이 교실에 남아있었다.

리오는 심호흡을 한 번 했다. 그 후…….

"이게 무슨 짓이야?"

……하고, 물었다. 그 굳은 어조는 마치 따지는 것만 같았다.

"무슨 짓이냐니?"

"일부러 화를 돋운 거지?"

그 말은 확인의 의미지만, 리오의 표정은 명백한 사실로 단정 짓고 있었다.

휘말리게 했으니, 제대로 설명해달라고 요구하는 것이다.

"결론부터 말하자면, 마이 씨를 지키기 위해서야."

요즘 들어, 사쿠타의 관심은 전부 그 하나에 쏠려 있다.

"그건 예의 메시지를 말하는 거야? 『키리시마 토코를 찾아』, 『사쿠라지마 선배가 위험해』라는 내용의 그 메시지 말이야."

리오가 확인 삼아 그렇게 말하자, 사쿠타는 고개를 끄덕였다.

"후타바가 전에 말했지? 그건 키리시마 토코가 직접적으로 마이 씨에게 해를 가하거나, 키리시마 토코 탓에 사춘기 증후군에 걸린 누군가가 마이 씨를 위험에 처하게 하는 거랬잖아."

"하지만, 전자일 가능성은 낮지 않아?"

"그래."

토코와 만나서 이야기를 나눠보고 내린 결론은, 리오가 방금 말한 대로다.

"그럼, 이야기를 후자로 한정 짓는다면…… 그래. 아즈사가와는 그녀가 걸린 사춘기 증후군이 뭔지 알고 있는 거구나."

"그게, 짐작조차 안 돼."

"……무슨 이야기를 하는 건지 도통 모르겠거든?"

리오가 웬일로 인상을 찡그렸다.

"어떤 현상인지는 아직 몰라. 하지만 사춘기 증후군에 걸린 이유는 알 것 같아."

여기까지 말하면, 리오는 상황을 이해할 것이다.

"……그래. 그렇게 된 거구나. 아즈사가와답기는 하네. 그녀가 어떤 사춘기 증후군에 걸린 건지 모르는 상태에서 그녀가 안고 있는 문제를 해결해서, 사춘기 증후군을 치료하려는 속셈인 거지?"

"괜찮은 작전 아냐?"

지금까지의 경우에서, 사춘기 증후군의 발병은 마음의 문제와 깊이 연관되어 있었다. 문제의 근간은, 거기에 있다. 그러니 치료만을 생각한다면 사라의 사춘기 증후군이 어떤 비현실적인 현상을 일으키는지는 그다지 중요하지 않다. 사라가 마음에 품고 있는 문제를 해결해주면 되는 것이다. 이런 식으로 문제를 풀 수도 있다. 정답이 도달하는 길은 하나가 아닌 것이다.

"그렇다고 고1 여자애의 마음을 그런 식으로 흔드는 건 어른스럽지 못한 짓 아냐?"

"뭐, 미움받을지도 모르지."

"그게 목적인 거잖아? 하지만 그녀는…… 아무리 아즈사가와가 노리던 대로라고는 해도, 반응이 너무 극단적인 것처럼 보였어."

"아, 그건 후타바 덕분이야."

"나?"

"전에 히메지 양이 사춘기 증후군에 걸린 계기를 이야기해줬지?"

"차였다는 이야기 말이야?"

"그 상대가 바로 카사이 군이거든."

"……."

리오는 완전히 말문이 막히고 말았다.

"아즈사가와."

그 조용한 목소리 안에서, 명확한 분노가 느껴졌다.

"응?"

"나를 휘말리게 할 거면, 미리 이유를 말해줘."

"말했으면, 협력해줬을 거야?"

"이번 같은 경우라면, 절대로 협력 안 했을 거야."

그래서 사쿠타는 이야기하지 않은 것이다. 게다가 이번만큼은 이야기할 타이밍도 없었다.

3

다음날 목요일, 사쿠타가 눈을 떠보니 이미 비가 내리고 있었다.

한동안 건조하고 맑은 하늘이 이어져 온 겨울 날씨에 있어서는 축복의 비였다. 기온은 어제와 같지만, 따듯하게 느껴지는 건 습도 탓이리라.

하지만 이 비가 그친 후의 주말부터는 기온이 확 내려가면서 「한겨울 추위가 찾아올 겁니다」 하고, 뉴스 날씨 코너의 겨울 복장을 한 누님이 말했다.

"꿈에선, 크리스마스에 추웠어."

아침부터 그런 생각을 한 사쿠타는 우산을 가지고 집을 나섰다.

비가 내리는 점 말고는 평소와 딱히 다르지 않은 통학 루트였다. 후지사와 역의 아침 풍경도, 거기서 탄 토카이도 선 전철 안의 혼잡함도, 환승을 하려고 내린 요코하마 역의 시끌벅적함도…… 전부 평소와 똑같다.

어제와도, 그저께와도, 일주일 전과도 별반 다르지 않다. 본 적 있는 마을 풍경과 인파가 이어지고 있었다.

달라진 점은, 요코하마 역에서 탄 케이큐 선에서 기묘한 가속음을 내는 차량이 보이지 않게 된 것뿐이다. 마주치면 운이 좋다는 기분이 들었는데, 끝까지 남아있던 마지막 차량이 은퇴한 것은 참 유감이다. 통학할 때의 소소한 즐거움이 사라지고 말았다.

이런 식으로 세상은 달라지지 않을 것 같지만 서서히 달라지고 있다. 달라져 간다.

대학의 후반기 수업도 슬슬 끝을 향해 달려가고 있으며, 듣고 있는 강의에서도 학점 취득을 위한 리포트 과제 제출 혹은 내년 1월에 시험을 치른다는 것이 공지됐다.

1교시인 제1외국어, 즉 영어는 필기와 리스닝 시험이었다. 2교시인 일반교양을 배우는 기초 세미나는 리포트 과제다. 3교시인 통계과학을 배우기 위한 기초 수학은 당연히 시험이다. 4교시의 컴퓨터를 이용한 정보 처리 수업에서는 HP

를 만들어오라는 기묘한 과제를 받았다.

그 정보 처리 수업이 끝나자 「과제, 어떻게 할까?」, 「언제 할래?」, 「내년에 제출하잖아? 여유롭네」 하고 친구끼리 이야기를 나누는 목소리가 곳곳에서 들려왔다. 다들 지금부터 진지하게 임할 생각은 없어 보였다. 과제를 잡담거리로 삼으며 다들 서둘러 교실을 나섰다.

복도에서는 「배고프네. 밥 먹으러 갈까?」, 「나, 돈 없는데」 하며 바로 화젯거리를 바꾼 이들의 목소리도 들려왔다.

그런 와중에 자리에서 일어나지 않고 컴퓨터 앞에 남아있는 사쿠타가 『#꿈꾸다』와 『사쿠라지마 마이』라는 키워드로 검색을 했다.

혹시 누군가가 마이에게 일어난 불행한 꿈을 봤다면, 예의 메시지에 담긴 이유를 알 수 있을지도 모르는 것이다.

마이가 유명인이라서 쓸 수 있는 수단이다.

하지만 전부터 몇 번이나 시도해봤지만, 그럴듯한 SNS의 글은 오늘도 찾지 못했다.

이어서, 사쿠타는 『키리시마 토코』로도 검색해봤다.

토코에 관한 정보를 얻는다면, 키리시마 토코를 찾아야만 하는 이유를 알 수 있을지도 모르니까……

하지만, 이쪽도 메시지와 관련이 있는 듯한 글을 찾지 못했다.

발견한 것은 『사쿠라지마 마이』가 『키리시마 토코』라는, 말도 안 되는 억측뿐이다.

　—노랫소리가 비슷해.

　—드라마에서 부른 콧노래와 똑같아.

　—공식 발표가 멀지 않았대.

　근거 없는 이상한 소리를 멋대로 떠들어대고 있었다.

　마이가 토코일 리가 없는데 말이다.

　사쿠타는 아니라는 사실을 알고 있다.

　하지만, 이 세상에는 소문을 진실로 받아들이는 사람이 꽤 있다는 사실에 놀랐다.

　사쿠타처럼 두 사람과 면식이 있지는 않으니까 그렇게 여기는 걸지도 모른다. 그다지 흥미가 없다면, 입수한 정보를 의심하지 않으며 「그렇구나」 하고 받아들이는 걸지도 모른다. 진실이든, 거짓이든, 그 사람에게 있어서는 아무래도 상관없는 이야기니까 말이다.

　이 세상에 만연한 근거 없는 소문은 그렇게 퍼져나가는 것이리라.

　"아즈사가와, 뭘 조사하는 거야?"

　옆자리에서 말을 걸어온 이는 아무 말 없이 옆에 남아있던 타쿠미였다.

　"귀찮은 거."

　전부 설명하는 건 귀찮아서, 대충 대답했다.

　"그거 되게 귀찮아 보이네."

타쿠미는 사쿠타의 대답을 듣고 웃기만 할 뿐, 괜히 추궁하지는 않았다.

"후쿠야마는 뭘 보는데?"

타쿠미가 진지한 표정으로 화면을 쳐다보고 있는 모습이 아까부터 사쿠타의 눈에 들어왔다.

"학교 축제에서 미스터&미스 콘테스트를 했잖아?"

"했다더라고."

지난달 초의 일이다. 그 후로 한 달이 지났다.

사쿠타는 직접 콘테스트를 보러 가지 않았지만, 노도카가 속한 스위트 불릿이 수여자로서 게스트 참가했다는 것은 알고 있다. 그랑프리를 받은 남녀에게 각각 트로피를 줬다고 한다.

"그리고 이 사이트에 역대 우승자가 소개되어 있거든."

"몇 대 우승자가 가장 귀여운지 비교하고 있는 거야?"

확실히 남자애가 할 만한 짓이다. 여러 명이 모여서 「나는 이 애」, 「나는 완전 이쪽이야」 하고 말하며 시끌벅적하게 떠들 게 틀림없다.

"그럴까 했는데, 작년 미스 캠퍼스는 프로필이 실려 있지 않아. 미스터는 실려 있는데 말이지."

"페이지 미스 아냐?"

"미스라서 말이야?"

"……."

"아니, 먼저 운을 띄운 건 아즈사가와거든?"

"……."

"무시하지 말아줄래?"

그 말을 무시한 사쿠타는 키리시마 토코에 관한 검색을 계속하려고 다시 마우스를 쥐었다. 그 순간, 손을 올려둔 책상이 희미하게 진동했다. 타쿠미의 스마트폰이 책상 위에서 진동하며 미끄러지고 있었다.

언뜻 본 그 화면에는 사쿠타가 아는 이의 이름이 표시되어 있었다.

전에 미팅에서 만났던 국제상학부의 2학년, 코다니 료헤이다.

"네, 무슨 일이에요?"

타쿠미가 활기찬 목소리로 전화를 받았다.

"오늘 미팅에 한 사람이 못 오게 됐거든. 후쿠야마, 올래?"

볼륨이 큰 탓에 옆자리에 있는 사쿠타한테도 상대방의 목소리가 들렸다.

"갈게요. 가고 말고요."

척수 반사급의 즉답이었다.

"그래? 그럼 자세한 건 메시지로 알려줄게."

"네, 감사해요."

그렇게 몇 마디 주고받은 후, 타쿠미는 전화를 끊었다. 그리고 즉시 자리에서 일어나더니, 코트를 걸치며 가방을 멨다.

"그럼 나는 가볼게."

타쿠미는 작별 인사 삼아 손을 들어 보인 후, 교실을 빠져나가려 했다.

"컴퓨터, 안 껐잖아."

사쿠타가 지적하자…….

"대신 꺼줘!"

……라는 목소리가 복도에서 들려왔다.

누구와 미팅을 하는지도 모르면서 뛰쳐나간 타쿠미의 무사를 기원하며, 사쿠타는 그가 켜놓은 컴퓨터를 끄기 위해 마우스를 향해 손을 뻗었다.

하지만 다음 순간, 그 손은 굳은 채로 1밀리미터도 움직이지 않았다.

사쿠타의 눈길이 컴퓨터 화면에 못 박혔다.

작년 미스 콘테스트 우승자.

타쿠미는 그 사람만 프로필이 실려 있지 않다고 말했지만, 그렇지 않았다.

타쿠미에게는 보이지 않았을 뿐이다…….

인식할 수 없었을 뿐이다.

청초한 느낌의 검고 긴 머리카락.

청결한 느낌의 흰색 블라우스.

화면을 향해 부끄러운 듯이 웃고 있는 사람은, 사쿠타가 아는 인물이었다.

대학 안에서 때때로 보이는 미니스커트 산타.

키리시마 토코가 틀림없다.

프로필을 봤다.

가장 위에 있는 이름 란에는 모르는 이름이 적혀 있었다.

"이와미자와 네네……?"

즉, 키리시마 토코는 예명 같은 걸까.

학년은 작년 기준으로 2학년이었다. 평범하게 진급했다면 지금은 3학년일 것이다. 재수하지 않고 바로 대학에 합격했다면, 사쿠타보다 두 살 연상이리라.

학부는 국제교양학부다. 마이, 노도카와 같은 학부다.

출신지는 홋카이도. 생일은 3월 30일. 키 161센티미터.

프로필에 실린 건, 그게 전부다.

갑작스럽게 이런 정보를 접하자, 사쿠타의 마음이 한껏 달아올랐다. 뭔가 엄청난 일에 마주친 것처럼, 심박수가 올라갔다. 하지만, 곰곰이 생각해보니 본명, 소속 학부, 학년, 출신지, 생일, 키를 알았을 뿐이다.

전부 표면적인 것이다. 토코의 본질이 여기에 실려있는 건 아니다.

하지만, 본질로 이어지는 하나의 길이 될지도 모른다.

그렇게 생각한 사쿠타는 키보드로 『이와미자와 네네』라고 입력한 후, 검색 버튼을 클릭했다.

4

사쿠타가 컴퓨터의 전원을 끈 것은 『이와미자와 네네』로 검색을 시작하고 한 시간 넘게 지난 후였다. 시계를 보니 어느새 여섯 시가 넘었다.

자신의 발소리만 들리는 복도를 걸으면서 건물 밖으로 나갔다. 아침부터 비구름 때문에 어둡던 하늘이 시꺼메졌다. 가로등 불빛에 비친 가로수길은 밤의 분위기에 휩싸여 있었다.

하지만 가로수길을 걷는 학생이 드문드문 보였다. 집으로 향하는 사쿠타와 엇갈려 지나치는 흰색 가운 차림의 학생도 있었다. 아마 졸업 연구를 진행 중인 4학년일 것이다. 손에는 컵라면과 커피가 들어있는 편의점 비닐봉지를 들고 있었다.

언젠가는 사쿠타도 저런 생활을 하게 될까.

그런 생각을 하면서 역으로 향한 사쿠타는 금방 도착한 쾌속 급행 전철을 탔다.

케이큐선을 타고 약 20분 후, 많은 사람이 환승하는 요코하마 역에서 사쿠타도 환승했다.

이번에는 토카이도선을 타고 20분 동안 이동했다.

사쿠타가 후지사와 역에 도착한 것은 퇴근하는 많은 사회인으로 붐비는 오후 일곱 시 경이었다.

아직도 내리는 빗줄기를 지긋지긋하게 여기면서, 사쿠타

는 우산을 쓴 채 집으로 향했다.

맨션까지 이어지는 익숙한 길을 생각에 잠긴 채 나아갔다.

오늘 조사를 알게 된 사실이 몇 가지 있다.

우선 『이와미자와 네네』로 검색을 해보자, 본인의 SNS가 가장 윗줄에 나왔다. 사진과 짤막한 문장을 올리는 타입의 SNS다.

그것을 세세하게 살펴보니, 미스 콘테스트의 그랑프리로 뽑히기 이전…… 고등학교 2학년 때부터 고향인 홋카이도에서 소소하게 모델 활동을 해왔다는 것을 알 수 있었다.

그 후에 대학 진학을 계기로 카나가와 현으로 이사를 오게 됐다고 적혀 있었다.

대학생이 된 후로는 미스 콘테스트를 계기로 모델 사무소에 소속됐다. 그리고 패션 잡지를 중심으로 활동했다.

SNS에는 조금씩 늘어나는 모델 활동에 대해 자랑스럽게 이야기하고 있었다. 하지만 순조로워 보인 것은 올해 봄까지였다. 4월 6일을 마지막으로, 갱신이 완전히 멈췄다.

"이 시기에 인식되지 않게 된 걸지도 몰라."

미니스커트 산타인 토코는 사쿠타가 알기로는 사쿠타 한 사람에게만 보인다. 누구에게도 인식되지 않는 것이다. 모델 일을 할 수 있을 리 없다.

하지만 SNS를 봐도 키리시마 토코에 관한 언급이 없었다. 음악에 관한 이야기도 보이지 않았다.

모델 일과는 완전히 따로 생각하고 있었던 것일까.

그 이유는 당사자가 아닌 사쿠타가 알 수 있을 리 없었다.

"뭐, 다음에 만나면 물어볼 수밖에 없나."

그렇게 결론을 내린 사쿠타는 보이기 시작한 맨션 앞에 눈에 익은 차가 세워져 있다는 것을 눈치챘다.

흰색 미니밴.

마이의 매니저인 하나와 료코가 운전하는 차다.

다가가 보니, 역시 운전석에는 료코가 있었다.

료코는 사쿠타를 보자 인사를 했다. 사쿠타도 료코에게 인사를 건넸다.

하지만, 료코의 시선은 곧 옆으로 향했다. 사쿠타가 사는 맨션의 현관을 쳐다봤다. 사쿠타도 덩달아 그쪽을 쳐다보니, 안에서 마이가 나왔다.

우산을 펼치려 하는 마이에게 다가간 사쿠타가 자기 우산을 씌워줬다.

"사쿠타, 어서 와. 좀 늦었네."

"다녀왔어요, 마이 씨. 좀 조사할 게 있어서요."

"대학 과제?"

"다른 쪽이에요."

"진전이 좀 있어?"

"진전이 있다고 할 만큼 알아낸 건 없어서, 뭐라고 말하면 좋을지 모르겠네요."

아직 결론에 도달하지 못한 이야기이기에, 아무리 머리를 굴려도 어중간한 설명이 될 것 같았다.

　"그럼 지금은 시간이 없으니까 밤에 전화할게."

　"마이 씨, 지금부터 일이에요?"

　"일은 내일부터인데, 오늘 출발하기로 했어. 후쿠오카에서 열리는 영화제에 참석할 거야."

　"드레스 입어요?"

　"응. 예쁜 드레스야."

　"나도 보고 싶네요."

　"사진이라면 료코 씨가 잔뜩 찍어줄 거야."

　"실물이 보고 싶어요."

　걸음을 옮기는 마이가 비에 젖지 않도록, 함께 차량의 뒷좌석으로 향했다. 자동으로 열리는 슬라이드식 도어가 마이를 맞이했다.

　"저녁 만들어뒀으니까 카에데 양과 같이 먹어."

　마이가 차에 타서 자리에 앉자마자 안전벨트를 찼다. 우산을 씌워준 것에 대한 답례도 잊지 않았다.

　"맞다, 사쿠타."

　"네?"

　"하코네에 있는 온천 여관, 예약해뒀어."

　"크리스마스예요?"

　"사쿠타가 갈 수 있을지는 모르지만 말이야."

"꼭 갈 거예요."

"사쿠타가 못 가더라도, 료코 씨가 같이 묵기로 했으니까 개의치 마."

"그 여관에 한번 묵어보고 싶었거든요."

아무 말 없이 듣고 있던 료코가 그런 농담을 했다. 아니, 묵고 싶었다는 말은 진담일지도 모른다. 조수석에는 하코네의 가이드북이 놓여 있었다. 갈 마음이 넘쳐흐르는 것 같다.

"그럼 그렇게 되면 저 대신 즐기고 오세요."

"언짢은 마이 씨와 함께라 생각하니 살짝 우울하지만요."

"둘 다 너무해."

마이가 그런 반응을 보이자, 사쿠타와 료코는 동시에 웃었다. 사쿠타는 웃으면서 한 걸음 물러나더니, 료코에게 신호를 보냈다.

얼마 지나지 않아 슬라이드 도어가 자동으로 닫혔다. 이윽고 직소 퍼즐의 마지막 조각이 맞춰지는 것처럼, 뒷좌석이 문이 완전히 닫혔다.

차가 천천히 출발하자 미니밴이 어둠에 녹아 들어갔다. 끝까지 보이던 새빨간 후미등도, 모퉁이를 돌자 보이지 않게 됐다.

"마이 씨와 함께 온천이라, 기대되네."

욕조 안의 물에 몸을 담그자, 그런 혼잣말이 자연스럽게 나왔다.

몸이 서서히 따뜻해졌다. 배는 마이가 만들어뒀던 콘소메가 들어간 양배추롤로 채워졌고, 마음은 크리스마스의 외박 데이트에 대한 기대감으로 가득 찼다.

하지만, 사쿠타에게는 마음놓고 기뻐할 수 없는 이유가 있었다.

"크리스마스까지 이런저런 문제가 해결되면 최고겠지만……."

솔직히 말해 낙관할 수 없는 상황이다.

오늘은 16일. 남은 시간은 약 일주일.

그 사이에 키리시마 토코의 사춘기 증후군을 치료할 수 있을까.

히메지 사라의 사춘기 증후군을 치료할 수 있을까.

지금 단계에서, 전자는 가능성이 작다. 오늘 약간의 소득을 얻기는 했지만 토코의 핵심에 다가가게 해줄 만한 정보를 얻지는 못했다.

그리고 후자 또한 일주일 안에 결판을 내는 건 불가능하다는 생각이 들었다. 다음 수업 때 사라가 어떤 반응을 보이는지에 달려 있다. 지금은 어느 쪽으로 굴러갈지 모르는 상황이다.

애초에 사춘기 증후군은 타인의 마음에 생긴 문제다. 사쿠타가 아무리 마음을 졸이더라도 최종적으로는 사라 본인이 결판을 내야만 한다. 사쿠타의 손으로 고쳐줄 수 있는 문제가 아니다. 지금까지도 그러했고, 앞으로도 달라지지 않을 사실이다.

"결국, 될 대로 되겠지."

고민해봤자 소용없는 일은 일찌감치 포기하기로 한 사쿠타는 몸을 깨끗이 씻은 후에 욕실을 나섰다.

탈의실에서 목욕수건으로 머리카락을 닦았다. 상체를 닦고 하체를 닦고 있을 때, 거실에서 전화가 울렸다.

"오빠, 모르는 번호로 전화 왔어."

잠시 후, 카에데가 그렇게 말했다.

"카에데, 대신 받아줘."

모르는 전화번호라면, 토코에게서 온 걸지도 모른다고 생각했다. 그렇다면 이 기회를 놓칠 수 없다. 이야기를 나눌 기회가 생기면 최대한 이야기를 나눠보고 싶다. 그 기회가 키리시마 토코라는 인간을 알 계기가 될 것이다. 사춘기 증후군을 치료할 실마리 또한 될지도 모른다.

"어, 싫은데……."

카에데가 불만 섞인 목소리로 그렇게 말했지만, 전화벨은 곧 잦아들었다.

거실에 있던 카에데가 불평을 늘어놓으면서도 전화를 받아준 것 같았다.

서둘러 목욕수건으로 몸을 닦은 후, 속옷을 입었다.

"……네, 알겠어요."

팬티 차림으로 사쿠타가 거실에 가보니, 수화기를 귀에 댄 카에데와 시선이 마주쳤다.

"오빠, 학원 분한테서 온 전화야."

카에데는 그렇게 말하면서 수화기를 내밀었다.

"학원 분?"

"아무튼 남자야."

사쿠타는 누구인지 생각하며 수화기를 건네받았다.

"네, 전화 바뀌었습니다."

그리고 머뭇머뭇 전화를 받았다.

"아, 아즈사가와 군."

들려온 것은 귀에 익은 어른의 목소리였다.

"학원장님? 무슨 일인가요?"

"밤늦게 연락해서 미안하네. 방금 히메지 양한테서 연락을 받았거든."

"무슨 일 있나요?"

사쿠타는 사라의 이름을 듣고 아까와 같은 말을 반복했다.

"아, 별건 아니네. 아즈사가와 군의 연락처를 묻더군. 다음 수업의 일정을 상의하고 싶다며 말이야. 개인 정보니까, 일단 확인을 해야할 것 같아서 말이지."

"신경 써주셔서 감사합니다. 저는 괜찮으니, 이 번호를 히메지 양에게 전해주세요."

"알겠네. 그럼 잘 부탁하지."

"네, 저야말로 잘 부탁드립니다."

전화가 끊길 때까지 기다린 후, 수화기를 내려놨다.

어차피 곧 전화가 울릴 것이다. 사라가 전화를 할 테니 말이다.

지금쯤 학원장은 사라에게 연락해서, 이 집의 전화번호를 알려줄 것이다.

사라는 메모를 하고, 감사하다고 말한 후, 지금쯤 전화를 끊었을까.

슬슬 전화가 울려도 이상하지 않을 시간이다.

하지만 5분이 흘러도, 10분이 흘러도 전화는 울리지 않았다.

학원장이 사라와 연락이 되지 않을 걸지도 모른다.

"오빠, 그러고 있다간 감기 걸릴 거야."

코타츠에 둔 노트북 컴퓨터로 영상 수업을 보던 카에데가 지당하기 그지없는 지적을 했다. 속옷 한 장 차림으로 있기에는 혹독한 계절이기는 했다.

사쿠타는 옷을 입기 위해 방으로 들어갔다.

바로 그때, 타이밍 나쁘게도 전화가 울렸다.

"카에데, 대신 받아줘~."

"뭐~? 또~?"

불평과 함께, 거실 쪽에서 소리가 들려왔다. 카에데가 일어서는 소리다. 성큼성큼 걷는 발소리가 들려왔다. 전화기는 세 걸음 반 정도 떨어진 곳에 있다. 곧, 전화벨 소리가 멎었다.

"오빠, 끊겼어~."

방에서 옷을 갈아입은 후, 거실로 나갔다.

코타츠에 앉은 카에데와 교대하듯, 전화기 앞에 섰다.

번호를 확인하려고 버튼을 향해 손을 뻗었을 때, 또 전화가 울렸다. 070으로 시작하는 열한 자리 번호였다.

사쿠타는 수화기를 들고, 전화를 받았다.

"네, 아즈사가와입니다."

"아, 저는 사쿠타 선생님께 수업을 받고 있는 히메지라고 해요."

들려온 것은 긴장이 어린 목소리였다.

"히메지 양? 나야."

"하아~, 다행이야. 사쿠타 선생님이구나."

"겨우 전화를 거는 것 가지고 되게 호들갑이네. 아까는 왜 끊은 거야?"

"남의 집에 전화 걸 일이 없었거든요. 그래서 긴장한 바람에…… 실수로, 통화 종료 버튼을 누른 것 같아요."

"그렇게 된 거구나."

스마트폰이 없는 사쿠타는 사라의 마음을 절반도 이해할 수 없다.

"사쿠타 선생님, 스마트폰 좀 마련해요."

전화기 너머에서 불만 섞인 목소리가 들려왔다.

"학원에 전화해서 연락처를 묻는 게 얼마나 힘들었는지 알아요?"

"그 점은 미안하게 생각해. 미리 말해둘 걸 그랬네. 아, 하지만 코가에게 물어보면 되지 않아?"

"어떻게 두 번이나 연락하냐고요."

사라는 딱 잘라 그렇게 말했다. 사라로서는 앞뒤가 맞는 이야기겠지만, 사쿠타는 이해가 안 되는 이유였다. 그냥 한 번 더 연락해서 물어보면 된다는 생각이 들었다. 지난번에 전화 연결을 부탁한 후, 사쿠타에게 전화번호를 물어보는 것을 깜빡했다고는 해도 말이다.

"아무튼, 힘들었단 말이에요."

전화 너머로도 사라가 삐쳤다는 것을 알 수 있었다.

"그거 미안하네. 그건 그렇고, 수업 일정 때문에 연락한 거랬지?"

"그건 사쿠타 선생님의 연락처를 알아내려는 구실이에요."

"그럼 본론은 뭔데?"

사쿠타가 대놓고 묻자, 사라가 전화 너머에서 심호흡을 했다.

"어제 무례한 태도를 보여서 죄송합니다."

사라는 태도를 바꾸면서 사쿠타에게 정중히 사과했다.

"전혀 무례하지 않았으니까 사과하지 않아도 돼. 오히려 나로선 기뻤거든."

"네?"

"『사쿠타 선생님이 좋아요』 하고 말해줬잖아."

"그, 그건! 잊어주세요……."

놀라서 커진 사라의 목소리가 점점 작아졌다. 최종적으로는 거의 들리지 않을 지경이었다.

"하지만, 그런 이야기라면 다음 수업 때 해도 되잖아."

그러면 이렇게 전화를 하려고 여러모로 고생할 필요도 없었을 것이다.

"제가 그러기 싫었어요. 한시라도 빨리 사과하고 싶어서……."

"괜찮아. 나는 신경 안 써."

"그것도 그것 나름대로 마음이 복잡해지는데요. 저를 좀 신경 써달란 말이에요."

"이래 봬도 히메지 양을 신경 쓰고 있는 거야. 그리고 어제 한 이야기도 한 번쯤 진지하게 생각해보는 편이 좋지 않을까 싶네."

"후타바 선생님으로 바꾸는 것 말인가요?"

말끝에서 이 이야기를 하기 싫어하는 심정이 엿보였다.

"후타바가 아니더라도, 히메지 양의 레벨에 맞는 선생님의 수업을 듣는 편이 히메지 양에게도 도움이 될 거야."

"그 점에 대해 나름대로 생각해봤는데요."

제안이 있다는 듯한 말투였다.

"뭔데?"

"저는 사쿠타 선생님이 레벨업 해주셨으면 해요."

무슨 소리인가 했더니, 정중한 말투로 그런 소리를 했다.

"내 레벨은 더 올라가지 않을걸?"

"노력해주세요. 저, 응원할게요."

물론 이런 말을 들으면 기분이 나쁘진 않다. 노력 좀 해볼까, 라는 쪽으로 마음이 기운다. 하지만 사쿠타는 「좋아, 해볼게」하고 대답하지는 않았다.

사라의 선택은 그녀의 진로에 영향을 끼칠지도 모른다. 함부로 말하기보단, 좀 더 시간을 들여 생각해보는 편이 낫다. 제대로 이야기를 나눠보는 편이 낫다.

"히메지 양, 내일 방과 후에 시간 있어?"

"갑자기 무슨 소리예요?"

"만나서 이야기를 나누는 편이 좋겠거든."

"그것도 그러네요. 하, 하지만, 내일은……."

"여의치 않은 거야?"

뭔가 볼일이 있는 듯한 반응이었다.

"아니, 저기……."

사라가 갑자기 말끝을 흐렸다. 말을 골라가면서 설명하려 하는 것이다. 적당한 말을 찾고 있다.

"말하기 힘든 일이면 안 해도 돼."

"괜찮아요. 사쿠타 선생님에게는 말할 생각이었거든요."

"그래? 뭔데?"

"실은, 세키모토 선생님이 꼭 만나서 이야기를 나누고 싶다고 하셔서……."

익숙하지 않은 이름이었기에 사쿠타는 약간 당황했다. 하지만 기억을 거슬러 올라가자, 그 이름이 누구를 가리키는지 생각났다.

"그 사람은, 예전……."

"네. 사쿠타 선생님 이전에 저를 담당했던 선생님이에요."

이 상황에서 만나잔 말은 어떤 의미를 지녔을까. 적어도 세간의 관점으로는 좋은 인상을 품지 못했을 것이다. 사라의 담당이 사쿠타로 바뀐 것은 세키모토라는 학원 강사가 그녀에게 호의를 품었기 때문이다. 지금 그가 어떤 심정일지는 모르겠지만, 그것은 일방적인 감정에 지나지 않는다. 이제 와서 사라와 만나게 해선 안 된다는 생각이 들었다.

"히메지 양, 내일 몇 시에, 어디서 만나기로 했어?"

들어버렸으니, 내버려 둘 수도 없다.

"오후 다섯 시에, 후지사와 역에서 만나기로 했어요."

"알았어. 그럼, 이렇게 하자—."

사쿠타는 자초지종을 듣더니, 사라에게 어떤 제안을 했다. 사라는 그 이야기를 듣더니, 「네?」 하며 놀랐다.

6

다음날인 금요일. 12월 16일.

대학에서 3교시까지 수업을 마친 사쿠타는 종이 치자마 자 교실을 나서더니, 그대로 후지사와 역으로 돌아갔다. 플 랫폼에 내린 것은 네 시 반 경이었다. 다음 전철의 도착 시 각을 알려주는 전광게시판의 시계로 확인했다.

앞서서 걷는 사람의 뒤를 따르며 계단을 올라간 후, 개찰 구에 교통카드를 댔다. 북쪽 출입구에 있는 입체 보행로로 나가자, 동쪽 하늘은 겨우겨우 푸른 빛을 머금고 있었다. 하 지만, 서쪽 하늘은 오렌지색으로 물들면서 시간의 경과와 함께 밤으로 변해갔다.

사쿠타는 가전제품 양판점 앞에 있는 광장의 벤치에 앉아 서 밤이 다가오는 모습을 올려다봤다. 겨우 십 분 만에 하 늘은 어두워지더니, 역 앞의 가로등이 일제히 켜졌다.

광장에 있던 사람들이 그 순간에만 스마트폰에서 눈을 뗐 다. 이 시기의 역 앞은 전등 장식이 되어 있기에 화려했다.

광장에 있는 시계의 바늘이 45분을 가리켰다.

기다리고 있던 인물이 광장에 모습을 드러낸 것은 46분 이 되기 전이었다. 진한 회색 코트와 검은색 슬랙스 바지를 입은 남성이다. 나이는 스물다섯 정도로 보이고 왁스로 고 정한 짧은 머리카락에서는 청결한 느낌이 감돌았다.

누군가를 찾듯이 광장을 둘러보고 있었다. 사쿠타와 시선이 마주쳐도, 그를 알아보지 못했다. 언뜻 마주쳤을 뿐인 사이이니 그것도 당연했다. 사쿠타도 길거리에서 그와 스쳐 지나가더라도 「그 사람이다」하며 눈치채지 못할 것이다.

약속한 상대가 보이지 않는 건지, 남성은 사쿠타의 맞은편에 있는 벤치에 앉았다. 코트 호주머니에서 스마트폰을 꺼내 확인했다. 조작도 하고 있었다. 만나기로 한 상대에게 「도착했어」라는 메시지를 보내는 것이리라.

하지만, 저 남성이 기다리는 상대는 이 자리에 오지 않는다.

사쿠타가 대신 왔으니 말이다.

벤치에서 일어선 사쿠타는 곧장 그 남자에게 다가갔다. 겨우 십 미터밖에 안 되는 거리다. 스마트폰을 보고 있던 남성은 사쿠타가 자신의 앞에 서자, 의아한 시선을 보내며 고개를 들었다.

"세키모토 선생님이시죠?"

그렇게 말을 걸자…….

"그, 그렇긴 한데, 너는……."

사쿠타를 보더니, 뭔가를 눈치챈 것 같았다.

"학원 강사 아르바이트를 하고 있는 아즈사가와입니다."

"아, 응."

세키모토는 납득한 것처럼 그렇게 말했지만, 그의 시선은 의문에 휩싸인 채 흔들리고 있었다. 왜 사쿠타가 말을 걸어온 건지 모르는 눈치였다.

"죄송합니다만, 히메지 양은 오늘 오지 않습니다. 제가 그녀 대신 왔죠."

"뭐……?"

그제야 상황을 이해한 건지 세키모토의 눈동자에 동요감이 어렸다.

그런 사쿠타와 세키모토한테서 범상치 않은 분위기를 느낀 건지, 광장에 있는 몇몇 사람이 시선을 보냈다. 대놓고 쳐다보는 사람은 없지만, 쳐다보고 있다. 귀를 기울이고 있다. 그런 느낌이 감돌았다.

"너와 할 이야기는 없어."

세키모토는 자리에서 벌떡 일어났다. 목소리에서는 명백한 초조함, 그리고 억누를 수 없는 짜증 같은 감정이 배어 나왔다. 그는 그대로 돌아가려 했다.

"기다려 주세요."

"……."

세키모토는 몸이 멋대로 반응한 것처럼 멈춰 섰다. 무심코 상대방의 말에 따르는 모습에서, 사쿠타는 그가 얼마나 교육을 잘 받았으며 자라왔는지 알 수 있었다. 세간에서 보자면 제자를 건드리려 한 학원 강사지만, 본성은 성실한 사람이라고 생각한다. 그렇기에, 사라에게 걸려들었다. 나쁜 장난을 치는 사라에게, 마음을 빼앗기고 말았다.

사쿠타는 멈춰선 세키모토의 등을 향해 말했다.

"더는, 히메지 양에게 연락하지 말아 주세요."

세키모토는 천천히 뒤를 돌아봤다.

"더는, 히메지 양과 만나지 말아주세요."

세키모토가 사쿠타를 향해 성큼성큼 걸어왔다.

"더는……!"

사쿠타가 다음 말을 하기도 전에…….

"더는, 뭐!"

세키모토가 그의 멱살을 잡았다.

오가는 이들의 시선이 쏠렸다. 하지만, 다들 그냥 지나쳤다.

세키모토는 아까처럼 거친 숨결을 연거푸 내쉬었다. 가슴이 크게 벌렁거리고 있었다.

그가 조금 진정할 때까지 기다린 후, 사쿠타는 다시 입을 열었다.

"더는, 히메지 양에게서 연락이 오더라도 답장을 하지 말아주세요."

세키모토의 눈을 보며, 사쿠타는 반드시 그에게 전해야만 하는 말을 전했다.

"……."

눈동자가 흔들리고 있다. 떨리고 있다. 무슨 말을 들은 건지 이해한 것이다.

"그것이 히메지 양을 위한 일이라고 생각해요. 그녀를 진심으로 생각한다면…… 부탁드립니다."

사쿠타는 멱살을 잡힌 채, 세키모토를 향해 고개를 숙였다.

세키모토의 손에서 자연스럽게 힘이 빠져나갔다. 이윽고, 그의 손은 갈곳을 잃은 것처럼 사쿠타에게서 완전히 떨어졌다.

"이 일을, 학원에는……."

고개를 숙인 사쿠타의 귀에, 그런 말이 스며들어왔다.

고개를 들어보니, 세키모토가 난처한 표정을 짓고 있었다. 그것을 숨기고 싶지만, 숨길 장소를 찾지 못해 난처해하고 있다. 곤혹에서 빠져나올 길은 그 어디에도 없다. 그 길을 아는 건, 사쿠타 뿐이다.

"일단 학원장님에게 결과만 전하겠어요."

"결과만……?"

"아무 일도 없었고, 이제 괜찮을 거라고 생각하니까요."

"……그래 주면 고맙겠어."

그것은, 이 상황에서 세키모토가 할 수 있는 최대한의 감사라는 생각이 들었다.

"하나만, 물어봐도 될까?"

"네."

"저기……."

세키모토는 무슨 말을 하려 했다. 하지만…….

"아니, 역시 됐어."

……하고 말했을 뿐이다. 아마 사라에 관해 뭔가를 물어

볼 생각이었으리라. 자신에 대해 뭐라고 말하지 않았나. 요즘 어떻게 지내고 있나. 공부는 순조롭나. 전부 다일지도 모른다. 하지만, 역시 됐다고 말한 세키모토는 아무것도 묻지 않았다.

"그럼, 제가 하나 물어도 될까요?"

"……."

세키모토는 「그래」 하고 말하지는 않았다. 안 된다고도 말하지 않았다. 말할 수 없었다.

"히메지 양이 고등학교를 졸업한 후라면, 괜찮지 않을까요? 그때도 세키모토 선생님의 그럴 마음이 있다면 말이에요."

"생각해볼게."

힘없이 뱉은 그 말은 체념처럼 들렸다. 허세를 부리고 있는 겉모습뿐이다. 하지만, 그 모습이 중요할 때도 있다. 체면이 중요할 때도 있다. 적어도, 이 순간의 세키모토에게는 중요했다.

"그럼, 나는 이만 가보겠어. 히메지 양을 잘 부탁해."

"네."

"너도 조심해."

마지막으로 무리해서 웃음을 머금은 세키모토는 조롱인지 농담인지 알 수 없는 말을 남기며 역 안으로 사라졌다. 혼잡한 역 앞에서, 그의 뒷모습을 찾는 것은 이제 무리였다.

등 뒤에서 느껴지던 주위의 시선 또한 세키모토가 사라지자 깨끗이 없어졌다. 단 하나의 시선만을 제외하고……

사쿠타는 지금도 자신을 응시하고 있는 시선을 찾기 위해 뒤돌아보았다. 그 상대는 금세 찾았다.

화단 옆에 서 있는 화사한 느낌의 소녀다.

걱정스러운 눈길로 사쿠타를 쳐다보고 있는 이는 바로 사라였다.

사쿠타와 시선이 마주치자, 흠칫하며 「아차」 싶은 표정을 지었다.

사쿠타는 사라의 곁으로 천천히 걸어갔다.

"학원에서 기다리기로 약속했잖아?"

"……단추, 떨어졌어요."

사라는 사쿠타의 목덜미를 쳐다보고 있었다. 멱살을 잡혔을 때, 단추가 떨어진 것 같았다.

"예비 단추라면 있어."

태그 부분에 달려 있다.

"이걸 언제 쓰나 했는데, 이럴 때 쓰는 거구나."

셔츠의 목덜미 부분을 뒤집어서 단추를 보여줬지만, 사라의 가라앉은 표정에는 변함이 없었다. 평소의 사라라면 「그럼 제가 꿰매드릴게요」하고 웃으며 말할 텐데 말이다. 한동안 기다렸지만, 사라는 아무 말도 없었다.

"볼일은 마쳤으니, 어제 나누던 이야기나 이어서 계속할까?"

"……네."

그 대답 또한, 사라답지 않게 얌전했다.

사쿠타와 사라 사이에 놓인 테이블 위에는 크림소다와 커피 플로트, 그리고 피자 토스트가 놓여 있었다.

두 사람은 역에서 걸어서 2, 3분 거리에 있는 좁은 골목 안의 복고풍 카페에 와있었다.

의자와 테이블, 그리고 메뉴도 복고풍이었다. 그 시절을 모르는 사쿠타도 왠지 그리운 느낌이 드는 건 어째서일까. 복고풍=『노스탤지어』라는 공식이 어느새 세워져 있었다.

크림소다의 얼음이 녹으면서 아이스크림이 살짝 가라앉았다.

"사진, 안 찍어도 돼?"

사쿠타는 녹고 있는 아이스크림을 보면서 정면에 앉은 사라에게 말을 건넸다. 이 가게에 들어가고 싶다고 말한 사람은 사라였다. 전부터 가보고 싶었던 카페지만, 고등학생이 들어가기 어려운 어른스러운 분위기라, 친구와 함께일 때도 못 갔다고 한다.

모처럼 염원하던 일이 이뤄졌지만, 사라는 사진도 찍지 않고 그저 앉아있기만 했다.

"이거, 마셔도 괜찮아?"

사쿠타는 커피 플로트를 향해 손을 뻗었다.

"아, 잠깐만요. 사진 좀 찍을게요!"

사라는 허둥지둥 스마트폰을 꺼내 들더니 크림소다와 커

피 플로트와 피자 토스트를 찍었다. 하지만, 전에 도넛을 찍던 때에 비해 텐션이 낮았다. 어딘가 사무적으로 촬영을 하는 것처럼 보였다. 즐거워하는 느낌이 거의 없었다.

명백하게, 사라의 의식 중 절반은 사진이 아니라 다른 것에 향하고 있었다.

"……저기, 사쿠타 선생님."

스마트폰을 집어넣은 사라가 사쿠타에게 말을 건넸다.

"응?"

"저는 역시 사쿠타 선생님이 좋아요."

사라는 사쿠타를 똑바로 응시했다. 아무래도 아까부터 입을 다문 채 이 생각을 하고 있었던 것 같았다.

"그렇구나."

사쿠타가 애매모호하게 대답하자, 사라의 시선이 크림소다 쪽으로 도망쳤다.

잔을 들고 빨대를 입에 물었다. 그리고 한 모금 마신 후…….

"안 될까요?"

……하고 말하며 사쿠타를 올려다보았다.

이번에는 사쿠타의 시선이 커피 플로트 쪽으로 도망쳤다.

"히메지 양, 가고 싶은 대학은 없어?"

"지금은 딱히 없어요."

사라가 빨대를 빙글빙글 돌렸다. 아이스크림이 완전히 액체에 잠겼다.

"하긴, 그럴 거야. 아직 1학년인걸."

사쿠타도 커피 플로트의 아이스크림을 빨대로 찌르며 섞었다.

"사쿠타 선생님은 왜 지금 대학을 지망한 건가요?"

"여친과 함께 즐거운 캠퍼스 라이프를 보내기 위해서야."

사쿠타가 당당히 본심을 밝히자, 사라는 웃음을 터뜨렸다. 오늘 처음으로 보여준 미소였다. 하지만 아직 쾌청함과는 거리가 멀었다. 미소의 하늘에는 먹구름이 남아있었다.

"여자친구분을 정말 좋아하나 보네요."

"진심으로 사랑해."

사쿠타가 눈을 쳐다보며 그렇게 말하자, 사라는 깜짝 놀란 표정을 지으며 고개를 돌렸다. 볼 또한 살짝 붉혔다.

"히메지 양에게 한 말이 아냐."

"아, 알아요. 갑작스러워서 놀랐을 뿐이에요. 애초에, 그런 불순한 지망 동기를 학원 제자에게 당당하게 털어놓지 마세요."

당황한 사라가 사쿠타를 비난했다.

"제자에게 거짓말을 하는 것도 좀 그렇잖아."

"알았어요. 질문을 바꿀게요."

뭘 알았다는 걸까. 사쿠타는 전혀 모르겠다.

"사쿠타 선생님은 어째서 대학에 가자고 생각한 건가요?"

"그건······."

"여친과 꽁냥꽁냥하기 위해서란 대답 말고요."

사쿠타가 말하려던 이유를, 사라가 먼저 말했다.

이 상황에서는 성실하게 대답할 수밖에 없을 것 같았다. 학원의 선생이라고는 해도 학생 앞이니, 어쩔 수 없다.

"으음. 수험 때부터 생각한 건 아니지만…… 지금은, 교원 자격을 따려고 대학에 다니는 거야."

"네? 사쿠타 선생님은『선생님』이 될 건가요?"

놀란 탓에 사라의 목소리가 커졌다. 사라가 이렇게 눈을 치켜뜨는 것은 참 드문 일이었다.

"일단 자격만 말이지. 적성에 맞을지 모르잖아. 이건 아무한테도 이야기 안 했으니까 비밀로 해줘."

"여자친구분에게도 말하지 않은 거예요?"

"말 안 했어."

"후타바 선생님한테도요?"

"물론, 말 안 했어."

이것은 사실이다. 말해도 문제 될 건 없지만, 이런 이야기를 할 기회가 딱히 없었다. 대뜸 그런 선언을 하는 것도 좀 그러니, 기회를 봐서 적당히 이야기하면 될 거라고 생각했다.

"그럼, 저와『사쿠타 선생님』만의 비밀인 거네요."

사라는 즐거운 듯이 웃었다. 약간이지만 평소의 느낌으로 되돌아간 것 같았다.

"하지만 선생님이 될 거라면, 역시 사쿠타 선생님은 레벨업이 필요하다고 생각해요."

"학생의 장래를 위해 적절한 조언을 해주는 것도, 교사에게 필요하다고 생각하거든?"

"그렇게 저를 담당하는 게 싫나요?"

사라는 잔 안의 아이스크림을 섞으면서 사쿠타를 올려다보았다.

"물론, 싫지는 않아."

사쿠타는 피자 토스트를 들고 한 입 베어 물었다.

"그럼……."

"하지만, 다른 선생님의 수업도 시험 삼아 들어봤으면 좋겠다고 생각해. 히메지 양을 위해서 말이지."

"……."

"나보다 나은 선생님을 찾으면 담당을 바꾸고, 못 찾으면 내가 책임지고 레벨업할게. 이러면 어때?"

"……사쿠타 선생님은 제가 다른 선생님을 선택해도 괜찮겠어요?"

사라는 크림소다를 계속 휘저었다. 이제 아이스크림과 소다의 경계선을 찾을 수 없을 만큼 녹았다. 사라는 그런 유리잔을 지그시 응시했다.

"히메지 양의 성적이 지금보다 더 좋아진다면, 예전 담당 강사로서 기쁠 거야."

"자기가 가르치지 않더라도요?"

"나로선, 어느 쪽이든 상관없어."

"저 같은 건, 어찌 되든 상관없다는 거네요."

"나에게 있어 중요한 건, 히메지 양의 힘이 되어주는 거야. 아르바이트 학원 강사로서 말이지."

"그거, 진심으로 하는 말이에요?"

"그래."

사쿠타는 망설임 없이 대답했다.

"……."

사라는 지그시 사쿠타를 응시했다.

사쿠타는 그 시선을 개의치 않으며 피자 토스트를 한 조각 더 먹었다. 방금 전의 발언은 진심에서 우러난 것이니 얼버무릴 필요도 없다. 말을 덧붙여서 포장할 필요도 없다.

지금은 공부해야 하는 명확한 목표가 없더라도, 언젠가 사라가 목표를 찾는 날이 올 것이다. 그때가 오면, 지금의 선택을 후회하는 일은 없었으면 한다. 기왕 공부를 잘한다면, 더 잘하게 된다 해서 나쁠 건 없다. 그편이 훗날의 선택지를 늘려준다. 거기에 사쿠타가 관여하든, 관여하지 않든 아무래도 상관없다. 사라의 인생이 조금이라도 더 풍족해진다면, 사쿠타는 그것을 위한 선택지를 고를 뿐이다.

"……사쿠타 선생님이 저에 대해 진지하게 생각해주고 있다는 건 잘 알았어요."

잠시 후, 사라의 입에서 그런 말이 흘러나왔다. 그녀는 남아있던 크림소다에 입을 댔다. 그리고 음료를 전부 비운 후……

"그러니, 사쿠타 선생님이 시키는 대로 해볼게요."

아직 납득하지 못한 표정으로 그렇게 말했다. 사쿠타의 말이 옳다는 건 이해했지만, 감정이 그것을 받아들이지 못한 느낌이다. 자기 뜻대로 안 되는 것에 대한 불안이, 말끝과 언짢은 듯이 삐죽 튀어나온 입술을 통해 느껴졌다.

"그편이 좋을 거야."

사쿠타가 고개를 끄덕이며 쳐다보자, 사라는 창문 쪽으로 고개를 돌려서 시선을 마주하지 않았다.

"그래도 괜찮은 선생님이 없다면, 앞으로도 사쿠타 선생님에게 부탁할 거예요."

"그때는 히메지 양이 내 레벨업을 도와줘야겠는걸?"

"저는 상관없어요."

사라는 웃으며 그렇게 말했다. 하지만, 사라의 표정은 완전히 맑아지지는 않았다. 납득하기에는 시간이 조금 더 필요한 것 같았다.

하지만, 창밖을 응시하는 사라의 표정은 뭔가를 결의한 것처럼 보였다. 이미 앞날의 일을 생각하고 있는 것 같았다. 아마 그것은, 사쿠타의 착각이 아닐 것이다.

사쿠타가 계산을 마치고 가게를 나서자, 사라는 「잘 먹었습니다」 하고 말하며 고개를 숙였다.

그런 사라와 나란히 역 쪽으로 걸어갔다. 사라를 버스 정류장까지 바래다주기 위해서다.

두 사람은 아무 말 없이, 한동안 걸음을 옮겼다.

"아, 맞다. 사쿠타 선생님."

사라가 다시 입을 연 것은 건널목에서 신호가 바뀌기를 기다릴 때였다. 그녀의 어조는 묘하게 밝았다.

"응?"

사쿠타는 그것을 의아하게 생각하면서, 재촉하듯 의문을 표시했다.

"슬슬 숙제의 해답을 알아냈나요?"

"숙제?"

신호가 파란색으로 바뀌자, 건널목을 건너갔다.

"알면서 시치미 떼지 마세요. 제 사춘기 증후군이 뭐냐는 숙제 말이에요."

"아, 그거 말이구나. 짐작조차 안 돼."

"사쿠타 선생님은 문제를 풀려고도 하지 않았잖아요."

사라는 뭔가를 꿰뚫어 본 것처럼, 의기양양한 표정으로 그렇게 말했다.

"……어?"

핵심을 찌르는 듯한 말이었기에, 사쿠타의 의문은 깊어졌다.

"해답부터 거꾸로 계산해서, 제 사춘기 증후군을 고칠 속 셈이잖아요?"

"……."

사라가 확신에 찬 어조로 그렇게 말하자, 사쿠타의 심장이 크게 뛰었다. 경악은 순식간에 지나쳐가더니, 끝없는 의문과 공포에 가까운 섬뜩함이 몸을 지배했다. 아무리 머리가 좋은 사라라 해도 그런 것까지 눈치챌 수 있을 리가 없다.

버스 정류장에 도착하기 전, 사쿠타의 발은 로터리 중간에서 멈춰 섰다. 입체 보행로의 지붕 아래다.

"사쿠타 선생님을 위해서라도, 제 사춘기 증후군은 고치지 않는 편이 좋을 거라고 생각하거든요?"

사라도 몇 걸음 앞에서 멈춰 섰다.

"그게 무슨 소리야?"

오렌지색 조명이 두 사람을 비췄다.

사라는 입가로만 웃으며, 사쿠타를 돌아봤다.

"조사해보니, 천리안이라고 한대요."

사라는 스마트폰을 손에 쥐고 있었다.

"천리안?"

낯선 단어였기에, 되물어봤다.

"저는 그 사람이 아무리 먼 곳에 있어도, 지금 어디에서 무엇을 하고 어떤 생각을 하는지 보여요. 알 수 있어요."

"……."

"그래서, 사쿠타 선생님의 비밀도 잔뜩 알아요."

"내 비밀이라고 해봤자, 오늘 이야기해준 교원 자격과 현

금카드의 비밀번호 정도거든?"

"그것과, 키리시마 토코를 찾고 있단 거잖아요?"

"……."

"깜짝 놀랐죠?"

"솔직히 말하자면, 놀랐어."

"참고로, 비밀번호도 알아요. 여자친구분의 생일이죠?"

"혹시, 오늘 입은 속옷 색깔도 들킨 거야?"

"그 말, 성희롱이거든요?"

사라는 진짜로 화난 듯한 표정을 지었다.

"안심하세요. 목욕하는 모습을 훔쳐보진 않았어요."

사쿠타는 훔쳐봐도 전혀 상관없지만, 말했다간 성희롱이
라면 화낼 것 같아서 관뒀다.

"그런 발상도, 성희롱이에요."

사라는 약간 부끄러워하며 화냈다.

사상의 자유란 의외로 어렵다.

"하던 이야기를 계속하자면…… 지금 키리시마 토코가 어
디서 뭘 하는지 알 수 있는 거야?"

"그건 몰라요."

예상과 다른 대답이었다. 사라는 아까 보이고 알 수 있다
고 말했는데, 이게 대체 어떻게 된 것일까.

"아무나 알 수 있는 건 아니에요. 보이는 건 만난 적이 있
고…… 이렇게, 세계 부딪친 적이 있는 사람뿐이에요."

사라는 스마트폰을 쥔 손으로 다른 손바닥으로 살짝 때렸다.

"아하, 양자 얽힘이구나."

"그게 뭔데요?"

사라는 고개를 갸웃거렸다. 그 반응을 본 사쿠타는 뭔가를 눈치챘다. 사라는 사쿠타가 무슨 생각을 하는지 안다. 하지만, 기억을 들여다보는 건 아니다.

사쿠타의 생각을 읽은 사라의 눈빛에 긍정의 빛이 어렸다.

"양자 얽힘이라는 건, 마이크로의 세계에서 일어나는 불가사의한 현상 중 하나야. 그 이상은 나도 잘 몰라."

지금은 자세한 이론 같은 건 중요하지 않다.

지금 생각해야만 하는 건 따로 있다.

사라의 사춘기 증후군을 활용할 방법이다.

잘 이용하면 키리시마 토코가 무슨 생각을 하는지 알 수 있을지도 모른다.

그것은 사쿠타에게 있어 바라마지 않던 상황이라 할 수 있다.

"저라면, 사쿠타 선생님의 도움이 될 수 있을걸요?"

"참고삼아 묻겠는데, 히메지 양은 키리시마 토코가 보여?"

우선 이것부터 확인해야 이야기를 이어갈 수 있다.

"보였어요. 미니스커트 차림의 산타클로스죠?"

첫 고비이자 가장 큰 문제가, 간단히 해결됐다.

"그러니까, 저를 키리시마 토코와 만나게 해주세요."

"하지만, 만나고 싶다고 쉽게 만날 수 있는 상대가 아니거든."

토코는 그야말로 신출귀몰이라는 표현이 어울리는 인물이다.

"하지만 사쿠타 선생님은 그녀의 실시간 스트리밍을 돕기로 약속했잖아요?"

약속하기는 했다. 사라는 당시의 일을 「보고 있었던 것」 같았다.

"그걸 약속이라고 할 수 있다면 말이지."

문제는 날짜다.

토코가 도와달라고 말한 날은 12월 24일이다.

하필이면 크리스마스이브인 것이다.

"이제 알겠네요. 왜 저와 사쿠타 선생님이 크리스마스이브에 같이 있었는지를요."

사라는 어려운 문제가 푼 것처럼 기뻐했다.

하지만 사쿠타는 인상을 쓸 수밖에 없었다.

이 운명을 피할 수는 없을까. 진지하게 생각해봤지만, 희망의 빛은 보이지 않았다. 마이와의 외박 데이트를 희생해서 키리시마 토코에 대해 뭔가를 알 수 있다면, 지금은 그쪽을 우선할 수밖에 없다.

아카기 이쿠미를 통해 다른 가능성의 세계에서 그런 메시지를 받았으니까……. 그 의미를 알 때까지는, 그쪽을 우선할 수밖에 없다.

"히메지 양, 24일에 시간 있어?"

"사쿠타 선생님이 애걸복걸하며 매달린다면, 데이트를 해 줄 수도 있거든요?"

"추우니까, 따뜻하게 챙겨입고 나와."

사쿠타는 최소한의 허세 삼아, 그렇게 대꾸할 수밖에 없었다.

7

"일이 묘하게 됐네."

사쿠타는 욕조 안에 들어가서 한숨 돌린 후, 무심코 그런 혼잣말을 뱉었다.

물에 비친 자신의 흐릿한 얼굴을 별생각 없이 응시했다.

일이 정말 묘하게 됐다.

묘하게 되기는 했지만, 확실해진 것이 두 가지 있었다.

하나는, 사쿠타가 꾼 크리스마스이브의 꿈에 관한 것이다. 어째서 그날 사라와 같이 있었는지, 답을 찾았다.

다른 하나는, 사라의 사춘기 증후군의 정체다.

사라의 주위에서 불가사의한 현상이 일어나지 않는 것 같았는데, 어떤 일이 벌어지고 있는지 들어보니 이해가 됐다.

"천리안, 이라."

사라는 상대가 아무리 멀리 있어도 어디서 무엇을 하고

있고 무슨 생각을 하는지 알 수 있다고 말했다. 즉, 사라의 내면에서만 일어나고 있는 현상이다. 그런 것을 사쿠타가 눈치채는 건 매우 어렵다.

하지만, 천리안은 어떤 감각일까.

사라의 말을 믿자면, 지금 이렇게 목욕하고 있는 사쿠타도 보일 것이다. 그리고 사라의 말을 믿자면, 목욕하는 모습을 훔쳐보지는 않는다고도 말했다. 그러니, 분명 지금은 훔쳐보고 있지 않을 것이다. 무슨 짓을 해도, 무슨 생각을 해도 사라에게 들키지 않을 거라는 논리가 성립했다.

"원인이 진짜로 양자 얽힘이라면……."

사쿠타의 머릿속에서 어떤 가설이 세워졌다.

양자 얽힘에 대해서는 한참 전에 리오에게 들은 적이 있다. 일정 수준 이상의 힘으로 충돌한 두 개의 입자가 똑같은 행동을 취하게 되는 것이다. 한 번 연결된 두 입자는 아무리 떨어져 있어도 같은 행동을 계속 유지한다니, 참 불가사의한 일이다.

물론 그것은 사람의 눈에 보이지 않는 마이크로 세계에서의 일이다.

리오는 마이크로 세계의 일을 매크로 세계로 치환하는 건 바보 같은 짓이라고 말했다.

하지만 굳이 그 바보 같은 치환을 해보자면, 아무리 떨어져 있더라도 사쿠타의 상태가 사라에게 전달되는 것이다.

그래서 사라는 사쿠타가 보는 것이 보이고, 생각하는 것을 알 수 있다.

하지만 진짜로 그렇다면, 그 반대는 어떨까.

사쿠타도 사라의 상태를 알 수 있는 게 아닐까.

실은 이미 하고 있는 게 아닐까.

지금까지는 사쿠타가 그것을 눈치채지 못했을 뿐이다.

사라와 얽힌 다른 이들도 눈치채지 못했을 뿐이다.

어쩌면 믿지 않을 뿐일지도 모른다.

사실이라고 인식해야 비로소 가능해지는 거라면…….

"혹시나 싶지만……."

시험 삼아 눈을 감아봤다.

당연히, 아무것도 보이지 않았다.

들리는 것이라고는 욕실의 환풍기 소리뿐이다.

그 외에는 아무것도 보이지 않고, 아무것도 들리지 않는다.

그것이 당연하며, 올바른 결과다. 그렇게 생각대로 될 리가 없다. 사쿠타의 가설이 옳을 리가 없다. 리오가 한 말이라면 몰라도…….

그렇게 생각한 순간, 귀 안에서 음악이 들려오는 듯한 느낌이 들었다.

"……."

기분 탓이 아니었다. 확실히 들렸다. 그것은, 이어폰으로 듣고 있는 느낌에 가까웠다. 아니, 그렇게 생각하니 정말 이

어폰으로 듣고 있는 것처럼 느껴졌다.

들려오는 건, 들은 적 있는 노래다.

키리시마 토코의 노래였다.

눈을 떠보니, 사쿠타의 의식은 욕조 안에 있지 않았다.

처음보는 방의 침대 위. 베개를 쿠션 삼아 엎드린 채, 스마트폰을 만지작거리고 있다.

보고 있는 건, 겨울의 외출용 옷차림이었다.

그러면서, 들뜬 기분이 느껴졌다.

뭔가를 고대하고 있는 듯한, 만족스러운 행복감이 느껴졌다.

명확한 생각 또한 알 수 있었다.

—이거, 귀엽네.

—사쿠타 선생님은 이런 걸 좋아할까?

—으음~, 모르겠어. 어쩌지…….

—더 괜찮은 건 없을까?

스마트폰 화면에 손가락을 댔다.

—어디로 갈지도 정해야겠네.

—마지막은 선생님이 다니는 대학교에 갈 거니까…….

—역시, 중간에 있는 카마쿠라가 좋겠어.

—그럼…….

바로 그때, 넘쳐 나오는 생각을 막듯이 방 밖에서 목소리가 들려왔다.

"사라, 안 씻을 거니? 아빠가 먼저 씻어도 돼?"

"아, 기다려. 나, 씻을래."

음악을 멈추더니, 무선 아이폰을 뺐다.

침대에서 몸을 일으키자, 여자애의 방이라는 한눈에 알 수 있는 공간이 눈에 들어왔다. 커튼의 무늬도, 정돈된 책상 위의 소품도, 조그마한 선인장도 그런 느낌을 풍겼다······.

옷장을 연 손이, 갈아입을 잠옷과 속옷을 움켜쥐었다. 그 옆에 있는 거울에는 사라가 비쳤다.

자신이 거울을 보고 있는 느낌인데, 사라가 비쳤다.

사쿠타는 화들짝 놀라며 눈을 떴다.

"······."

그러자, 익숙한 욕실이 사쿠타의 눈에 보였다.

수면에는 여전히 사쿠타의 얼굴이 흐릿하게 비치고 있었다.

"이렇게 된 거구나······."

사라가 말한 『보인다』는 건, 대상자를 보는 게 아니다. 그 사람이 보고 있는 것이 보인다는 의미였다. 생각하고 있는 게, 자신의 머릿속으로도 스며들어오는 것이다.

꽤 기묘한 감각이었다.

좀 더 실험해보고 싶다는 기분도 들었다.

하지만, 사라는 목욕을 한다고 말했으니 지금 바로 시험해보지 않는 편이 좋을 것 같았다. 게다가 사쿠타도 사라를 볼 수 있다는 건 사라에게 숨기는 편이 좋을 것이다. 아마 보여주고 싶지 않은 장면도 있을 테니 말이다.

사쿠타는 아까 본 사라의 모습을 자연스레 머릿속에 떠올렸다.

사라는 정말 고대하고 있었다.

24일의 약속을 고대하고 있었다.

그것은, 사쿠타에게 있어서도 바람직한 모습이다.

하지만 그 약속대로 된다고 생각하니 죄책감이 가슴을 술렁이게 했다. 그다지 기분이 좋지 않았다. 사라의 사춘기 증후군을 이용하는 것도 포함해…… 나름대로 생각하는 바가 있었다.

"곤란하게 됐는걸……."

그렇다고 해서 이제 와서 물러날 수는 없다.

물러날 생각도 없다.

"오빠, 마이 씨한테서 전화 왔어."

욕실 밖에서 카에데의 목소리가 들려왔다.

"금방 다시 걸겠다고 전해줘."

사쿠타는 그렇게 말하면서 욕조에서 나갔다. 평소보다 목욕을 오래 한 탓에 약간 현기증이 났다. 하지만 얼이 나가 있을 때가 아니다. 현기증이 난 머리로 생각해야만 하는 것이 있으니 말이다.

24일에 대해서, 마이에게 대체 어떻게 설명하면 될까.

"외박 데이트의 연기를 허락해준다면 최고겠는데 말이야."

욕실을 나선 사쿠타는 기도하는 심정으로 마이에게 전화를 걸었다.

제4장

December 24th

1

12월 24일.

크리스마스 이브 아침, 사쿠타가 나스노에게 얼굴을 밟혀서 잠에서 깬 것은 평소보다 늦은 오전 여덟 시 즈음이었다.

대학 수업이 1교시에 있었다면 지각 확정인 시간이다. 하지만, 사쿠타가 듣는 올해 수업은 이틀 전에 전부 끝났다. 다음 수업은 내년부터 시작된다.

그러니 따뜻한 겨울 이불을 몸에 만 채 마음껏 잠을 자도 된다. 이대로 다시 잠들더라도 문제 될 것은 없다. 오늘은 아르바이트 일정도 없다. 그런데도 사쿠타가 침대에서 일어난 건, 소중한 약속이 있기 때문이다.

"······꿈에서 본 12월 24일 아침과, 완전히 똑같네."

8시 11분이라고 표시된 시계를 확인한 사쿠타는 방을 나섰다.

꿈에서 본대로, 우선 나스노에게 사료를 줬다.

토스트기로 토스트를 구우면서, 가스레인지를 켜서 달걀 프라이와 함께 소시지를 구웠다. 그 후, 나스노와 함께 아침 식사를 했다.

식기를 정리하고, 세탁기를 돌린 후에 다시 거실로 돌아왔다. 그 타이밍에 졸린 듯한 표정의 카에데가 방에서 나왔다. 이것도 꿈에서 본 대로다.

"오빠, 좋은 아침……."

"아침밥은 어쩔래?"

"먹을래."

하품하면서 식탁 앞에 앉은 카에데의 앞에 달걀프라이와 소시지, 그리고 판다 머그컵에 코코아를 담고 토스트를 뒀다.

"어라? 내가 코코아가 마시고 싶단 말을 했던가?"

"들었어."

꿈속에서 말이다.

"그래?"

카에데는 석연치 않은 표정으로 찢은 토스트를 코코아에 적혀서 입에 넣었다. 그 표정은 곧 맛있다는 표정으로 바뀌었다.

"카에데, 점심은 카노 양과 먹을 거지?"

"나, 그 약속까지 오빠에게 말했었어?"

"들었거든."

이것도 꿈속에서 들었다. 실제로 들은 것은 『스위트 불릿』의 크리스마스 라이브에 친구인 카노 코토미와 같이 가며, 밤에는 후지사와가 아니라 부모님이 기다리고 있는 요코하마 시내의 본가로 돌아가서 함께 크리스마스를 보낼 거란 이야기다. 점심 식사를 어떻게 할지까지는 듣지 못했다.

"열 시 지나서 나갈 거지?"

"응. 오빠는?"

"나는 점심 지나서려나."

그런 이야기를 나누고 있을 때, 세탁기가 삐삐~ 소리를 내며 사쿠타를 불렀다.

"본가에 가면, 정월에는 얼굴을 비추겠다고 아버지와 어머니에게 전해줘."

사쿠타는 세탁기로 향하면서 카에데에게 말했다.

"알았어."

토스트를 입에 문 카에데의 웅얼거리는 듯한 대답이 등 뒤에서 들려왔다.

세탁물 널기와 방 청소를 마친 사쿠타는 외출하는 카에데를 배웅한 후 외출할 준비를 시작했다.

집을 나선 것은 아까 카에데에게 말한 대로 정오가 지나서 나섰다.

"나스노. 집 잘 봐."

고양이 세수를 하던 나스노는 「냐옹~」 하고 울면서 사쿠타를 배웅했다.

사쿠타가 향한 곳은 맨션에서 걸어서 10분 거리의 후지사와 역이다. JR, 오다큐, 에노전이 전부 정차하는 카나가와 현 후지사와 시의 중심지다.

사쿠타는 이 역 앞의 풍경이 눈에 익었다.

게다가, 오늘의 이 풍경을 꿈속에서 이미 한 번 봤다.

크리스마스이브다운 인파는, 꿈에서 본 광경과 똑같았다.

조그마한 선물용 종이봉투를 든 남성.

살며시 기지개를 켜고 있는 정장 차림의 여성.

가전제품 양판점 앞 광장에서 누군가를 기다리고 있는 사람들.

다들 약간 긴장한 듯한 모습이었다.

사쿠타도 그런 이들 사이에 섞여서 사라를 기다리기로 했다.

한 사람, 또 한 사람, 기다리는 사람이 나타나자 광장에서 사람이 줄어갔다.

시계를 보니, 12시 29분을 가리키고 있었다.

꿈대로 된다면, 곧 사라가 나타날 시간이다.

그렇게 생각한 직후, 사쿠타의 뒤편에서 목소리가 들려왔다.

"기다렸지?"

하지만, 상상했던 것과 다른 목소리.

하지만, 친숙하고 맑은 목소리.

사쿠타는 의아해하며 뒤를 돌아봤다.

그러자, 어찌 된 건지 마이가 눈앞에 있었다.

머리에 모자를 썼고, 머리카락은 양갈래로 땋아서 앞쪽으로 늘어뜨렸다. 변장용 무도수 안경도 썼다. 다운재킷 안에는 니트 차림이며, 데님 같아 보이는 바지를 입었다. 신발은 걷기 쉽도록 운동화였으며, 전체적으로 캐주얼한 느낌이었다.

"마이 씨가 왜 여기 있는 거예요?"

사쿠타는 당연한 의문을 입에 담았다.

"나도 같이 갈 거야."

마이 또한 당연하다는 표정으로, 충격적인 대답을 입에 담았다.

"네?"

"나도 같이 갈 거라고 말했어."

"제대로 들었으니까 『네?』하고 말한 건데요."

"나도 같이 갈 거야."

마이는 조금도 물러서지 않았다. 이야기가 전혀 풀리지 않았다. 아니, 풀릴 리가 없다. 마이에게 있어 『같이 간다』는 것은 결정된 사항이다. 그렇게 말하는 듯한 태도였다. 사쿠타에게 동의를 구하는 게 아니며, 상의하려는 것도 아니다. 『같이 간다』는 보고에 지나지 않았다. 이래서야 이야기가 풀릴 리가 없다. 이미 끝난 이야기다.

"마이 씨, 일전에 전화로 자초지종을 이야기했을 때는 『알았어』라고 말했잖아요?"

"그래서, 이렇게 준비하고 온 거야."

다운재킷의 호주머니에 두 손을 넣은 마이가 패션모델처럼 슬쩍 포즈를 취했다. 『어때?』하고 말하는 것 같았다.

"음, 오늘도 내 마이 씨는 최고로 귀여워요."

"마음이 담겨있지 않네."

마이가 손을 내밀어서 사쿠타의 볼을 꼬집으며 잡아당겼다.

방금 그 말은 진심이다. 진짜로 귀엽다고 생각했다. 하지만, 당황한 탓에 다른 감정이 겉으로 드러나지 않았다.

이 상황을, 곧 이 자리에 올 사라에게 뭐라고 설명하면 될까. 답을 찾을 수가 없었다.

"저기…… 사쿠타 선생님?"

사쿠나는 완전히 얼이 나간 채, 옆에서 들려온 목소리를 들었다.

고개를 90도 정도 돌리자, 원래 이 자리에서 만나기로 한 상대인 사라가 미터 정도 떨어진 곳에 멍하니 서 있었다. 3일 전에 말한 대로 따뜻한 복장을 입고 있었으며, 볼을 꼬집힌 사쿠타와 꼬집고 있는 마이를 그저 번갈아 쳐다보고 있었다. 그 모습은 당황한 정도를 넘어, 완전히 곤혹스러워하고 있었다.

"저쪽에 차 세워뒀어."

사쿠타의 볼에서 손가락을 뗀 마이가 혼자서 역 남쪽 출입구 쪽으로 향했다.

"어떻게 된 거예요……?"

사라가 느낀 동료가 말이 되어 입 밖으로 흘러나왔다.

"미안해. 나도 지금 알았어."

사쿠타가 겨우 쥐어 짜낸 것은 그 어떤 설명도 안 되는 변명이었다. 사쿠타가 할 수 있는 말은 그것뿐이었다. 아무것도 숨기지 않았다. 거짓말도 하지 않았다. 『보이는』 사라라면, 사쿠타가 진짜로 당황했다는 것을 알 수 있으리라.

"사쿠타, 빨리 와."

10미터 정도 앞에 있는 마이가 재촉했다.

"미안하지만, 같이 가주겠어?"

"아, 네."

사라의 대답은 이 상황에 휘둘린 끝에 뛰어나온 것이었다.

2

핸들은 마이가 쥐고 있었다.

"……."

조수석에는 사쿠타가 앉아있었다.

"……."

뒷좌석에는 등을 꼿꼿이 세운 사라가 앉아있다.

"……."

후지사와 역 남쪽 출입구에서 출발한 차량은 국도 467호선을 따라 에노시마 방면으로 남하했다. 이대로 길을 따라 나아가면, 해안 도로로 이어지는 루트다.

그 경쾌한 주행과 달리, 차 안은 침묵이 감돌고 있었다.

차 안에는 기분 좋은 주행음만이 울려 퍼지고 있었다.

"사쿠타."

그런 와중에 가장 먼저 입을 연 이는 마이였다.

"네?"

사쿠타가 옆을 쳐다보니, 마이는 앞서 달리고 있는 차를 쳐다보고 있었다.

"저 아이, 많이 당황한 것 같으니까 빨리 소개해주지 않을래?"

사쿠타는 룸미러로 뒷좌석을 힐끔 쳐다봤다. 뒷좌석에 앉은 사람은 남의 집고양이처럼 얌전한 사라였다. 차에 탄 후로 등받이에 몸을 기대지도 않았다.

"저기, 마이 씨."

"왜?"

"나도 당황했거든요?"

"사쿠타가 왜 당황한 건데? 바람피우다 걸린 것도 아니잖아."

"기분은 딱 그런 느낌이거든요?"

"그럼 더 빨리 소개해줘."

이 거북한 상황을 타파하기 위해서는 그럴 수밖에 없을 것 같았다.

"히메지 양."

사쿠타는 뒷좌석을 쳐다보며 사라에게 말을 건넸다.

"아, 네."

사라는 긴장한 듯한 목소리로 대답했다. 아니, 분명 긴장했을 것이다.

"알고 있겠지만, 이 사람이 바로 내 여자친구인 사쿠라지마 마이 씨야."

"물론 알고 있어요. 작년 아침 드라마도, 전에 개봉한 영화도 봤어요. 라이브 하우스에서 노래하는 장면에서는 전율했어요."

말투까지 딱딱했다. 독서감상문을 읽는 것처럼, 사라의 발언은 딱딱했다.

"고마워."

마이는 그런 사라를 향해 온화한 미소를 지었다.

"그리고 저 애는 내가 학원에서 담당하고 있는 히메지 사라 양이에요."

이번에는 마이에게 사라를 소개했다.

"미네가하라 고등학교에 다니니까 우리의 후배라고 할 수 있겠네요."

빨간 신호에 걸려서 차가 섰다.

마이는 뒤를 돌아보며 사라와 시선을 맞추더니…….

"만나서 반가워."

……하고, 인사를 건넸다.

"저, 저야말로, 만나서 반갑습니다."

수도 없이 눈을 껌뻑이는 사라의 눈동자는 「진짜야」라고 말하는 것 같았다. 진짜로 바로 그 『사쿠라지마 마이』라고 말이다. 눈앞에서 사쿠라지마 마이가 움직이며, 말하고 있다. 그런 놀라움과 당황스러운 감정을, 사라의 표정에서 쉽게 읽을 수 있었다.

"사라 양이라도 불러도 될까?"

"아, 네. 괜찮아요."

"나도 이름으로 불러도 돼. 성은 길거든."

"네."

"히메지 양, 조심해. 나도 전에 그 말을 듣고 『마이』라고 불렀더니, 발끈했었거든."

"딱히 발끈하진 않았거든?"

"그래도, 화나긴 했죠?"

"화 안 났어. 그저 예의를 모르는 건방진 후배에게 예의를 가르쳐줬을 뿐이야."

"봤지? 이런다니깐."

사쿠타가 뒤쪽을 돌아보며 말을 건넸지만, 사라는 대답하지 않았다. 반쯤 벌어진 입으로 어찌어찌 웃음을 흘리고 있었다. 완벽한 헛웃음이었다. 마이의 앞에서 사쿠타가 한 말을 긍정하지 못하는 것이리라. 사쿠타와 마이가 그렇게 허물없는 대화를 나누는 것을 보고, 얼이 나간 것뿐일지도 모른다. 그 가능성이 더 클 것이다. 그런 느낌이 들었다.

아직 당혹스러워하는 사라에게……

"사쿠타는 학원에서 제대로 학생들을 가르치고 있어?"

마이는 자연스럽게 말을 건넸다.

"학생들에게 나름대로 인기 있다고 생각하는데요."

"사쿠타에게 물어본 게 아냐."

"아~."

불만을 드러내는 사쿠타를 무시한 마이는 룸미러 너머로 「어때?」 하고 사라에게 다시 물었다.

"으음, 학생들이 나름대로 따르는 편이라고 생각해요."

"정말이야?"

마이가 확인 삼아 한 말에는 믿기지 않는다는 뉘앙스가 어려 있었다. 하지만 또 끼어들었다간 이번에는 「사쿠타는 입 다물어」 하며 꾸중을 들을 것이다. 그런 모습을 제자에게 보여주는 것도 좀 그렇기에, 사쿠타는 순순히 입을 다물기로 했다.

"정말이에요. 저 말고도 야마다와 요시와 양이라는 학생도 있는데, 그 두 사람의 상담 상대도 되어주거든요."

"공부에 관한 거야?"

그렇게 물어본 이는 물론 마이였다.

"주로 연애 상담이랄까…… 야마다는 여친 만드는 법을 물어봤어요."

사라는 그렇게 말하면서 웃음을 흘렸다. 조금은 긴장이 풀린 것 같았다.

"사쿠타, 학원에서 대체 뭘 가르치는 거야?"

"나는 수학을 가르칠 뿐인데 말이죠."

하지만, 학생들이 물어보는 건 주로 사랑에 관한 것이었다.

"하지만 내가 그런 질문을 자주 받는 건, 마이 씨 탓이라고 생각해요."

사쿠라지마 마이와 사귄다는 것을 알면, 누구든 그런 쪽으로 흥미를 가질 것이다. 수학 같은 건 아무래도 상관없어지는 것이다. 그건 어쩔 수 없는 일이다.

"남 탓으로 돌리지 마."

또 빨간 신호에 걸렸다. 차를 세운 마이는 옆으로 손을 뻗더니 사쿠타의 볼을 확 꼬집었다.

"아야야야! 아, 저기, 마이 씨. 신호가 바뀌었어요."

사쿠타는 앞쪽을 손가락으로 가리키며 신호가 바뀌었다는 것을 어필했다.

마이가 사쿠타의 볼에서 손을 떼더니, 액셀을 밟으며 앞선 차량을 따라갔다.

"두 분은 항상 이런 느낌인가요?"

"이런 느낌?"

마이가 물었다.

"어떤 느낌?"

이어서 사쿠타가 그렇게 말했다.

"호흡이 척척 맞는다는 느낌이라서요."

사라는 당황한 표정으로 가르쳐줬다.

"평소에는 더 사이좋아."

"학생 앞에서 이상한 소리 하지 마."

입으로는 주의를 주면서도, 마이는 웃고 있었다. 사이가 좋다는 말도 부정하지는 않았다.

사라는 더욱 당황하며 입을 다물었다. 두 사람 사이를 비집고 들어갈 수단이 없다. 그런 안타까움이 느껴졌다.

그런 사라와 대조적으로, 차량은 순조롭게 달려갔다. 왼쪽에 보이는 쇼난 모노레일 역 앞을 통과했다. 쇼난 에노시마 역이다. 오른편에는 에노전의 에노시마 역 앞 건널목이 보였다. 마침 후지사와행 전철이 그 건널목을 지나고 있었다.

달리는 차량 안에서는 그런 경치도 순식간에 사라졌다.

그렇게 달려간 차는 길을 따라 나아가더니, 이윽고 교차로에 도착했다. 여기서 교차하는 건 도로와 보행로만이 아니다. 에노전의 선로도 포함되어 있다. 사람도, 차도, 전철도 다니는 길이다. 그 양옆에는 상점과 민가가 줄지어 있다.

다음 역인 코시고에 역까지 이어지는 에노전 유일의 노면 구간이다. 옛날에 노면전차였던 시절의 흔적이다. 전철 우선인 이 길은 오랫동안 이 마을에서 사는 사람들의 협력으로 지켜져 왔다. 그것이 따뜻한 풍경을 만들어내고 있다.

그런 정취 넘치는 평온한 마을도, 차로 이동하자 금방 지나쳤다.

코시고에 역에 들어가는 선로와도, 역 앞과도 작별했다.

전철은 선로를 나아가고, 차는 도로를 나아간다.

눈앞에는 일직선으로 뻗은 길이 있다.

양쪽에는 『건멸치』, 『생멸치』 같은 간판이나 깃발이 눈에 들어왔다. 그런 것들이 눈에 들어오지 않게 되었을 즈음, 차량은 해안도로에 들어섰다.

해안선을 따라 쭉 달리는 국도 134호선이다.

마이는 카마쿠라, 즈시 방면으로 핸들을 돌렸다.

운전석 쪽에서 보이는 것은 눈부신 햇살을 반사하고 있는 겨울 바다. 대각선 뒤편에는 에노시마가 있었다.

그것에 정신이 팔렸을 때, 사쿠타가 앉아있는 조수석 쪽에서 녹색과 크림색으로 된 짧은 전철이 튀어나왔다. 민가 사이에 있는 좁은 선로를 따라 달려온 차량은 속도를 높이며 차와 나란히 달렸다.

왼쪽에는 에노전, 오른쪽에는 바다. 그 사이에서 달릴 수 있는 건 자동차만의 특권이다.

본 적 있는 경치지만, 본 적 없는 경치처럼 느껴졌다.

그대로 카마쿠라 고교 앞 역까지는 녹색과 크림색으로 된 전철과 함께 달렸다.

역에 정차한 전철을 내버려둔 채, 차량은 더욱 나아갔다.

그렇게 나아갔을 즈음, 또 빨간 신호에 걸렸다.

사쿠타와 마이의 시선은 자연스레 바닷가에 있는 모교를 향했다.

"차 안에서 보니, 반갑다기보다 신선한 느낌이네."

"맞아요."

질릴 정도로 드나든 장소지만, 불가사의하게도 낯선 인상
이 느껴졌다.

"아, 그 차를 사라 양에게 줘."

마이는 문득 생각난 것처럼 드링크홀더에 꽂혀 있는 두
개의 페트병을 손가락으로 가리켰다. 사쿠타는 그중 하나를
뽑았다.

아직 약간 따뜻했다.

"자, 받아."

사쿠타가 내밀자, 손을 내민 사라가 「고맙습니다」 하고 말
하며 차를 받았다.

"마이 씨는요?"

차는 한 개 더 있다. 아니, 한 개밖에 없다.

"사쿠타의 차를 한 모금 줘."

사쿠타는 남은 한 병의 뚜껑을 딴 후, 마이에게 건넸다.
마이는 신호를 신경 쓰면서 한 모금 마셨다. 그리고 「고마워」
하고 말하면서 페트병을 사쿠타에게 돌려줬다.

사쿠타는 페트병에 뚜껑을 채운 후, 드링크홀더에 꽂아났다.

그러는 사이, 뒷좌석에서 사라의 시선이 느껴졌다. 차에
탄 후로 계속 이랬다. 말을 걸 기회를 계속 찾고 있었다. 노
리고 있었다. 하지만 좀처럼 기회를 잡지 못해 곤란해하고
있었다. 평소의 붙임성도, 수다도 전부 자취를 감췄다.

신호가 파란색으로 바뀌자, 차는 다시 해안도로를 따라

달렸다.

학교 쪽을 쳐다보니, 안으로 들어가는 학생 몇 명이 보였다.

"크리스마스에도 부활동을 하나 보네."

"부활동 하니 생각난 건데…… 사쿠타 선생님, 이번 주에 요시와 양과 만났나요?"

겨우 화제를 발견한 사라가 몸을 내밀며 사쿠타에게 말을 건넸다.

"어제 만났어. 대체 수업을 했거든. 비치발리볼 대회, 준결승에서 졌다네."

그래도 3위 결승전에서 승리해서 전국 3위라는 눈부신 결과를 냈으니 정말 대단했다.

"피부도 까맣게 탔고요."

"기온이 높아서 수영복 유니폼 차림으로 플레이하는 팀이 많았다더라고."

사쿠타가 묻기도 전에 쥬리가 변명이라도 하듯 먼저 가르쳐줬다. 필사적으로 열심히, 햇볕에 탄 얼굴을 새빨갛게 붉히며…….

"무슨 소리야?"

두 사람의 말에 뭔가 다른 의미가 담겨있다고 느낀 걸까. 마이가 의아한 표정을 지었다.

"그 요시와 양은 어느 남자애를 짝사랑해요. 하지만 그 남자애는 저를 좋아하니까…… 사쿠타 선생님이 걔를 돌아보게 만들 방법이라면서 그녀에게 말도 안 되는 조언을 해 줬지 뭐예요."

사라의 어조는 즐거워 보였다. 마이 앞에서, 사쿠타의 비밀을 폭로하는 것을 즐기고 있었다. 그것을 통해 무슨 일이 일어나기를 기대하고 있다.

하지만, 그런 사라에게⋯⋯.

"아마 사쿠타라면, 피부에 난 수영복 자국이라도 보여주라고 말하지 않았으려나?"

마이는 별것 아니라는 투로 그렇게 말했다.

"우와, 정답이에요⋯⋯."

마이가 정답을 맞히자, 사라는 깜짝 놀랐다. 이렇게 정확하게 맞출 거라고는 생각하지 못했으리라. 보통은 완전히 핀트가 어긋난 대답을 할 것이다.

"역시 마이 씨야. 나에 대해 잘 안다니깐."

"사쿠타라면 하고도 남을 말이거든. 하지만, 상대를 골라가면서 그런 말을 해."

"⋯⋯두 사람은 정말 연인 사이군요."

사라는 체념한 것처럼 등받이에 몸을 맡겼다. 「하아」 하고 무의식적으로 한숨을 토했다.

"그게 무슨 소리니? 혹시 거짓말이라고 생각했어?"

마이는 핸들을 쥔 채, 우습다는 듯이 미소를 머금었다.

"아니, 저기⋯⋯ 정말 사이가 좋다 싶어서요. 사쿠타 선생님도, 학원에선 보여주지 않는 표정을 하고 있고요."

"그래?"

"좋아 죽겠다는 표정을 계속 하고 있어요."

룸미러로 살펴보니, 사라가 삐친 듯한 표정을 하고 있었다. 평소보다 어린애 같은 표정이었다. 나이에 걸맞은 표정이라고 말할 수 있을지도 모른다.

그런 사라와 거울 너머로 시선이 마주치자, 그녀는 노골적으로 시선을 돌렸다.

"사쿠타는 나를 정말 사랑하거든."

사라의 기분이 좋지 않다는 걸 아는지 모르는지, 마이는 즐거운 듯이 차를 몰았다. 아니, 마이는 분명 알고 있다.

알면서, 웃고 있다.

알면서, 일부러 사라가 신경 쓰일 만한 말만 골라서 하고 있다.

이 상황에서, 사쿠타가 어떻게 하는 게 정답일까.

모범 답안이 있다면, 제발 알려줬으면 한다.

여친 동반으로, 학원에서 가르치는 제자와 데이트하는 방법을……

차는 유이가하마 해수욕장을 따라 한동안 달린 후, 나메리가와 앞의 교차로에서 좌회전을 했다.

도로 안내판에 따르면, 그 방향에는 카마쿠라가 있다고 한다.

카마쿠라 역 인근 주차장에 차를 세우더니…….

"여기야."

마이는 망설임 없이 왔던 길을 돌아가듯이 걸음을 옮겼다.

"마이 씨, 어디 가는 거예요?"

"따라와보면 알아."

적어도, 지금은 아무것도 모르겠다. 짐작조차 되지 않는다. 아는 것이라고는 카마쿠라다운 카마쿠라와는 반대 방향으로 걸어가고 있다는 것뿐이다. 수많은 매력적인 상점이 줄지어 있어서 관광객에게 인기가 있는 코마치도오리나 카마쿠라를 대표하는 츠루가오카 하치만 궁과 멀어지고 있었다.

"이쪽으로는 사람들이 잘 안 오죠?"

사쿠타의 옆에서 걸으며 낯선 풍경을 본 사라가 그렇게 말했다.

"도착했어."

마이가 3분 정도 걸어간 후에 그렇게 말했다.

그녀가 멈춰선 곳은 심플하면서도 세련되어서 온기가 느껴지는 듯한 외관을 지닌 가게 앞이었다. 전통 있는 카마쿠라에 있는 것치고는 꽤 신식 점포였다.

"마이 씨, 여기는 어디예요?"

간판에는 알파벳으로 『몽블랑』이라고 적혀 있었다.

"키리시마 토코 양에게 선물을 줄까 해서 말이야. 사라 양이 마음을 읽기 위해선, 한 번 세게 부딪칠 필요가 있는 거지?"

"아하, 몽블랑으로 신경이 쏠린 틈에 부딪히란 거군요."

"얼마나 세게 부딪치면 돼?"

마이는 사쿠타의 뒤편에 숨어있는 사라를 쳐다보며 말을 건넸다.

"으음……."

사라는 자신의 손을 살짝 세게 쳤다.

"이 정도면 돼요."

힘차게 박수를 치는 정도의 세기였다.

"부딪치는 부위는?"

"어디라도 괜찮아요."

"그럼 그렇게 어렵지 않겠네."

"몽블랑을 입수하는 게 더 힘들 것 같네요."

가게 앞에는 꽤 많은 이들이 줄 서 있었다. 생각해보니 오늘은 12월 24일이다. 크리스마스이브, 거리가 커플로 넘쳐나는 날. 카마쿠라에도 많은 커플이 와있었다.

얼추 열다섯 커플이 줄 서 있는 것 같았다. 한 커플당 1분이 걸리더라도 15분은 걸린다. 가게 안을 살펴보니, 한 커플당 1분은 어림도 없어 보였다. 주문을 받은 후에 소프트크림처럼 그 자리에서 크림을 짜서 만드는 타입의 몽블랑인 만큼, 계산까지 포함해 30분은 걸릴 것이다.

"그럼 사쿠타는 줄 서 있어."

"마이 씨는요?"

"내가 있으면 방해될 테니까, 노도카가 부탁한 비둘기 사블레와 쿠루밋코를 사러 갔다 올게. 사라 양도 빌려갈 거야."

"네?"

"네?!"

사쿠타와 사라가 동시에 놀랐다.

"자아, 빨리 가자."

두 사람이 경악에서 벗어나기도 전에, 마이는 이미 걸음을 옮겼다.

"그럼, 다녀올게요."

자기 의견을 말할 기회를 놓친 사라는 종종걸음으로 마이를 쫓아갔다.

"괜찮으려나."

줄 가장 뒤편에 선 사쿠타는 당연히 걱정에 사로잡혔다.

물론, 걱정하고 있는 건 사라 쪽이다.

마이가 말도 안 되는 짓을 할 거라고는 생각하지 않는다. 하지만, 이 상황 자체가 이미 말도 안 되는 짓이 아닐까. 적어도 일상의 한 컷이라고는 도저히 생각할 수 없었다. 사라는 평생 한 번 있을까 말까 하는 일을 겪고 있었다.

사쿠타조차도 마이가 나타날 거라고는 꿈에도 생각 못 했다. 꿈에서도 안 나왔다.

느닷없이 찾아온 비일상인 만큼, 이 현실은 『#꿈꾸다』와 크게 달라졌다. 이제 예지몽은 아무 도움도 되지 않는다.

이 상황에서 도움이 될 수 있는 건, 바로 천리안이다.

아마, 이 순간이라면 사라도 눈치채지 못할 것이다.

마이와 단둘이 있게 됐으니, 사쿠타를 신경 쓸 여유가 없으리라. 천리안으로 사쿠타를 볼 여유가 있을 리 없으니까⋯⋯.

사쿠타는 몽블랑의 메뉴를 보면서, 감각을 먼 곳으로 보냈다. 얽힌 의식의 끈을 어둠 속에서 찾았다. 그 끈을 찾고, 의식의 손을 뻗어서⋯⋯ 꼭 움켜쥐었다.

그러자, 보일 리가 없는 것이 보였다.

이곳에 없는 마이의 등이 보였다.

그것은, 사라가 보고 있는 마이의 등이었다.

마이는 참배길을 걷고 있었다.

사라는 그 뒤에서 같은 속도로 따라가고 있었다.

곧장 나아가면 츠루가오카 하치만 궁에 도달하는 카마쿠라의 중심가⋯⋯ 와카미야 오지다.

수십 미터 앞에는 한겨울의 하늘 아래에서 눈길을 끌고 있는 두 번째 기둥 문이 있었다.

하지만, 사라는 다른 것을 보고 있었다.

걷기 시작한 후로 쭉 마이만 쳐다보고 있었다.

—나, 뭘 하는 거지⋯⋯.

사라의 생각이 들려왔다.

—지금쯤, 사쿠타 선생님과 카마쿠라에 있어야 하는데.

—코마치도오리에서 기모노를 빌리고.

—귀엽다는 말을 꼭 듣고.

—사진 찍어달라 하고.

—같이 찍기도 하고.

—경단 먹고.

—꽃조개 액세서리를 보러 다니고.

—사쿠타 선생님에게 골라달라 하고.

—선물로 사달라 조르고.

—그 다음에, 대나무 절에서 차 마시고…….

—일정을 잔뜩 생각해놨는데, 전부 못 했어.

—이래선 나를 전혀 쳐다봐주지 않을 거야.

—이 사람이 있으니까.

사라의 생각이 노도처럼 몰려왔다.

불만에 찬 사라의 시선은, 마이의 등을 찌르고 있었다.

마이는 그것을 눈치채지 못했다. 아니, 마이라면 눈치채고
도 눈치채지 못한 척 할 수 있다. 국민적 지명도를 자랑하는
인기 여배우의 연기력은 어마어마하니 말이다.

사라의 시야에 비친 지금의 마이가 어느 쪽인지는 사쿠타
도 알 수 없었다. 하지만, 사쿠타는 아마 눈치챘을 거라고
생각했다. 그런 것을 전부 알면서도, 마이는 오늘 약속 장소

에 나타났을 것이다.

　—하지만, 좋겠다.

　—키, 크네.

　—머리카락도 윤기 넘쳐.

　—얼굴도 작아.

　—피부는 투명해보일 정도야.

　—다리도 길어.

　—몸매도 좋아.

　—예뻐.

　—멋져.

　—왜 이런 사람이, 사쿠타 선생님과 사귀는 걸까.

　마이에 대해서만 생각하나 했더니, 사쿠타에 대해서도 연쇄적으로 생각하고 있었다. 하지만 허를 찌르는 듯한 그 의문에도, 사쿠타는 동요하지 않았다. 이런 건 항상 있는 일이다. 지금도 대학에 가면 그런 의도가 담긴 시선이 느껴진다. 매일같이……

　"사라 양은 카마쿠라의 여행 선물 중에서 뭘 좋아해?"

　"네? 아, 쿠루밋코는 저도 좋아해요. 상자와 포장도 귀엽거든요."

　"나도 선물 삼아 자주 사."

　—그런 게 아냐. 그런 게 아니라……

　"……저기, 하나만 물어봐도 될까요?"

"하나만 아니라 몇 개든 물어봐도 돼."

"왜, 사쿠타 선생님을 선택했죠?"

—**이런 걸, 물어봐도 되겠지?**

사라가 멈춰 섰다.

그것을 눈치챈 마이도 걸음을 멈추며 뒤돌아봤다.

"왜냐니, 왜 그런 걸 묻는 거야?"

—**그건…….**

"사쿠타 선생님과 마이 씨는, 어울리지 않는다고 생각하니까요."

"내가, 사쿠타 선생님에게 어울리지 않는다는 거야?"

"물론 반대예요. 마이 씨는 멋진 배우 분이나, 인기 아이돌과 사귈 수 있잖아요?"

—**분명, 다들 마이 씨와 사귀고 싶어 할 거야.**

"사라 양은 멋진 배우 분이나, 인기 아이돌과 사귀고 싶구나?"

—**마이 씨는 아닌 거야……?**

"—다들, 그렇게 생각해요."

"그런 사람들과 사귀어서, 어쩔 건데?"

—**어?**

"……."

—**어쩔 거냐는 게, 무슨 소리야……?**

"친구에게 자랑한다거나?"

마이가 먼저 답을 내놨다.

—그래. 자랑할 거야. 당연히…….

"……그러면 안 되나요?"

"괜찮지 않을까? 자랑스러운 연인이니까, 자랑 좀 해도 말이야."

"……."

사라는 또 말문이 막혔다.

—괜찮은 거야?

—하지만 괜찮다는 말을 들었는데, 왜 이런 느낌이 드는 거지?

사라는 무의식적으로 가슴에 손을 댔다.

—어째서, 기분이 나쁜 걸까.

"『안된다』고 생각하는 건, 사라 양 아닐까?"

이번에도 마이가 날카롭게 지적했다. 그 말이 옳다고 생각한다. 말하지는 않았지만 떳떳하지 못한 마음을 품고 있기에, 사라는 「그러면 안 되나요?」 하고 묻고 말았다. 자신 안의 불안을 입밖으로 토하고 말았다.

—그렇지, 않아. 그렇지……!

사라는 필사적으로 자신의 생각을 부정하려 했다. 아니라고 말해서, 자기 자신을 고무시키려 했다. 뭔가를 필사적으로 지키려 하는 것처럼도 보였다. 그건 아마도 오늘까지 쌓아온 자기 자신일 것이다. 그 가치관을, 틀렸다고 인정할 수는 없다.

그래서 사라는, 마이의 말에 납득하지 않는다. 할 수 없다. 해선 안 된다. 아직 마이에게 묻고 싶은 것을 전혀 물어보지 못했다. 이대로는 물러날 수 없다.

"……그렇지 않아요."

사라가 겨우겨우 쥐어 짜낸 말에는, 반발의 감정이 명백하게 어려 있었다. 하지만, 그 반응조차도 마이의 손바닥 위였다. 완전히 놀아나고 있었다. 감정을 유도당하고 있다.

조금은 봐줬으면 싶었다. 상대는 고등학생이다. 그것도 1학년이다. 하지만, 그런 사쿠타의 기도는 마이에게 전해지지 않았다. 떨어진 곳에 있는 사쿠타는 마이에게 마음을 전할 수단이 없었다.

"사라 양은 왜 사쿠타를 선생으로 고른 거야?"

"그건……."

그 갑작스러운 질문에, 사라는 바로 대답하지 못했다.

"『사쿠라지마 마이』의 연인이라니까, 좀 가지고 놀아보자고 생각했어?"

"……."

사라의 머릿속이 새하얗게 변했다. 너무 놀란 나머지, 아무 생각도 할 수가 없었다.

"어때? 사쿠타의 관심을 끌 수 있겠어?"

사라는 대답하지 못한 채, 마이를 지그시 응시했다. 그녀에게서 눈을 떼지 못했다.

　—얼굴이, 정말 예뻐.

이 상황에서, 사라는 그런 생각을 가장 먼저 했다.

　—이런 연인이 있으니, 무리일 게 뻔해.

그리고 이어서 이런 생각을 했다.

"무리라고 생각하니까, 그렇게 묻는 거죠?"

　—그런데, 왜……?

"맞아."

마이는 즉시 인정했다.

　—왜, 나는…….

"하지만, 지금까지 제가 눈독들인 사람은 전부 저를 좋아하게 됐어요. 연인이 있는 사람도요."

　—이렇게, 발끈하는 걸까?

"하지만, 그 사람의 연인은 내가 아니었잖아?"

마이의 태도에는 흔들림이 없었다. 눈곱만큼도 흔들리지 않았다.

"……."

"그리고 그 사람은 사쿠타가 아니었잖아?"

오히려, 말을 하면 할수록 더 견고해졌다.

"……하지만, 사람 일은 모르는 거잖아요."

　—이제 됐어. 나, 이제 그만둘래. 그만하자…….

"그럴지도 몰라. 결정하는 사람은 사쿠타인걸."

—알았으니까, 이제 그만해⋯⋯. 더 했다간, 나는 내가 아니게 돼⋯⋯!

비명처럼 들리는 사라의 마음속 목소리가, 고통을 동반하며 울려 퍼졌다. 마이가 한마디라도 더 했다간, 금이 가버릴 것 같았다. 하지만, 그렇게 되지는 않았다.

"미안해. 이야기가 옆길로 샜네."

이 타이밍에, 마이가 한 걸음 물러났다.

"질문은, 왜 사쿠타을 선택했나⋯⋯ 였지?"

"네⋯⋯."

어찌어찌 쥐어짜낸 사라의 목소리는, 거의 들리지 않았다.

"사쿠타는 내 억지를 전부 들어줘. 푸념을 늘어놓으면서도 말이야. 연예계에서 활동하다 보면 느닷없이 약속을 변경하게 되거나 단둘이서 당당히 밖을 돌아다니지도 못하거든. 사쿠타의 그런 태도가 참 고마워. 마음이 편해."

마이는 별것 아니라는 투로 이야기를 시작했다.

"그게, 이유인가요?"

사라는 석연치 않아 보였다.

그럴 만도 했다. 아마 마이의 말은 이게 전부가 아니다. 이어지는 내용이 있을 것이다⋯⋯. 방금 한 말은 서론에 지나지 않았다.

"그리고, 내가 만든 요리를 항상 맛있다고 말해줘. 함께 요리하는 것도 즐거워. 그걸 둘이서 함께 먹는 시간도 참 좋아."

"……."

사라의 마음이 의문으로 가득 찼다. 무슨 말을 들은 건지 이해하지 못했다.

"『좋아해』라고 항상 말해줘. 너무 많이 한다 싶을 정도로 말이지."

마이는 뭔가가 생각난 것처럼 웃음을 흘렸다.

—모르겠어. 하나도, 모르겠어.

그런 마이는 자신을 향한 사라의 당황스러운 시선을 눈치 챘다.

"이유라면 그 외에도 잔뜩 있어. 아마 셀 수도 없을 정도야. 『고마워』와 『미안해』를 솔직하게 말해주고, 자기를 도와주는 친구가 있으며, 그런 친구를 진심으로 아껴. 동생인 카에데 양을 소중히 여기는 것도 있어. 고양이인 나스노도 귀엽다니깐. 그리고, 학원의 학생을 걱정하는 점도 있네."

"그건 저를 말하는 건가요?"

"사쿠타의 마음을 들여다볼 수 있으니까 알지 않아? 오늘 쭉 사라 양만 신경 썼잖아. 나를 제쳐두고 말이지."

"……."

—그래. 쭉, 걱정했어. 걱정해줬어. 사쿠타 선생님은…….

"그렇게, 누군가를 위해 최선을 다할 수 있는 사람이니까. 그게 자기를 위한 일이라고 우길 수 있는 사람이니까. 그렇게 배배 꼬인 점도…… 성가시게 느껴질 때도 있지만, 싫지는 않아."

마이는 환한 표정으로 미소 지었다. 따뜻한 눈길을 머금고 있었다.

—하지만, 나는 걱정해주기를 바라는 게 아냐. 내가 바라는 건…….

"방금 말이라면 대답이 되지 않을까?"

"……."

사라는 「네」 하고 대답하지 않았다. 사라의 얼굴에는 아직도 망설임과 당황이 남아있었다.

"이런 마음을 전부 말로 설명하는 건 어려워. 뭘 위해 사귀는 거냐는 질문에는 지금이라면 간단히 답할 수 있는데 말이지."

그 말을 들은 사라가 고개를 들었다. 답을 갈구하듯 마이를 응시했다.

"……그건, 어째서인가요?"

사라가 그렇게 묻자, 마이의 표정이 누그러졌다. 상냥한 눈빛을 머금고 있었다.

얼버무리거나 머뭇거리는 게 아니다. 마이가 아까 말한 대로다. 간단히 답할 수 있는 것이다. 이미 답은 나와 있는 것이다. 그리고 그 답은, 사쿠타와 똑같을 게 틀림없다.

"내가 사쿠타와 사귀는 건 말이지? 둘이서 행복해지기 위해서야."

마음을 곱씹듯, 마이는 천천히 그렇게 말하며 미소 지었다. 그 후…….

"내가 그런 생각이 들게 해주는 유일한 사람이니까, 사쿠타를 선택한 걸지도 몰라."

하고, 지금 생각난 것처럼 자연스레 덧붙여 말했다. 그 말은, 모호한 감정에 대한 답인 것처럼 느껴졌다.

"……."

사라는 할 말을 잃었다. 상상했던 그 어떤 말과도, 감정과도 달랐기 때문이다. 마이의 짤막한 말에서 뜻밖의 온기가 넘쳐나온 것이다.

—이게, 뭐야.

그 온기에 휩싸이고…….

—이런 건 몰라.

삼켜지면서…….

—이런 건…….

빠져들었다.

—진짜로, 몰라.

"뭐, 지금도 충분히 행복하긴 해."

마이는 온화하게 웃었다. 그것은 행복을 느끼게 해주는 미소였다.

"……."

사라는 여전히 아무 말도 못 했다. 감정이 형태를 자아내지 못했다.

—**무리야**…….

그래도 마음은, 조용히 움직이며…….

—**이래선 무리야**…….

"거짓말이라고 생각하면, 확인해볼래?"

"……네?"

"내 마음을 들여다봐."

마이는 악수를 청하듯, 손을 살며시 내밀었다.

"그러면, 전부 알 수 있지 않을까?"

사라는 반사적으로 손을 내밀어서 악수에 응하려 했다. 하지만, 더는 마이에게 다가가지 못했다.

—**어쩌지**…….

사라의 손가락 끝이 떨렸다. 명백하게 망설이고 있다.

—**어쩌면 좋지**……?

자기 이외의 누군가에게 답을 달라고 청했다.

하지만, 그 누구도 답을 주지 않았다.

답은 언제나 자신의 내면에서 끌어낼 수밖에 없다.

남이 준 답은, 그 남의 답에 지나지 않은 것이다.

마이가 사라를 향해 손을 내밀었다.

—**기다려**.

두 사람의 손가락이 닿기까지 5센티미터 남았다.

—**기다려줘**.

3센티미터.

—**기다리란 말이야.**

2센티미터.

—**제발…….**

"싫어요……!"

사라는 그렇게 외치면서 자신의 손을 가슴팍으로 되돌렸다. 그리고, 다른 한 손으로 소중한 듯이 감싸 쥐었다. 마치 소중한 무언가를 지키려 하는 것처럼 보였다.

—**알고 싶지 않아!**

사라의 격렬한 거부가 사쿠타의 머리를 뒤흔들었다. 감정이 가시가 되어 가슴에 꽂혔다.

—**못 이겨……. 이런 사람한테, 어떻게 이겨……!**

그 직후, 전화가 일방적으로 끊기듯이 눈앞의 영상이 보이지 않게 됐다. 들리던 목소리 또한 이제 들리지 않았다.

다시 시도해봤지만, 안 됐다.

다시 사라와 이어지는 일은 없었다. 어디서 무엇을 하고 있는지 알 수 없다. 지금 무슨 생각을 하는지도 알 수 없게 됐다.

"자아, 다음 분…… 오래 기다리셨습니다."

몽블랑을 손에 든 점원이 사쿠타를 쳐다봤다. 그 미소를 보자, 흐릿하던 의식이 드디어 원래대로 되돌아왔다.

4

    카운터 안쪽에서는, 사쿠타가 주문한 갓 만든 몽블랑이 테이크아웃용 상자에 하나씩 정성 들여 포장되고 있었다.

    미리 계산을 마친 사쿠타가 몽블랑이 완성되기를 가슴을 졸이며 기다리고 있을 때…….

    "저기, 실례지만…… 아즈사가와 씨 계신가요?"

    카운터에 있던 다른 점원이 머뭇거리며 그렇게 말했다. 그 사람은 한 손에 전화를 들고 있었다.

    "전데요……?"

    모르는 사람에게 느닷없이 이름을 불린 사쿠타는 움찔했다. 이건 대체 무슨 일일까.

    "방금, 동행분에게서 전화가 왔습니다만……."

    점원은 이유를 설명하며 당혹스러워했다. 이런 경우가 처음인지, 이런 식의 대응에 익숙하지 않았다.

    "아, 죄송해요. 스마트폰을 깜빡했거든요."

    스마트폰이 없다고 말하면 괜한 대화를 나눠야 할 것이기에, 사쿠타는 당당히 거짓말을 했다. 그리고 점원이 내민 전화를 받았다. 소형 전화기는 한 세대 전의 핸드폰과 비슷한 형태를 하고 있었다.

    "네. 전화 바꿨습니다."

    사쿠타는 수화기를 향해 그렇게 말했다.

"사쿠타?"

들려온 것은 귀에 익은 목소리였다.

"마이 씨, 무슨 일이에요?"

"미안해. 사라 양이 사라졌어."

"네?"

"선물을 고르고 계산하는 사이에 어딘가 가버린 것 같아. 주위를 둘러봤지만, 보이지 않아."

갑작스러운 일이라서 그런지, 마이는 평소보다 말이 빨랐다.

"마이 씨, 지금 어디예요?"

"비둘기 사블레 본점 앞이야."

여기서라면 와카미야오지로 나가서 츠루가오카 하치만 궁으로 향하는 도중에 있다. 서두르면 십 분 안에 갈 수 있는 거리다.

"그럼, 거기 있어요. 그쪽으로 갈게요."

"미안해."

"금방 찾을 테니 너무 걱정하지 말아요."

그렇게 말한 사쿠타는 전화를 끊었다. 그리고 점원에게 양해를 구한 후에 빌린 전화로 외운 지 얼마 안 된 전화번호로 전화를 걸었다. 사라의 핸드폰 번호다.

첫 번째 콜에는 반응이 없었다.

두 번째 콜에도 무반응이었다.

세 번째 콜이 잦아드는 타이밍에, 전화가 연결됐다.

"……."

목소리는 들리지 않지만, 수화기 너머에서 기척이 느껴졌다. 주위의 소음 또한 가깝게 들렸다.

"히메지 양? 난데……."

하지만 말을 하던 도중에 전화가 끊겼다. 그 순간, 숨을 삼키는 소리가 들렸다.

사쿠타는 기죽지 않고 다시 전화를 걸었다.

"……."

하지만, 이번에는 아무리 기다려도 전화가 연결되지 않았다. 이윽고 『지금은 고객께서 전화를 받을 수 없습니다』라는 사무적인 음성이 들려왔다.

이래서야 몇 번을 다시 걸어도 결과는 같을 것이다.

사쿠타는 점원에게 고맙다고 말하며 전화를 돌려줬다.

"죄송한데, 나중에 몽블랑을 찾으러 올 테니 잠시만 맡아놔주세요."

"아, 네. 그건 괜찮습니다만, 너무 시간이 걸릴 것 같다면……."

점원이 말끝을 흐린 이유는 안다. 유통기한이 짧아서다. 줄을 선 후에 안 것인데, 이 가게는 일전에 사쿠타가 토코에게 몽블랑을 사준 가게의 자매점이었다. 즉, 이 가게의 몽블랑도 유통기한이 두 시간밖에 안 된다.

"금방 돌아올게요."

그렇게 말한 사쿠타는 빈손으로 가게에서 뛰쳐나갔다.

크리스마스 이브의 카마쿠라는 어디든 사람들로 넘쳐났고, 그것은 대로 쪽인 와카미야오지도 마찬가지였다. 오히려 나아가면 갈수록 사람들이 늘어나는 실정이었다.

사쿠타는 마이가 있는 곳으로 걸어가면서, 사라가 없는지 주위를 살폈다. 하지만 앞으로 나아가는 것도 어려울 만큼 사람들로 붐비는 상황에서, 사람 한 명을 찾는 건 불가능하게 느껴졌다.

결국, 사라를 찾지 못한 채 목적지에 도착하고 말았다.

새하얀 일본식 벽이 눈길을 끄는 비둘기 사블레 본점 앞. 카마쿠라의 예스러움과 새로움이 융합한 디자인의 건물이다. 검은색으로 적혀 있는 『비둘기 사블레』라는 글자가 한 층 더 눈길을 끌었다.

사쿠타를 발견한 마이가 뛰어오더니, 또 「미안해」 하고 말했다.

"말이 좀 심했던 것 같아."

입가에 난처한 기색이 어린 마이가 솔직하게 사과했다.

"마이 씨, 이 근처에 기모노를 빌려주는 가게가 어디 있는지 알아요?"

"코마치도오리에 몇 곳 있었던 것 같은데……."

마이는 그렇게 말하면서 스마트폰을 꺼내 검색했다.

"아, 역시 있네."

표시된 코마치도오리의 지도에는 서너 곳에 핀이 박혀 있었다.

"내가 거기를 둘러보고 올 테니까, 마이 씨는 이 근처에 있는 경단 가게와 꽃조개 액세서리 가게를 살펴줘요."

"경단과 꽃조개 액세서리 가게구나."

"확인한 후에, 다시 이곳에 모이죠."

마이는 이유를 묻지 않고, 그저 「알았어」 하고 말했다.

사쿠타는 대략적인 위치만 봐둔 기모노 대여 가게를 한 곳씩 둘러봤다. 수많은 가게가 줄지어 있는 인기 거리인 코마치도오리는 커플과 가족들로 북적이고 있어서, 때때로 멈춰 설 수밖에 없을 정도였다.

찾던 가게에 겨우 도착했지만, 사라는 보이지 않았다. 크리스마스이브라서 그런지, 어느 가게도 기모노를 빌리러 온 커플들로 가득 차 있었다.

세 번째 가게에서 겨우 단서를 손에 넣었다.

혼자 온 손님은 드물기에, 가게 점원이 사라로 여겨지는 인물을 기억하고 있었다. 5분 전에 기모노로 갈아입은 후, 가게를 나섰다고 한다.

한발 늦었다.

사쿠타는 가게 점원에게 감사하다는 말을 한 후, 가게에서 뛰쳐나왔다.

주위를 둘러봤지만, 사라는 보이지 않았다. 5미터 앞도 잘 보이지 않을 만큼 사람들로 북적이고 있었다.

다 큰 어른도 잠시만 한눈을 팔았다간 일행을 놓칠 것만 같았다.

근처 가게를 둘러본 사쿠타는 돌아가기로 했다.

지금쯤이면 마이도 돌아왔을 것이다.

그 예상은 완벽하게 적중했다. 사쿠타가 비둘기 사블레 본점 앞에 가보니, 반대 방향에서 마이가 다가오고 있었다.

마이는 사쿠타를 보자마자 고개를 저었다.

"사쿠타는 어때?"

"기모노를 빌린 것 같아요."

"그럼 아직 이 근처에 있을까?"

"아마도요……."

그 외에 단서가 될 만한 것은 없을까. 사라가 생각할 만한 일이라면…….

"마이 씨, 대나무 절이 뭔지 알아요?"

"호코쿠지 말이야?"

"어디인지 알아요?"

"여기서 걸어가기엔 꽤 멀어. 짐도 있으니까, 차로 가는 편이 낫겠네."

과자가 든 종이봉투를 손에 쥔 마이는 말을 끝까지 잇기도 전에 주차장을 향해 걸음을 옮겼다.

"마이 씨, 줘요."

마이의 옆에 선 사쿠타는 커다란 짐을 대신 들어줬다.

노란색과 흰색 종이봉투 안에는 커다란 노란색 캔이 들어 있었다. 비둘기 마크가 그려진 비둘기 사블레다.

"그건 정월에 본가에 갈 때 가지고 가."

"마이 씨는 안 올 거예요?"

"물론 같이 갈 거야. 새해 인사드려야잖아."

그 후, 두 사람은 아무 말 없이 주차장으로 서둘렀다.

차를 타는 데 약 십 분, 그리고 차로 약 십 분 이동하자 목적지인 절이 보이기 시작했다. 입구 근처의 주차장에는 차가 가득 세워져 있었다.

"주차장이 가득 찬 것 같으니까, 사쿠타는 먼저 내려서 가 봐."

사쿠타는 뒤따라오는 차가 없다는 것을 확인한 후, 문을 열고 차에서 내렸다. 그 순간부터 주위의 공기가 달라진 게 느껴졌다. 와카미야오지와 코마치도오리의 그 시끌벅적함은 어디에 간 것일까.

아스팔트 위에 떨어져 있는 돌멩이를 밟는 소리가 괜히 크게 들렸다.

아무튼, 서둘러 절의 문 안으로 들어갔다.

그러자, 주위의 정적이 더욱 진해졌다.

하지만 조용하기만 한 건 아니었다. 잔잔한 분위기가 감돌았다. 한 걸음 내디딜 때마다 기분이 가라앉더니, 마음이 씻겨나갔다.

사쿠타의 걸음은 자연스레 느려졌다.

서두르는 것을 허락하지 않는 엄격한 분위기가 존재했다.

시간이 흐르는 속도가 바깥과는 다른 것처럼 느껴졌다.

그런 느낌을 받으면서 부지 안을 나아가자, 하늘을 찌를 듯이 솟구쳐 있는 대나무숲이 사쿠타를 맞이했다. 한겨울의 추위가 깊어져 가는 와중에도 울창한 대나무숲은 믿음 직해보일 정도의 생명력이 느껴졌다.

사쿠타의 시선은 빨려들 듯이 위쪽으로 향했다.

대나무 잎 사이로 태양의 빛이 희미하게 스며들고 있었다. 나뭇잎과 대나무가 그 빛을 반사하며 빛나고 있었다. 마치 물밑에서 수면을 올려다보는 느낌이 들었다. 매우 신비롭고 마치 다른 세계에 숨어든 듯한 착각마저 들었다.

모든 방향이 대나무에 뒤덮인 좁은 길 한복판에서, 사쿠타와 마찬가지로 하늘을 올려다보고 있는 이가 한 명 있었다. 기모노를 입은 뒷모습이 대나무숲과 조화를 이루면서, 몽환적인 경치를 자아냈다.

한순간 모르는 사람이라고 생각했지만, 그렇지 않았다.

흰색과 빨간색 꽃무늬 기모노를 입었으며, 머리카락도 거기에 맞춰 단정하게 땋았다.

그녀가 바로, 사쿠타가 찾으러 왔던 인물이었다.

"크리스마스에 보는 대나무도 괜찮은걸."

대나무 트리 같았다.

비녀가 흔들리더니, 사라가 뒤를 돌아보았다.

"사쿠타 선생님, 어째서……?"

"찾아주기를 바란다면, 다음부터는 찾기 쉬운 장소로 가 달라고."

커닝하지 않았다면 여기까지 오지 못했을 거라고 생각한 다. 사라를 찾지 못했을 것이다.

바위가 깔린 길 위를 한 걸음을 내디디며 사라에게 다가 갔다.

"다가오지 마세요……!"

세 걸음 정도 떨어져 있을 때, 사라가 흐트러진 목소리로 그렇게 외치며 도망쳤다.

"그런 옷차림으로 뛰면……."

사쿠타가 「위험해」 하고 말하기도 전에, 사라는 지면의 돌 에 발이 걸리면서 어린애처럼 두 손과 두 무릎을 지면에 찧 으며 넘어졌다.

"아야야……."

사쿠타는 바로 사라에게 다가가서 말을 건넸다.

"괜찮아?"

손을 빌려줘서 일으켜 세웠다.

"……기모노가 더러워졌어요."

사라는 고개를 숙인 채, 기모노의 무릎 부분을 손으로 털었다.

"그것보다, 다친 데는 없어?"

힘차게 지면에 찧은 손바닥은 벌겋게 부었다. 다행히 찢어지거나 피가 나지는 않았다. 사쿠타는 사라의 손바닥에 붙어 있는 흙을 털어줬다.

"어째서……!"

그 「어째서」는 아까 전의 「어째서」와 다른 의미다.

"그야, 제자가 미아가 됐으니 필사적으로 찾는 게 당연하잖아."

다른 의미라는 것을 알면서도, 사쿠타는 아까 전의 「어째서」에 답했다.

"그게 아니에요……!"

어째서, 갑자기 사라졌는데 화내지 않는 것인가.

어째서, 아무것도 묻지 않는 것인가.

사라는 그런 것을 묻고 있었다.

하지만, 사쿠타는 그런 이야기가 무의미하다고 생각했다. 그 답을 알게 된들, 사라는 구원받지 못한다. 그래서 사쿠타는 자신이 해야 할 이야기를 이어갔다.

"슬슬, 작전을 짜두고 싶거든."

"작전……?"

사쿠타가 갑자기 그런 말을 하자, 사라는 영문을 모르겠다는 표정을 지었다.

"히메지 양이 키리시마 토코에게 박차기를 성공시킬 작전 말이야."

사쿠타가 원래 목전을 입에 담자, 사라의 표정이 확 어두워졌다.

"머리가 부딪치지 않아도 된다고, 제가 말했잖아요……."

사라는 시선을 돌리더니, 자신 없는 투로 그렇게 말했다.

"그럼 왜 나 때는 머리였던 거야?"

사쿠타는 예전에 사라와 머리를 부딪친 적이 있다. 그것은 사라가 사쿠타의 학생이 되기 전의 일이다.

"그때지? 내 마음이 보이게 된 건 말이야."

"그렇게 세게 부딪칠 생각은 없었어요. 사쿠타 선생님, 용케 기억하고 있네요."

"히메지 양의 머리가 하도 딱딱해서 잊을 수가 없었거든."

"그건, 잊어주세요……."

사라의 목소리가 작아졌다.

"아무튼, 작전은…… 내가 몽블랑 상자를 열어서 키리시마 토코에게 건네겠어. 그리고 그녀가 내용물을 쳐다본 틈에 확 부딪치는 게 어때?"

"……저기, 선생님."

"어디를 부딪칠지는 히메지 양에게 맡길게."

"……무리예요."

"그래, 무리구나. 그럼 차선책을 짜야겠는걸."

바람에 대나무가 흔들렸다. 대나무의 잎이 스치면서, 스산한 소리가 주위에 감돌았다.

"그게 아니라……!"

사쿠타의 말을 끊듯이, 사라가 감정을 토했다.

"이제, 할 수 없단 말이에요……."

"……."

"이제, 아무것도 안 보여요……."

그 목소리는 겨우겨우 들릴 정도로 가녀렸다.

"이제, 아무것도 안 들려요……."

사라는 그저 미안하다는 듯이 고개를 숙이고 있었다.

"안 들려요…… 사쿠타 선생님의 마음속 목소리가요. 야마다의 목소리도, 요시와 양의 목소리도, 다른 사람의 목소리도 전부…… 그래서, 무서워진 나머지 도망친 거예요. 죄송해요……."

"한 번 더, 머리를 부딪쳐 볼래?"

사쿠타가 이마를 내밀었지만, 사라는 고개를 들지 않았다. 고개를 푹 숙인 채, 사쿠타의 가슴에 이마를 살며시 부딪쳤다. 이마를 비비듯이 말이다.

"어째서…… 어째서, 안 들리는 거죠……!"

두 번, 세 번, 이마를 뗐다 붙였다.

두 번째는, 첫 번째보다 셌다. 세 번째는 두 번째보다 셌다.

"어째서 안 들리는 거냐고요……!"

그 질문의 답을, 아마 사라는 이미 알고 있을 것이다. 마이와 이야기를 나누면서, 눈치챈 것이다. 자신의 마음을, 자신이 무엇을 원하고 있는지를……

사라가 또 이마를 데려던 순간, 사쿠타는 열을 재듯 그녀의 이마에 손을 대며 말렸다.

"손 치우세요……"

"박치기를 너무 해서 바보라도 되면 큰일이잖아."

"하지만……"

"다행이야."

"뭐가 다행이란 거예요!"

사라는 격앙된 목소리로 반발했다.

"사춘기 증후군이 나아서, 다행이야."

사쿠타는 평소와 다름없는 어조로 대답했다.

"뭐가 다행이란 거예요! 이래선 사쿠타 선생님에게 도움이 될 수 없어요!"

"괜찮아."

"저는, 사쿠타 선생님께 도움이 되고 싶어요! 그래서, 칭찬받고 싶었는데……! 이제, 제가 있는 의미가 없잖아요!"

"내 학생이 되어준 것만으로도, 나한테는 참 도움이 됐어."

"평범한 학생인 건, 제가 싫단 말이에요!"

사라는 이제 그 감정에서 도망치지 않았다. 자신의 마음을 솔직하게 호소하고 있었다. 그렇기에, 그 감정은 가슴에 울려 퍼졌다. 가슴이 옥죄어들었다. 사쿠타의 대답은 정해져 있으니까…….

"솔직하게 말하자면, 마음이 놓여."

"……."

"히메지 양의 사춘기 증후군을 이용하지 않아도 되게 되어서, 마음이 놓여."

그것은 사쿠타의 숨김없는 본심이다.

오늘의 약속을 했을 때부터, 계속 마음에 걸렸다.

아마 사라는 그 점을 알고 있었으리라.

그리고 아마, 마이도 느꼈을 것이다.

그래서 오늘, 약속 장소에 나타났다.

"그러니까, 나아서 다행이야."

"어째서……."

"그러니까, 정말 고마워."

"제가 사춘기 증후군을 이용해 무슨 짓을 했는지 알면서! 남들의 마음을 들여다봐서, 남들의 마음을 가지고 논 걸로 모자라…… 제가 무슨 속셈으로 사쿠타 선생님에게 다가간 건지도 알면서! 어째서, 저한테 잘해주시는 거예요……?"

"나는 말이지. 그런 인간이 되고 싶어."

"화를 내세요! 조금은 곤란해하세요! 이래선 제가 어쩌면 좋을지…… 모르겠다고요. 사쿠타 선생님은, 약았어요……. 이래선……."

"뭐, 어른은 하나같이 약아빠진 것 같거든."

"어린애 취급하지 마세요. 세 살 밖에 차이 나지 않잖아요……."

"세 살만이지만, 히메지 양보다 내가 어른이잖아."

"……정말 약아빠졌어요."

사라는 고개를 숙인 채, 눈물을 삼키듯 아무 말 없이 코를 훌쩍였다.

몇 번이고, 몇 번이고…… 어깨를 떨며, 같은 행동을 되풀이했다.

이윽고, 좀 진정되자…….

"사쿠타 선생님……."

사라는 코맹맹이 목소리로 사쿠타의 이름을 입에 담았다.

"왜? 나한테 쏟아낼 불평불만이 아직도 남아있어?"

"네, 잔뜩 있어요."

사라는 그제야 고개를 들었다. 아직 눈물에 젖은 눈동자로 사쿠타를 지그시 응시했다. 그 눈동자에는 조그마한 결의의 빛이 어려 있었다.

"저, 선생님을 순수하게, 그리고 더 많이 좋아할 걸 그랬어요."

"우리 학원의 강사 메뉴얼에는 학생과 사귀면 안 된다고 적혀 있거든?"

"그럼……."

사라는 손가락으로 눈물 자국을 훔쳤다.

그 후, 억지로 평소 같은 미소를 머금더니…….

"제가 제1지망 대학에 합격하면, 다시 고백할게요."

……하고, 약 2년 후의 일을 예약했다.

사쿠타가 토라노스케에게 한 조언과 똑같았다. 설마 그게 자신에게 돌아올 줄은 몰랐다.

"그건, 좋은 아이디어인걸……."

입이 모든 재앙의 근원이라는 말이 딱 들어맞았다.

"그런데, 언제까지 포옹하고 있을 거야?"

그 목소리를 듣고 돌아보니, 차 키를 손에 쥔 마이가 언짢은 표정으로 서 있었다.

"마이 씨는 뭐든 다 가지고 있으니까 잠시만 사쿠타 선생님을 빌려주세요. 연하 상대로 너무 어른스럽지 못한 것 아니에요?"

사라는 삐친 듯한 어조로 그렇게 말했다.

왠지 여러모로 홀가분해진 듯한 표정을 짓고 있었다.

"사쿠타는 내 것이니까 안 돼."

마이는 딱 잘라 그렇게 말했다. 그리고 그런 그녀의 발은 왔던 길을 되돌아가고 있었다.

하지만 몇 걸음 내디딘 후, 따라오지 않는 사쿠타와 사라를 돌아보았다.

"대학에 갈 거지? 키리시마 토코를 만나러 말이야."

"아, 맞다."

그녀 때문에 오늘 이런 일이 벌어졌다.

이제 토코의 마음을 읽을 방법은 없다. 하지만 사쿠타는 확인해두고 싶은 게 있었다.

5

사라가 빌린 기모노를 가게에 반납하고, 맡겨뒀던 몽블랑을 받아온 사쿠타 일행은 카마쿠라에서 출발했다.

차가 출발하고 이미 15분이 지났다.

곧 있으면 오후 네 시가 된다.

하지만, 대학은 아직 보이지 않는다.

"네 시에 도착하긴 힘들 것 같아."

"죄송해요. 제가……."

뒷좌석에 있는 사라가 몸을 웅크렸다.

"히메지 양, 스마트폰으로 키리시마 토코에 대해 조사해줄래?"

신경 쓰지 말라고 말해봤자 신경 쓰일 게 뻔하기에, 사쿠타는 사라에게 부탁을 했다. 뭐라도 하는 편이 죄책감에 덜

시달릴 것이다.

"알았어요."

활기차게 대답한 사라가 스마트폰을 조작했다.

그리고, 곧……

"아……"

확신에 찬 한숨 같은 것이 들려왔다.

"왜 그래?"

"이미 시작됐어요."

사라가 말하는 도중에, 그녀가 쥔 스마트폰에서 음악이 흘러나왔다.

방울의 음색이 기분 좋게 느껴지는 그 곡은 크리스마스 느낌이 물씬 났다.

앞에 앉아있는 사쿠타에게도 보이도록, 사라는 스마트폰을 쥔 손을 뻗었다.

화면에는 정원에 있는 듯한 연못이 나오고 있었다. 그 연못에 걸린 조그마한 다리. 그리고 다리 위에 선 미니스커트 산타의 뒷모습이 나왔다. 너무 먼 탓에 실루엣만 겨우 보였다.

"여기는 대학교의 안뜰이야."

이 장소가 눈에 익은 건, 사쿠타와 마이가 다니는 대학의 부지 안이어서다. 입 구(口) 모양으로 배치된 건물 한복판. 강의실에서 보이던 풍경이, 스마트폰 화면 속에 나왔다.

차량의 내비게이션의 안내로는, 대학까지 2킬로미터 정도 남았다. 5분 안에 도착할 거라고 표시되어 있었다.

하지만 스마트폰에 나오는 크리스마스 송이 도착할 때까지 이어질지는 알 수 없다. 보통 노래 한 곡의 길이는 4, 5분 정도다. 3분짜리도 드물지 않다.

자동차의 앞 유리 너머로 케이큐 선 노선이 보였다. 카나자와 핫케이 역도 눈에 들어왔다.

대학 인근의 친숙한 풍경과 거리다.

내비게이션이 「목적지에 곧 도착합니다」 하고 가르쳐줬다.

그 말에 귀를 기울일 것도 없이, 대학 정문이 이미 보이기 시작했다.

마이는 정문 앞에서 차를 일단 세웠다.

"먼저 갈게요."

"아, 저도 같이 갈래요."

사쿠타에 이어서, 사라도 차에서 내렸다.

정문을 지난 두 사람은 대학 안으로 들어갔다.

그즈음에는 사라의 스마트폰에서 크리스마스 송이 흘러나오지 않았다.

하지만 사쿠타는 대학교의 안뜰을 향해 서둘렀다. 들고 있는 몽블랑이 뭉개지지 않도록 조심하면서…….

뒤편에서 사라도 따라왔다.

"사쿠타 선생님, 스트리밍이 끝났어요."

"그럼 바로 만나러 가도 되겠네."

실수로 화면에 비쳐서 전 세계에 스트리밍될 일은 없다.

일단 건물 안으로 들어간 후, 복도를 통해 안뜰로 향했다.

사쿠타의 시선은 곧 안뜰 중심에 있는 연못으로 향했다. 조그마한 다리 위. 미니스커트 산타가 사쿠타가 있는 곳을 향해 걸어오고 있었다.

이윽고, 토코는 사쿠타를 눈치챘다.

"늦었네. 이미 끝났어."

"좀 기다려줬으면 했는데 말이죠. 성의를 표시하려고 이런 것까지 준비해왔으니까요."

사쿠타는 몽블랑이 든 상자를 토코에게 건넸다.

"······."

"독은 안 들었어요. 유통기한은 곧 끝나지만요."

"그럼 바로 먹어야겠네."

토코는 상자를 열더니, 컵에 들어있는 아이스크림 같은 형태의 몽블랑을 한 입 베어 물었다.

"맛있네. 멋진 크리스마스 선물을 줘서 고마워."

그렇게 말한 토코는 사쿠타의 옆을 스쳐지나갔다.

"이와미자와 네네 씨, 맞죠?"

사쿠타는 뒤를 돌아보며 산타의 등을 향해 그렇게 말했다. 이것이 확인하고 싶었던 것 중 하나다.

"······."

대답은 없었다. 하지만, 반응은 있었다. 토코는 그 말을 듣자마자 멈춰섰다.

"국제교양학부 3학년. 작년 미스 콘테스트 그랑프리. 홋카이도 출신. 생일은 3월 30일. 키는 161센티미터."

사쿠타가 말을 이었지만, 토코는 돌아보지 않았다. 여전히 등을 보인 채로 서 있었다.

"나는, 키리시마 토코야."

그것은, 고요하기 그지없는 목소리였다.

하지만, 그 목소리에서는 강한 의지가 느껴졌다.

이제까지 토코가 한 말 중에서, 가장 감정적인 말이었다.

바늘 같은 긴장감이 존재했다.

무엇이 그렇게 만든 건지는 알 수 없다.

하지만, 무언가가 그렇게 만들고 있는 건 틀림없다.

거기에, 어떤 식의 집착이 존재하는 게 분명했다.

"저기, 사쿠타 선생님……?"

토코 너머에 있는 사라가 당혹스러운 목소리로 끼어들었다.

"왜 그래?"

"아까부터 누구와 이야기를 나누는 거예요……?"

사라는 겁먹은 표정으로 물었다.

토코는 그런 사라의 옆을 스쳐 지나갔다. 당연히 사라의 시야에도 토코가 들어왔을 것이다. 하지만, 사라는 아무런 반응도 보이지 않았다.

토코는 그대로 건물 안으로 사라졌다.

"……지금, 여기에 있나요?"

사라가 주위를 두리번거리며 확인했다.

"아니, 이제 없어."

"아까까지는 있었나요?"

"응."

"하지만, 저한테는 안 보였어요. 사쿠타 선생님의 마음을 들여다봤을 때는 보였는데……."

"그래서 보였던 걸지도 몰라."

"네……?"

"아마, 내가 본 것을 히메지 양이 본 거야."

사쿠타도 천리안을 경험하고 알았다. 그것은 사라의 시각을 공유하는 것이라고 생각한다. 청각을 공유하는 것이라고 생각한다. 감각을 공유하는 것이다.

사라가 본 것이 보이고, 사라가 들은 것이 들리며, 사라가 느낀 것이 느껴졌다. 그러니, 사쿠타가 본 토코 또한 사라에게 보였다. 하지만, 자신의 눈에는 보이지 않았다.

"그럼 전…… 어차피, 도움이 못 됐던 거네요……."

금방 이해한 사라가 풀이 죽은 것처럼 고개를 숙였다.

"왠지, 진짜 바보 같아요."

사라는 쓸쓸한 듯이 웃었다.

"으스대며 나섰다가 헛물켜는 것보다는 낫지 않아?"

사쿠타가 별생각 없이 그렇게 말하자, 사라는 입술을 삐죽 내밀었다. 하지만, 곧 체념한 듯한 표정을 지으며…….

"그것도, 그러네요."

어쩔 수 없다는 듯이 고개를 끄덕였다.

"하아~, 좋은 일이 없네."

사라는 무심코 본심을 중얼거렸다.

"오늘은 크리스마스이브인데…… 좋은 일, 안 일어나려나."

"돌아가는 길에 케이크 정도는 사줄 수 있어."

"정말요?! 만세!"

사라는 손뼉을 치며 기뻐하는 척을 했다. 사쿠타를 기쁘게 해주려 했다. 이런 부분은 쉽게 변하지 않을 것이다. 하지만, 사라답다는 생각도 들었다.

종장

성스러운 밤에

시선 차단용 펜스와 비를 막는 지붕 사이로 보이는 자연의 풍경화 속에서, 사쿠타는 반쪽 달을 올려다보았다.

시꺼먼 하늘에 홀로 멀뚱멀뚱 떠 있었다.

그런 달과 마찬가지로, 사쿠타도 노천 욕조에 혼자 있었다.

사람이 자아내는 소리는 전혀 들리지 않았다.

기척이 없다.

들리는 건, 조용한 바람 소리.

희미하게 나무가 흔들리는 소리.

옆에서 졸졸 흘러나오고 있는 온천물 소리뿐.

귀를 통해 온몸이 치유되는 것이 느껴졌다.

"최고인걸……"

그래서, 그 말이 자연스럽게 입에서 흘러나왔다.

일본 특유의 정취를 느낄 수 있는 테라스의 경치도, 방에 있는 노천 온천도, 지금은 사쿠타가 독차지하고 있다.

이게 최고가 아닐 수 없다.

사라를 후지사와 역까지 데려다준 후, 미리 도착이 늦어진다고 여관에 전해뒀던 사쿠타와 마이는 그대로 차를 몰아 하코네로 향했다.

두 사람은 여덟 시 즈음에 도착했지만, 여관 스태프는 정중히 맞이해줬다.

사쿠타와 마이는 여관 측에서 서둘러 준비해준 호화롭고 고급스러운 식사를 즐긴 후, 휴식을 겸해 온천을 즐기고 있었다.

"방에 노천탕이 있는 건, 정말 최고네……."

도착하자마자…… 여관의 외관을 본 순간부터, 사쿠타가 혼자 묵을 수 있는 곳이 아니라는 것을 눈치챘다. 부지에 발을 들였을 때도, 넓은 정원을 봤을 때도, 방에 안내됐을 때도 그런 마음이 더욱 커져 갔다.

방에 전용 노천 온천이 있다는 것도 놀랐지만, 사쿠타를 가장 당혹하게 만든 것은 숙박하는 방에 2층이 존재한다는 점이었다. 1층은 거실 느낌이었으며, 2층이 침실로 분리되어 있었다. 방 하나하나가 집 한 채처럼 구성되어 있었다.

은근슬쩍 마이에게 숙박 요금을 물어보니 「생일 선물의 답례로 얼추 적당한 금액이었어」 하고 웃으며 말했다.

사쿠타는 구체적인 금액을 묻지 않았다. 세상에는 모르는 편이 나은 것도 있다. 모처럼의 기회인 만큼 순수하게 즐기면 된다. 사양할 상황이 아니다. 본전을 뽑을 생각으로 즐기는 편이 낫다.

그런 생각을 하는 사쿠타의 등 뒤에서, 드르륵 소리가 들렸다.

테라스 입구인 유리창이 열린 것이다.

"어때? 온천, 기분 좋아?"

그렇게 말한 이는 여관의 유카타를 걸친 마이였다. 목욕을 마친 그녀는 머리카락을 경단 모양으로 느슨하게 말았다.

"최고예요."

"그래? 다행이야."

"목욕탕은 어떻던가요?"

"아무도 없어서 느긋하게 즐길 수 있었어."

"그럼 나중에 헤엄치러 가야겠네요."

　방에 있는 노천 온천은 수영을 하기엔 좁았다. 어른 두 사람이 느긋하게 몸을 담글 수 있는 사이즈다. 사쿠타 혼자라면 몸을 쭉 펼 수도 있다.

"이 여관을 이용하지 못하게 되는 건 싫으니까 하지 마."

　마이는 반쯤 진심으로 꾸짖었다.

　지금의 사쿠타라면 진짜로 헤엄칠지도 모른다고 생각하는 것 같았다. 확실히, 마이가 말리지 않았다면 진짜로 했을지도 모른다. 그 정도로 이 온천의 분위기는 사쿠타의 마음을 들뜨게 했다.

"이제 마이 씨와 함께 온천을 즐길 수만 있다면 여한이 없겠네요."

　사쿠타는 원망스러운 듯 방 안을 쳐다봤다. 마침, 마이의 매니저인 료코가 방에 돌아와 있었다. 온천을 즐기느라 상기된 볼을 향해 손으로 부채질을 하고 있었다.

"여관을 취소하지 않아도 된 건, 료코 씨가 먼저 와서 체크인해준 덕분이거든?"

마이는 눈으로 「고마워해」 하고 말했다.

"고맙다고 생각하긴 해요."

말을 하고 보니, 생각했던 것보다 목소리에 불만이 어려 있었다.

"어쩔 수 없네. 추우니까 잠시만이야."

"어? 정말요?"

사쿠타가 놀란 가운데, 마이가 덧신을 벗고 테라스로 나왔다. 「차가워」 하고 말하면서, 발끝으로 선 채 노천 온천 가장자리를 향해 걸어와서 그대로 물기가 없는 욕조 가장자리에 걸터앉았다. 그리고 유카타 자락을 양손으로 잡더니 무릎 언저리까지 능숙하게 들어 올렸다. 마이가 그런 대담한 행동을 느닷없이 취하자, 사쿠타의 가슴이 방망이질 쳤다.

마이는 그런 사쿠타를 개의치 않으며 족욕을 하듯 무릎 아래만 욕조에 집어넣었다.

가지런히 모은 새하얀 다리가 눈부셨다.

경단 머리에서 흘러내린 머리카락이 묘하게 요염했다.

온천에서 피어오른 김을 두른 채 앉아있는 마이에게서는 어른의 색기가 풍겨 나왔다.

"이제 만족했어?"

마이는 유카타가 젖지 않도록 조심하며 물었다.

"저기, 마이 씨."

"뭐야, 아직도 불만이 남았어?"

"반대예요. 끝내줘요."

흥분한 나머지, 양손을 꽉 말아쥐었다.

"유카타가 젖으니까 날뛰지 마."

마이는 한쪽 발을 살며시 들어 올리며 수면을 걷어찼다.

날아온 물줄기가 사쿠타의 안면에 명중했다.

"어푸."

사쿠타가 그 물로 세수하듯 얼굴을 문지르자, 마이는 재미있다는 듯이 웃음을 터뜨렸다.

"아, 맞다. 후타바 양한테서 아까 메시지가 왔어."

마이는 뭔가가 생각난 것처럼 호주머니에서 스마트폰을 꺼냈다.

"뭐래요?"

"사쿠타와 같이 있다면 1분만 빌려달라네. 전화해보지 그래?"

마이가 스마트폰을 내밀었다.

"후타바의 용건이라면, 아마 그거겠네요."

짚이는 게 하나 있었다. 그러니 가능하면 전화하고 싶지 않았다. 하지만 마이에게서 스마트폰을 건네 받아보니, 이미 전화를 건 상태였다.

귀에 대보니, 호출음이 들렸다.

곧 전화가 연결됐다.

"네, 후타바입니다."

리오가 정중한 목소리로 그렇게 말했다. 마이의 번호로 전화가 왔으니 상대가 마이일지도 모르는 것이다.

"아, 나야."

사쿠타가 대답하자, 전화 너머에서 큰 한숨 소리가 들려왔다. 안도나 낙담의 한숨이 아니었다. 이제부터 불만을 늘어놓을 거란 신호처럼 들렸다.

"아즈사가와, 네가 카사이 군에게 괜한 소리를 했지?"

"무슨 일 있었어?"

토라노스케가 꾼 꿈대로라면, 오늘 리오는 고백에 대답했을 것이다.

"『학생과는 사귈 수 없다』고 답했더니, 『그럼 제1지망에 합격하면, 다시 생각해주세요』 하고 말하지 뭐야."

"흐음, 카사이 군도 꽤 하네."

"아즈사가와가 할 법한 말이거든? 아즈사가와가 훈수를 둔 거지?"

"나라면 『다시 생각해주세요』가 아니라 『사귀어 주세요』라고 말했을 거야."

실제로 사쿠타가 토라노스케에게 해준 조언은 「사귀어 주세요」였다. 사려 깊은 토라노스케는 나름대로 말을 골랐으리라. 어쩌면 사귀어 주세요란 말을 못 한 것뿐일지도 모르지만…….

"아즈사가와가 책임져."

"책임?"

"그런 말을 듣고도 내가 카사이 군을 계속 담당할 수 있을 것 같아?"

"확실히 둘 다 거북할 거야."

제1지망에 합격하면 다시 고백하겠다는 거나 마찬가지인 소리가 오간 것이다. 리오는 고백을 받기 위해 공부를 가르치고, 토라노스케는 고백하기 위해 공부를 배운다고 하는 기묘한 관계가 성립된다.

"그러니까, 아즈사가와가 책임지고 제1지망에 합격시켜줘."

불길한 예감이 들었다.

"어이, 카사이 군의 제1지망은……."

"내가 다니는 대학이야."

레벨이 어마어마하게 높은 이과 계열 국립 대학이다. 사쿠타의 학력으로는 어림도 없다.

"할 말은 이게 다야. 사쿠라지마 선배에게 방해해서 죄송하다는 말을 전해줘. 그럼 끊을게."

"잠깐만 기다려, 후타바……."

전화는 바로 끊겼다. 끊기고 말았다. 게다가, 통화 시간은 딱 1분이었다.

사쿠타는 아무 소리도 나지 않는 스마트폰을 마이에게 돌려줬다.

"후타바 양이 뭐래?"

"마이 씨에게 방해해서 죄송하다고 전해달래요."

"그래?"

물론, 그것만이 아니다. 마이도 옆에서 대화를 듣고 있었다. 하지만, 마이는 아무 말도 하지 않았다.

지금 이야기할 필요는 없다고 생각하는 것이리라.

여기는 하코네의 온천 여관.

사쿠타가 있고, 마이가 있다.

단둘……은 아니지만, 평온한 시간이 흐르고 있다.

그러니, 이 순간을 소중히 여기고 싶다.

사쿠타도 마이도, 같은 마음이었다.

하지만, 그 어떤 시간도 언젠가는 끝이 찾아온다.

"두 분, 감기 걸리기 전에 이만 나오세요."

사쿠타와 마이에게 냉철한 의견을 건넨 이는 바로 료코였다. 테라스 입구에 서서 말로 형용할 수 없는 표정으로 방 안에서 두 사람을 쳐다보고 있었다. 완전히 들뜬 커플을 뜨뜻미지근한 눈길로 쳐다보는 어른 같은 눈길이다.

그것은, 만족스러운 시간을 보내고 있다는 증거이기도 했다.

"마이 씨, 오늘 고마워요."

한순간, 마이의 눈동자에 의문이 어렸다. 하지만,「뭐가?」하고 묻지는 않았다. 그 대신…….

"괜찮아."

하고 말한 마이는 미소 지었다.

그곳에는 행복이 있었다.

여기에는 행복이 있다.

이날, 1층 거실에서 홀로 쓸쓸히 잠을 자게 된 사쿠타는 꿈을 꿨다. 현실이라 여길 수밖에 없는 불가사의한 꿈을…….

수많은 젊은이가 비슷한 꿈을 꿨다.

사쿠타와 같은 대학에 다니는 학생도 꿈을 꿨다.

미네가하라 고등학교의 학생도 꿈을 꿨다.

토모에도.

리오도.

노도카도.

카에데도…… 꿈을 꿨다.

우즈키도.

이쿠미도.

그리고, 사라도 꿈을 꿨다.

켄토도, 쥬리도, 토라노스케도 꿈을 꿨다.

하지만 아침이 되어 눈을 뜰 때까지, 마이만은 꿈을 꾸지 않았다.

다음 권인 『청춘 돼지는 산타클로스의 꿈을 꾸지 않는다 (가제)』로 다시 찾아뵙겠습니다.

카모시다 하지메

■ 역자 후기

안녕하십니까. 근로청년 번역가 이승원입니다.

『청춘 돼지는 마이 스튜던트의 꿈을 꾸지 않는다』를 구매해주셔서 진심으로 감사드립니다.

올해는 청춘 돼지 번역으로 봄을 시작하고 있습니다.

겨울이 끝나면서 날씨가 풀리고 있습니다만, 꽃샘추위 때문에 아직 겨울옷을 집어넣지는 못하고 있군요.

그래도 화단에 심어둔 채소가 겨울을 버티고 다시 싹을 틔우는 것을 보니 기분이 좋습니다.

상추와 시금치는 겨울에 다 시들었지만, 뿌리가 살아있었는지 어느새 수확해서 먹어도 될 만큼 자랐습니다.

고수는 이제 슬슬 싹이 나기 시작했네요. 좀 있으면 볶음라면에 왕창 토핑해서 먹을 수 있을 것 같습니다.^^

2년 전에 심은 두릅도 드디어 먹을 수 있을 만큼 자랐습니다. 문제는 거금을 주고 사 와서 심은 건데, 수확해봤자 몇 개 안 되네요.ㅠㅜ

손이 좀 가기는 합니다만, 그래도 채소를 직접 길러서 먹는 게 나름 재미도 있고 가계부에도 도움이 되고 있습니다, AHAHA.

독자 여러분도 기회가 되신다면 도전해보시길!

그럼 이번 권에 대해 조금 이야기해볼까 합니다.
스포일러가 포함되어 있을 수도 있으니 본편을 읽지 않으신 분들은 유의해주시길!

청춘 돼지 2부의 세 번째 에피소드는 마이 스튜던트 편!
학원 강사 아르바이트를 하고 있는 사쿠타의 제자인 히메지 사라가 메인 히로인인 이야기였습니다.

사라는 2부 초기부터 얼굴을 비추면서 문제를 안고 있는 듯한 분위기를 풍겨왔습니다. 그리고 뚜껑을 열어보니……이제까지의 히로인과는 다른 양상의 히로인이었습니다.

이제까지의 히로인들은 사춘기 증후군에 걸려 위험에 처하거나 고통을 받았습니다. 그리고 사쿠타가 그런 그녀들을 위해 사춘기 증후군을 고쳐주죠.

하지만 히메지 사라는 사춘기 증후군을 자신만을 위해 이용합니다. 그리고 주위 사람에게 피해를 주죠. 그것은 정당화될 수 없는 행위이며, 실제 피해자가 나오면서 그 점이 더욱 부각됩니다.

하지만 사쿠타는 그런 사라에게 도움의 손길을 내밉니다. 사춘기를 졸업해 사쿠타가 선생님의 입장에서, 아직 사춘기이자 제자인 소녀를 도와주려 하는 거죠. 그것이 사쿠타의 성장을 확연하게 보여주고 있습니다. 그리고 그런 사쿠타의 손이 미치지 않는 부분을 긁어주는 감초 역할을 하는 이가 바로 그의 연인인 마이입니다. 그야말로 내조의 여왕! 이제까지 헤쳐온 고난과 역경이 두 사람을 얼마나 성장시켰는지를 알 수 있군요.^^

청춘돼지 2부의 애니메이션화가 확정됐으니, 애니메이션으로 보게 되는 날이 정말 고대됩니다!

그럼 이만 줄이겠습니다.

L노벨 편집부 여러분. 언제나 재미있는 작품을 맡겨주셔서 감사합니다. 앞으로도 잘 부탁드립니다!

요즘 고난의 연속인 악우여. 그래도 고난에 지지 않고 헤쳐나가려는 모습이 참 보기 좋네. 분명 극복할 거라고 믿는다. 다음에 또 도울 일 있으면 말해줘.^^

마지막으로 언제나 제게 버팀목이 되어주시는 어머니와 『청춘 돼지』 시리즈를 읽어주신 모든 분에게 진심으로 감사드립니다.

미니스커트 산타와의 대결(?)이 시작될 다음 권 역자 후기 코너에서 다시 뵙겠습니다!

2023년 3월 중순
역자 이승원 올림

청춘 돼지는 마이 스튜던트의 꿈을 꾸지 않는다 12

초판 1쇄 발행 2023년 5월 10일

지은이_ Hajime Kamoshida
일러스트_ Keji Mizoguchi
옮긴이_ 이승원

발행인_ 신현호
편집장_ 김승신
편집진행_ 권세라 · 최혁수 · 김경민 · 최정민
편집디자인_ 양우연
관리 · 영업_ 김민원

펴낸곳_ (주)디앤씨미디어
등록_ 2002년 4월 25일 제20-260호
주소_ 서울시 구로구 디지털로 26길 111 JnK디지털타워 503호
전화_ 02-333-2513(대표)
팩시밀리_ 02-333-2514
이메일_ lnovellove@naver.com
노벨 공식 카페_ http://cafe.naver.com/lnovel11

SEISHUN BUTA YARO WA MY STUDENT NO YUME WO MINAI Vol.12
ⓒHajime Kamoshida 2022
Edited by 전격 문고
First published in Japan in 2022 by KADOKAWA CORPORATION, Tokyo.
Korean translation rights arranged with KADOKAWA CORPORATION, Tokyo through
Korea Copyright Center Inc.

ISBN 979-11-278-6848-2 04830
ISBN 979-11-86906-06-4 (세트)

값 8,500원

©Nana Nanato, Siokazunoko 2022
KADOKAWA CORPORATION

VTuber인데 방송 끄는 걸 깜빡했더니 전설이 되어있었다 1~3권

나나토 나나 지음 | 시오 카즈노코 일러스트 | 박경용 옮김

화려한 VTuber가 다수 소속된 대형 운영회사 라이브온.
그곳의 3기생이며 『청초』 VTuber인 코코로네 아와유키.
"역시 롱캔 따는 소리는 최고야!"
"웅? 완전 꼴리거든?"
"내가 마마가 될 거야!"
하지만 그녀의 부주의로 방송을 제대로 안 끈 결과,
본래 성격(주정뱅이, 호색, 청초(VTuber))을 드러내고 마는데?!
"클립 엄청 따갔어?! 트렌드 세계1위?! 동시 시청자 수 실화냐고!!!"
이게 웬일, 갭이 호평을 받으며 인기 대폭발!
그 결과······ "으랏차─! 방송 시작한드아!"

모든 걸 내려놓은 그녀는, 대인기 VTuber의 길을 달려간다!!

라이트노벨의 새로운 빛! L노벨의 신간은 매월 10일에 발매됩니다. http://cafe.naver.com/lnovel11

© Takehaya
illustration Poco
Originally published by HOBBY JAPAN

단칸방의 침략자!? 1~32권

타케하야 지음 | 뽀코 일러스트 | 원성민 옮김

소년 사토미 코타로가 홀로서기를 위해 찾아낸 단칸방.
부엌 욕실 화장실 포함에 월세는 단돈 5천엔.
어느샌가 그 방은 침략 목표가 되었다?!

'미소녀', '유령', '외계인', '코스플레이어' 그 누가 상대라해도

"너희에게 이 방을 넘겨줄 수는 없어!"

단 한 칸의 방을 걸고 벌어지는 침략일기. 시작합니다!

TV애니메이션 방영 화제작!!

드라큘라 야근! 1~5권

와가하라 사토시 지음 | 아리사카 아코 일러스트 | 박경용 옮김

태양의 빛을 쐬면 재가 되어버리는 존재, 흡혈귀.
밤에만 활동할 수 있는 그들이지만, 현대에는 생각보다 문제없이 생활하고 있었다.
그렇다, 왜냐하면 "야근"으로 일할 수 있으니까—.
토라키 유라는 현대에 살아가는 흡혈귀.
일하는 곳은 이케부쿠로의 편의점(야근 한정),
주거지는 일조권이 최악인 반지하(차광 커튼 필수).
인간으로 돌아가기 위해서, 바르고 떳떳한 사회생활을 보내고 있다.
그런데 어느 날 주정뱅이에게서 금발 미소녀를 구했더니,
놀랍게도 그녀는 흡혈귀 퇴치를 생업으로 하는 수녀 아이리스였다!
게다가 천적인 그녀가 그의 집으로 굴러들어오게 되는데—?!
토라키의 평온한 흡혈귀 생활은 대체 어찌 되는가?!

**『알바 뛰는 마왕님!』의 와가하라 사토시가
선물하는 드라큘라 일상 판타지!**

©Ryo Shirakome/OVERLAP
Illustration Takaya-ki

흔해빠진 직업으로 세계최강 제로 1~6권

시라코메 료 지음 | 타카야Ki 일러스트 | 김장준 옮김

오늘도 고아원을 위해 생활비를 벌며 평온한 일상을 보내고 있었다.
그런 오스카의 공방에 『천재(天災)』 밀레디 라이센이 찾아온다.
신에게 저항하는 여행의 동료를 찾는 밀레디는
오스카의 비범한 재능을 간파하고 여행에 권유하기 위해 왔다고 한다.
오스카는 권유를 거절했지만 밀레디는 포기할 줄 몰랐다.
그런 와중 오스카가 지키는 고아원에 사건이 생기는데?!
"희대의 연성사. 나와 함께 세계를 바꿔 보지 않을래?"

이것은 『하지메』에게 이어지는 제로의 계보.
—『흔해빠진 직업으로 세계최강』 외전의 막이 오른다!

아라포 현자의 이세계 생활 일기 1~12권

코토부키 야스키요 지음 | JohnDee 일러스트 | 김장준 옮김

정리해고 당한 후, 매일 밭을 돌보며 『제로스 멀린』으로서
게임에 빠져 살던 백수 아저씨, 오사코 사토시(40세).
오리지널 마법을 만들어 명실상부 톱 플레이어가 된 그는
최종 보스를 무난하게 공략하지만
로그인 중 발생한 어떤 사고로 생을 마감한다.
그는 홀로 죽었다고 생각했지만,
정신을 차리고 보니 거대한 산림 지대의 한가운데에 서 있었다.
이세계 여신의 말에 따르면 그는 게임 속 능력을 이어받아 전생했다고 한다.
대산림 지대에서 서바이벌을 거치고 전(前) 공작 노인과 만난 제로스는
현자로서 능력을 인정받아 마법을 쓰지 못하는 소녀의
가정교사 일을 의뢰받는데―?!
"나는 평온한 일상이 인생의 모토인데⋯⋯."

마흔 살 현자의 이세계 생활 일기 개시!

라이트노벨의 새로운 빛! ㄴ노벨의 신간은 매월 10일에 발매됩니다. http://cafe.naver.com/lnovel11

녹을 먹는 비스코 1~7권

코부쿠보 신지 지음 | 아카기시K 일러스트 | mocha 세계관 일러스트 | 이경인 옮김

모든 것을 녹슬게 만들며 인류를 죽음의 위험에 빠뜨리는 《녹바람》 속을 달리는
질풍무뢰의 「버섯지기」 아카보시 비스코.
그는 스승을 구하기 위해
영약이라 전해지는 버섯, 《녹식》을 찾아 여행하고 있다.
미모의 소년 의사, 미로를 파트너 삼아 파란만장한 모험에 나서는 비스코.
가는 길에 펼쳐지는 사이타마 철(鐵)사막,
문명을 멸망시킨 방어 병기 유적으로 지은 도시,
대왕문어가 둥지를 튼 지하철 폐선로……
가혹한 여정 속에서 차례차례 덮쳐오는 위협을
미로의 번뜩이는 지혜와 비스코의 필중의 버섯 화살이 꿰뚫는다!
그러나 그 앞에는 사악한 현지사의 간계가 도사리고 있는데……?!

최강의 버섯지기가 자아내는 노도의 모험담!